目次

一

いまわのきわで彼女は思う。

ひとりの女のことを。

あれは誰だろう。

ぼんやりと、それから、少し訝《いぶか》しげに、彼女は、彼女を、静かに眺める。

彼女はふっくらとした、採れたての果物のような、つややかな頰《ほお》をしている。

たっぷりと豊かな髪は弾力に富み、黒々としている。

全体に大らかな印象を与える顔立ちは、垂れ目がちのせいか、ほんのりやさしげで、おかしなくらい素朴に見える。そのくせ、瞳はきらきらと、異様なほどに輝いている。明るいだけの輝きともちがう。といって暗いわけでもない。ただひたすら、まっすぐに、力強い輝きが、ここまで届く。

それにしても、あの輝きはなんだろう、と眺めれば眺めるほど、つくづく思わずにはいられない。こうして眺めているとあの強さはいくぶん辟易《へきえき》するほどではあるのだが、つまりあれが若さというものなのだろうか。いいや、そうではない。あれこそまさに、彼女の荒ぶる魂の表れだったのだ。あのふっくらした赤い唇もまた、それに呼応するかのごとく、ちょっとへの字に結ばれており、よく言えば意志の強さ、悪く言えば生来の、やっかいな頑固さがすでに透けて見えている。

葡萄茶《えびちゃ》色の袴《はかま》に新しい革靴。

おさげ髪。

小学校を終えると試験を受け、無事合格して、県立高等女学校の門をくぐった。すでに家は傾いていたけれど、そんなことはお構いなしだった。県内にたった一つきりの高等女学校は狭き門で、相思樹《そうしじゅ》の並木道を友達と並んで颯爽《さっそう》と歩いていると、子供ながらにずいぶんと誇らしい気持ちがしたものだった。

肌理《きめ》の細かい、綺麗《きれい》な肌だ。

沖縄で生まれたわりに色白なのは、出生地が首里《しゅり》だからだろう。

首里の女は那覇《なは》の女より、色白な者が多いと、あの頃はよく言われていたものだった。首里城下に住まう女たちの仕事といえば、屋敷や納戸でのこまごました家事や機織りなど、室内で過ごすのが大半だから、外で威勢良く立ち働く那覇の女たちとは、当然違ってくる。言葉遣いや身体《からだ》つきも首里の女と那覇の女とでは異なっていて、那覇の女たちは、おっとりとした首里の女たちを、のろまと思い、首里の女たちはがさつな那覇の女たちをやんわりと敬遠した。そんな時代だった。たかだか一里かそこらしか離れていないというのに、それほどの差異を感じていたのは、やはり、沖縄が小さな島だったからか。色白だといったところで、本土に渡れば、もっともっと色白の娘たちがたくさんいたというのに。

抜けるような白い肌の娘が。もっちりとしたつきたての餅《もち》のように柔らかな肌の娘が。すべすべとなめらかで、まるで雪のように白い肌の娘が。そういえば、沖縄では雪など見たことはなかった。

いまわのきわで、彼女を思う。はち切れんばかりの若さを謳歌《おうか》する娘。あの子はまだそれを失う日のことを知らない。藍《あい》の匂《にお》う紺絣《こんがすり》の、ごつごつとした感触。友と泣き、友と笑い、喧嘩《けんか》をし、仲直りをし、運動をし、勉強をした。人は、いまわのきわに、我が人生の歩みを走馬燈のように思い返すというけれど、これがそれなのだろうか。

いまわのきわという死の淵《ふち》で、彼女は、彼女を、眺める。

あの頃、彼女は、ツタといった。

ツタ。ツタ。あの子はそんな名前で呼ばれていた。

遠い昔。

何十年も昔のことだ。七十年か……、八十年か……。

死は少しも恐《こわ》くなかった。

人には寿命があり、寿命が尽きるというのなら、受け入れるしかあるまい。

そうか、いよいよ死ぬのか。

――そうだ、死ぬのだ。

ほんのそれっぱかしのことだった。

しかしながら、いまわのきわという、この奇妙な時間については何も知らなかった。

これは誰にも聞いたことがなかった。

この世の生とは、いきなりぷつりと断ち切られてあっけなく終わるものだとばかり思っていたが、どうやらちがっていたようだ。

いや、いきなり断ち切られて終わりにはなるのだろう。それはそうなのだろう。

ただ、その間際、時間はへんなふうに歪《ゆが》み、間延びし、意識だけがぷかぷかと、時間の泉に浮いたようになる。

こんなふうに。

意識が時間の海を漂っている。

ここは一秒のなかなのか。

それとももっと短い刹那《せつな》のなかなのか。

そもそも、時間などという概念が、ここではナンセンスなのだろうか。そんなものはここではとうに超越してしまっているのだろうか。

ならばここは死に属する場所なのか。

つまり、おおむね死んでいるということなのだろうか。

どうなのだろう？

まだ死んではいなくて、かろうじて生の側に踏みとどまっていると、そんな気持ちではいるものの、それは勘違いだろうか。といって、この先、生き返る気もしない。

それはもうないだろう。それはわかる。もはやあちらに戻る手立てはない。

ならばここは、生であり、死であり、あるいは生でもなく、死でもない、そんな場所なのだろうか。

ところで、場所、というのもじつはよくわからない。

それは肉体が占める空間のことをいうのだろうか。病室のベッドに横たわる、あの小さな身体のことをいうのだろうか。

それとも意識が漂う空間、そのすべてをいうのだろうか。

その広さがわからない。広大無辺のような気さえするのだが、また逆に、泡のなかにでも閉じこめられているようにも感じられる。どんなに広くとも、ここからは出られない。

ツタ。ツタ。

ツタはツタで始まり、ツタで終わる。

いくら別の名を名乗ったところで、そうしてツタという名を隠したところで、いや、隠したわけではない、ただ消した。というか消えた、消えていったのだったが、さいごのさいごはまたツタになる。

どうあがいても葬儀はツタの名で執り行われることになるだろう。

やれやれ、と思いはするが、それもまたよし。

あの人はほんとうはそんな名前だったのか、と誰彼に驚かれるのも一興だ。

首里で生まれたツタは、士族の娘だった。

ツタが生まれた頃、琉球《りゅうきゅう》王国はすでに滅んでいたので、制度的には士族の娘とはすでにいえなくなっていたのだったが、ツタの祖父は、琉球王国最後の、評定所筆《ひょうじょうしょひっ》者主取《しやぬしどり》という役職の、いわば家老のような立場の人で、琉球処分で尚泰王《しょうたいおう》が東京への転居を命じられた時、お供としてついていき、そのまま彼《か》の地で亡くなったのだった。東京で、王から侯爵へと身分の変わった尚泰侯のお側《そば》にお仕えし、明治天皇にも度々拝謁したのだという。

じつをいうと、ツタは祖父に会ったことがない。

ツタが生まれる前に祖父は亡くなっていた。

祖父の息子であるツタの父も、東京へ行ってからの祖父には一度も会わなかったようだ。

その頃の東京は、易々《やすやす》と行き来の出来るような気楽な場所ではなかったし、尚泰侯が一時こちらに戻られ、しばらく滞在された折にも祖父はついてこなかったらしい。こなかったのか、こられなかったのか、理由はわからない。あちらに行ってからの祖父はろくに手紙も寄越《よこ》さなかったそうで、家族よりもなによりも、祖父には尚泰侯が大事だった。慣れない東京で、ともすれば軽く扱われもする尚泰侯のために、ある時は盾になり、ある時は縁の下の力持ちとなり、しゃかりきになって働いていた。尚泰侯の立場が少しでもよくなるよう、根回しや画策もし、交渉や密談もし、慣れぬ習俗や気候、言葉に四苦八苦し、身も心も捧《ささ》げつくした生涯であった。

むろん、琉球王国の復活という野望も胸に秘めていたにちがいない。

きっとそうだったろう、とツタは知っている。

ひそかにそんな噂《うわさ》をしていた者は多かった。

幼いツタの耳にも入っていた。

その野望がどれほど現実味があり、どれほどの情熱を含んでいたかは知らない。ただその噂をする者たちの、祖父への期待や尊敬をツタはひしひしと感じたものだった。

そんなにも立派な人だったのか、とツタは、亡き祖父に思いを馳《は》せ、彼が屋敷に残した本を静かに眺めた。大きな屋敷の奥の奥、日が差さない、いつでも薄暗い書庫は、分厚い本や古びた巻物でいっぱいだった。祖父はその大半を東京へは持っていかず、首里の屋敷に置いたままにしていた。持っていきたくても、持っていけなかったのだろう。置き去りにされたそれら、たくさんの本が、ツタには、祖父そのもののように感じられたものだった。血肉のない祖父は、整然と冷ややかで、賢く厳しく、やや埃《ほこり》っぽく、ツタを受け入れ、ツタを導く。

そこにあるのは、なにしろ難しい本ばかりだった。

祖父は漢学者でもあったので、幼い子供が気まぐれに頁《ページ》を繰ったところで容易に読める代物ではない。

それでもツタは頁を繰った。

巻物を繙《ひもと》いた。

文字に触れた。

血肉のない祖父が、ツタの血肉となっていったようだった。ツタは小学校でいつも一番の成績だったし、後の女学校の試験にも苦もなく合格できた。ツタの聡明《そうめい》さは折り紙付きだった。ツタの一族はもともと、スーミーダックィー、大和《やまと》言葉に直せば、聡明な血統と言われる一族だったので、その血を引くツタが多少学問が出来たところで誰も驚きはしない。小さな子供が漢詩を諳《そら》んじても、むしろ当然と思われるくらいだった。

それにしたって、祖父が生きていたら目を細めて喜んだにちがいない。独学とはいえ、小学校へ通う頃には簡単な漢詩を詠めたのだからたいしたものではないか。

ところが、祖父の息子である父はたいして喜びはしなかったのだった。というか、父は、ひょっとしたら、自分に娘が一人いたことさえ、あの頃、ほとんど思い出さなかったのではないか。

祖父が東京へ行った後、職を失った父は、慣れぬ商売に手を染めた。余計なことを考えず、学者か先生にでもなってくれればよかったものを、時代の風に煽《あお》られて、時代の先を行くつもりで、砂糖黍《さとうきび》からとれる砂糖を卸売りする会社を設立したのだった。大和からやって来た寄留商人たちが、貿易の利権を貪《むさぼ》ることへの反撥《はんぱつ》や怒りもあったかもしれない。あるいは、尚家の家従にまでなった人の息子という気負いがあったのか。それとも他の兄弟との確執が理由のひとつだったか。細かい経緯はわからないが、早世した兄や、早くに親戚筋へ養子に出た兄がいたせいで、父は四男でありながら、この家の跡取りとなっていた。周囲に跡取りとしてふさわしい能力があると認められたい欲求がなかったとはいえまい。

砂糖というのは当時、なかなか有望な商品だったから、目の付け所は悪くなかったし、寄留商人に一泡吹かせるつもりでいたので、志を同じくする者らの協力もあって、初めは商売も順調だった。従業員もどんどん増え、ずいぶんと羽振りはよかったようだ。屋敷には女中が何人もいて、祖父のいた頃以上に、贅沢《ぜいたく》な暮らしが営めたし、後妻として嫁いできたばかりの母も安穏とした楽しい新婚生活を送れていたそうだ。ちなみに死別した前妻との間に生まれた子は一歳になるかならぬかで亡くなっているから、父の子はツタだけである。

躓《つまず》きだしたのは、祖父が亡くなってからだという。

おそらく、祖父の築きあげた信用が目に見えぬ力となって、父の商売を支えていたのだろう。その後ろ盾を失うと、途端にうまくいかなくなった。

ただでさえ、利に疎い士族の商法である。じりじりと迷走し始めた。寄留商人の裏をかくつもりで動いて、逆に裏をかかれたりする。といって、あちらは明治政府のお墨付きがあるのだから、まともにやりあって勝てる相手ではない。

ツタが小学校へ上がる頃には、坂道を転げ落ちるように、業績は悪化していた。誇り高く、融通のきかないところのある父の力だけではどうにもならなくなり、母も表立って、父の仕事を手伝うようになる。算盤《そろばん》も出来、才気に富む母は、ずいぶんと役に立っていたらしい。それでも、いったん傾きだした商売を立て直すのは困難だった。

書庫の蔵書が減っていくのをツタは黙って見つめていた。

ある日忽然《こつぜん》と巻物の山が姿を消し、棚が一つ空っぽになる。それがなぜなのか、ツタにはわからない。まさか売られてしまったなどとは思いもしない。どこかに仕舞い込まれてしまったのか、誰かに貸しだされたのだろうと考える。表向きは裕福な暮らしをしていたので、よもや困窮しはじめているなどとは気づきもしない。

しばらくすると、壺《つぼ》や掛け軸、工芸品、陶器や着物、装身具などがちょくちょくなくなりだした。

揃《そろ》いの茶器、翡翠《ひすい》の置物、象牙《ぞうげ》の小箱、繻子《しゆす》の敷物。

ツタが美しいといつも眺めていたものがふいに消えてしまう。

それは不思議な光景だった。

家の中にぽかりと穴が空いていく。あれ、あそこにまた穴が空いた。あれ、こんどはあそこに穴が。大きい穴、小さい穴。四角い穴、歪《いびつ》な穴。

穴が増える。まるで家の中にもくもくと空白が湧《わ》きでてくるかのよう。

新しい穴を見つけるとツタは思った。あそこには昨日まで何があったろう？

あの穴は昨日まで何によって埋められていたのだろう？

ああ、あれだ、とすぐに思い出せることもあるにはあったが、思い出そうとしてもどうしても思い出せないことの方が多くなっていく。きっと思い出せないくらいささやかなものがそこにはあったのだろう。けれどもいちど消えてしまったらもう蘇《よみがえ》りはしない。

なんというあっけなさだ。

というより、なんというあやふやさだろう。

そんなあやふやな場所で皆、落ち着いた顔をして暮らしているということに、ツタは妙な気持ちになった。皆には、それが見えないのだろうか。どうして、そのことに触れないのだろう。

ほら、また、あそこに穴が、空いた。

ほら、また、あそこに。

ツタがそれを黙って見つめていると、母がどうかしたのかと訊《き》く。ツタはなんと答えたらよいのかわからず、戸惑って、母の顔を見る。穴を指さす。心なしか青ざめた母の顔がわずかに歪み、ツタをそこから追い立てる。ツタはますます戸惑って、だってここにあったあれが、と言う。それ以上の言葉をツタは言えない。なぜなら母が、その言葉に被《かぶ》せるように、たいしたことではない、とつぶやくからだ。

ツタはおののいた。

たいしたことではないとつぶやく母の顔にも穴が空いてやしまいか。そうしてツタは、もくもくと膨れあがる空白がいずれ、父や母も呑《の》み込んでいくのではないかと、錯覚した。この空白に呑み込まれ、この家そのものがやがて呑み込まれて消えてしまうにちがいない。

するとわたしはどうなるのだろう、とツタは思いはじめる。

わたしも消えてなくなるのだろうか。

じっと考えているうちに、屋敷どころか、宇宙の涯《はて》まで、ツタは見てきたような気になった。

消えるわたし。

消えるわたしが、ここに、こうして、いるということ。

消えるのに、わたしはいま、ここにいるということ。

なんだろう、それは。

ここはなんだろう。

ここは。

この世界というものは。

このわたしというものは。

垂らした墨がにじんで広がるように、ツタはあれこれ想像した。この空白や、この世界や、わたしや、わたしでないものや、それから、それから、それから。子供のくせに、というか、子供だからこそ、というべきか、拙《つたな》い、観念的な想像ではあったが、ツタは、なにやら世界の秘密を覗《のぞ》き見たような感覚になり、大きく身震いしたものだった。それは恐いと同時にいくらか甘美な想像でもあった。意識が広がり、視界がふいに開けていく。その面白さ。

ツタはひとり、冷たい板の間に寝そべって、物思いに耽《ふけ》るようになった。気が向けば、それらを絵に描いたり、文字にしてみたりする。ぐしゃぐしゃな線、でたらめな言葉。だが、よく見ればそれは線でも言葉でもなく、ただツタの心をうつしたものなのだった。

もともとツタは孤独癖の強い子供だった。

一人っ子だったせいもあるし、近所にちょうどよい遊び相手がいなかったせいもあろう。母が四十路《よそじ》手前という高齢になって産んだ子だったので、幼い頃、ツタの世話を焼くのはもっぱら女中の役割だった、というのも関係あるかもしれない。彼女たちに子供扱い、というかおもちゃ扱いされるのが嫌で、ツタは屋敷の暗がりに隠れてばかりいた。甘やかされてもいた。内弁慶で、引っ込み思案なところもあったし、人見知りもした。屋敷を訪れる客人にお愛想をいわれてもうまく笑えなかったし、そのお愛想の嘘《うそ》くささがツタには我慢ならなかった。それならいっそ抛《ほう》っておかれた方がよほど気楽だとツタは逃げまわる。逃げ込む場所はたいてい書庫だった。ツタは一人で長い時間過ごしていても寂しくはなかったし、退屈もしなかった。

心労が重なり、胸を悪くした父は、寝込むことが多くなり、ついに会社を畳む日がやって来た。

屋敷を手放し、首里から離れ、小さな家に移り住んだ。

小さな、というのは以前の屋敷に比べて小さいというだけで、後の住まいを思えば、そこはまだまだじゅうぶん大きな家であった。敷地も広かったし、そう古びていたわけでもない。

とはいえ、女中がいなくなってしまったので、食事の支度も、掃除も洗濯も、母がやらねばならなくなった。寝付いてしまった父の看病もある。母は忙しくなり、父ともよく言い争うようになった。癇癪《かんしゃく》持ちの父は病床にありながら、思うようにいかないことがあると、いきなり怒鳴り散らし、母を困らせる。身の裡《うち》に溜《た》まりに溜まった怒りが、小さなきっかけで噴きだし、抑えることが出来なくなるらしかった。苛々《いらいら》した怒鳴り声が聞こえだすとツタの身は縮んだ。ひやっとして、息をするのが苦しくなり、父の声に耳を塞《ふさ》ぎ、そろりそろりと、父のいる部屋から遠ざかる。

時折母は泣いていた。どうしてあんなに気が短いのだろうかね、とつぶやくように言うと、屋内にお祀《まつ》りしてある観音様の前に行き、手を合わせる。涙を拭《ぬぐ》いながら、いつまでも祈りつづける。するとまた母を呼ぶ大きな声がする。びりびりとした、怒りが含まれた父の声だ。母はそれに応えない。聞こえぬふりをして祈りつづける。あの時母は何を祈っていたのだろう。父の気を鎮めてやってください、とでも祈っているのだろう、とぼんやりツタは思ったものだったが、もしかしたら、ちがっていたかもしれない。父の病が早くよくなりますように、と願っていたのかもしれない。ツタはその時、そういう気持ちにはなれなかった。だから、そこに思い至れなかった。

病が一向によくならないので父は外へ働きに行くことができず、母も家事と看病に手一杯で外へ働きに行けず、暮らしはずいぶんつましくなった。

とはいうものの、屋敷を売った分やら、家財を始末した分やら、それに、いくらかでも蓄えがあったのだろう、どうにか親子三人、食べてはいけるようだった。本や巻物もその頃はまだだいぶ残っていた。長持に突っ込まれた巻物の山をツタは見たことがある。紐《ひも》で結ばれた和綴《わと》じの書物の束も、長持の底の方に杜撰《ずさん》に押し込まれていた。書庫がなくなったのだから仕方がないのかもしれないが、そのぞんざいな扱いぶりに、ツタは心を痛め、小さな憤りを感じたものだった。

それからほどなくして父が亡くなった。

ツタが女学校へ上がる少し前のことだ。

それでまた引っ越した。

前の家は父の友人が病身の父に泣きつかれてしようがなく無償で貸してくれた家だったため、父が亡くなると早々に追い出されてしまったのだった。

海辺に近いもう少し小さな家へ移り住んだ。

ここもまた、知り合いに世話してもらった家だった。

遺《のこ》された財産で食いつなぐ日々が始まった。母は、ぽんぽんと物を売った。深い考えもなしに、目につくものから適当に、気前よく売っていく。その過程で、祖父から受け継いだ書や軸や名画を、ずいぶん騙《だま》し取られもしたらしい。そういうやり取りに不慣れだから仕方がないのかもしれないが、といって、たいして悔しがる母でもないのだった。那覇のなんとかさんに持ち逃げされたと聞いても、あいやー、と驚くだけ。そもそも、書や軸や名画の金銭的価値がどのくらいかもよくわかっていないから、損したという実感に乏しい。なんでそんなことをするのかねえ、と呑気《のんき》に首を傾《かし》げるばかりなのである。少しでも多くのお金に換えたいとも、あまり思っていなかったのかもしれない。どうせうちに置いといたって飾れる場所もないのだから、欲しい人に買ってもらってふさわしい場所に飾ってもらった方が、これらの品々にとっても余程幸せだろうと母は言う。そう言われれば、たしかにそうだ、とツタも思う。貧乏所帯の我が家に仕舞っておいても宝の持ち腐れだ。もともと母はあまり先々まで思いを巡らす質《たち》ではなく、その日その日を食べていけたらそれでいいという考えの人だった。だからこそ、このような窮状に陥っても、ツタが女学校へ通うのを止めなかったのだろう。女学校をやめなくてもいいのか、とおそるおそるツタが訊《たず》ねても、まあいいよー、なんとかなるさー、と母は答える。お金があるうちは通えばいい、なくなってどうにもならなくなったら、その時やめればいい、と母は言った。

そうして、また小さな家へ移り住んだ。

いっそう小さな家。

小さくて、不便な場所にある家。

その次に移ったのは、もっと小さくて、もっと不便な場所にある家。その次に移ったのは、もっともっと小さくて、もっともっと不便な場所にある家。どんどん小さく、どんどんみすぼらしくなっていく。辺鄙《へんぴ》な場所へ移っていく。下には下があるものだ、とツタは引っ越すたびに嘆息した。母は外聞を気にせず、見栄《みえ》っぱりでもなかったから、小さかろうと、みすぼらしかろうと安価な家賃の住まいが見つかれば平気でそこへ移り住む。

雨漏りがひどかろうと、虫が出ようと、蛇が出ようと、母は平然としていた。毒のある大きな蛇ともなればさすがに近くの人に助けを求めたが、毒のなさそうな小さな蛇なら、自らの手で易々と退治する。

ツタは、虫はともかく、蛇が怖《おそ》ろしくてたまらなかった。指くらいの小さな、蛇ともいえない蛇もどきだろうと、とてもじゃないが、母のようには対処できない。ぎゃっと叫んで、後退《あとじさ》る。母を呼ぶ。母がいなければ、外へ逃げだす。家の外は草だらけ。壁には隙間《すきま》だらけ。そんなところに住んでいれば、虫や蛇にいちいち驚いていられないのだが、いつまで経《た》ってもツタは慣れることができなかった。あまりの恐怖にさめざめと泣いた日もあった。

父が亡くなるずっと前、首里の屋敷で暮らしている頃には、忙しい父の代理として、母と二人、王家の親戚の結婚式に出たことだってあったのに、とことん落ちぶれたものではないか。

あの晴れやかな祝いの場。

めでたい旋律が流れる宴《うたげ》。

光り輝く金簪《クガニジーファー》。

紅型《びんがた》の打ち掛け。

座敷を楚々《そそ》と歩かれるご息女の美しさ。

目の前にずらりと並んだ、漆塗りの食器。

珍しいご馳走《ちそう》。

まるで絵に描いたような絢爛《けんらん》豪華な婚礼だった。

あれは夢だったのか。

夢ではないよ、と母は言った。ツタはいい子にしていたよ、あの時ツタはなにやら、めでたい歌を詠んだんだったね。さすがスーミーダックィーの家の子だと言われたものだった。

ツタはそれを憶《おぼ》えていなかった。きっと舞い上がってしまっていたのだろう。子供のくせにどうしてそんな大胆なことをしたのだったか。誰かにやってごらんと言われたのだったか。追いつめられるとツタは、自信がなくとも、えいやっと無我夢中でやってしまうところがあった。その時もきっとそうだったのだろう。けれども、そういう時のことはあまりよく憶えていない。ただ息を詰めて周囲を眺めていた記憶だけが残っている。きらきらとまぶしい、鮮烈な記憶。あんな夢のような場所にいたなんて、信じられない。

なに、あんなのは、そう驚くほどではない、と母は言う。

昔はもっともっと豪奢《ごうしゃ》できらびやかな婚礼があったものだ、と少し自慢げに言う。

ツタが生まれる前、母は、そんな婚礼に出席したことがあったらしい。まだ父のところへ嫁いだばかりの頃。母の生家もそれなりの名家だったから、そういう場所へ出ても物怖《ものお》じしないだろうと晴れ着を着せられ、急に連れて行かれたのだそうだ。素晴らしいご婚礼だった、と母はうっとりと言った。屋敷からなにから、雲の上のようだった。あんなところへ行かれただけでもここへ嫁いだ甲斐《かい》があったと内心思ったものだった。わたしが嫁げばよかったと、生家の妹たちに、羨《うらや》ましがられた。そんな華々しい暮らしぶりから転がり落ちたというのに、母は、そう悄《しょ》げてもいないのだった。

だってこの世はそういうところではないか、と母は言う。上がる時もあれば下がる時もある。我が一族だって上がったり下がったりしてここまでやってきた。上がる者もあれば、しくじってずるずると谷底まで落ちていく者もある。そんなことをいちいち気にしていたら、暮らしていかれやしない、と母はきっぱりしている。それにわたしにはツタがいる。ツタを授かっただけで、ありがたいのだから、これ以上望んではいけない。こうして二人、暮らしていけるだけでありがたい。高齢になって、半ば諦めた後でツタを授かったことを母はずっと感謝しつづけていた。

母に不満があったとすれば、それは、小さな家になればなるほど、どうにも避けようのない、太陽の眩《まぶ》しさと、暑さだった。

頭痛持ちの母は、この島ならではの強い日差しが苦手で、頭が痛い、頭が痛い、とよくこぼしていた。家が小さくなれば、それに比例して屋内もまぶしく、暑さと湿気がひどくなる。

母は、ぎらぎらと輝く太陽を憎んだ。頭痛は、首里の屋敷を出て以降、ひどくなる一方だった。どこへ逃げても太陽の光は容赦なく追いかけてくる。熱い風が吹き付けてくる。そのうちに、ツタまでも、時折頭痛に苦しむようになった。かっと熱い日差しに照りつけられていると、ずきずきとこめかみに痛みが走る。光が鋭い針となって頭上から突き刺さる。のぼせたような赤い顔になったツタは、涼しかった首里の屋敷の書庫を懐かしく思い出した。あのひんやりとした床。薄暗い書棚。すーっと清浄な気持ちになれる墨と紙の匂い。首里の屋敷は奥まで日が差さなかったし、風通しもよかった。けれどももう、そんな暮らしは望めない。

ツタはいつのまにやら、空白のことは考えないようになっていた。物を売って空白ができる前に、いっそう小さな家に移るのだから、空白を意識しようもない。そのうち移り住める家がなくなるのではないか、とそちらが心配になるほどだった。

それでもツタは明るかった。

成績も悪くなかったし、運動もまあまあ出来たので、学校へ行ってしまえば、胸を張っていられる。学費もちゃんと払えていたし、着る物も、勉強道具も、見劣りするものではなかった。学友たちは、家柄のよい優等生のツタの家がそこまで追いつめられているとは知らなかったのではないだろうか。ツタが女学校を出る頃には、家の中の様々なものがきれいになくなり、ほとんどがらんどうになっていた。

むろん、巻物や書物の入っていた長持も、一つ残らずなくなっていた。清々《すがすが》しいまでに、なにもかも、すべて売られてしまったのだった。ツタの学費を工面するために。とはいえ、それだけでは到底足りず、いくらかは、親戚や、縁戚関係にある者からの援助で賄われたようだ。一族の上にいる者が一族の下にいる者に手を差し延べる。それはあの時代、とくに珍しいことではなかった。血族の結びつきがまだ濃かった頃だ。信じられるのはとりもなおさず血縁。助けることは、いつか助けられること。だからこそ、お互い、守《も》り立て合わねばならない。そういう考えが根強くあった。賢いと評判の娘がいるのなら、ぜひとも学問を身につけさせるべきだ。そのための援助ならさせてもらおう。遠慮はいらない。一族の繁栄につながる種は蒔《ま》かねばならない。育てねばならない。お陰でツタにも手が差し延べられた。まったくありがたいことだと母は言った。だから、ツタ、ご先祖さまに感謝せねばなりませんよ。それを忘れてはなりませんよ。援助してくれた具体的な誰それにいちいち感謝しろ、と母は言わなかった。ツタはそこが気に入った。この助け合いは時間軸を遡《さかのぼ》り、遠い彼方《かなた》から綿々と続いてきたのだ。だからこそ、そんなふうに言い切れるのだろう。ツタは素直に感謝しようと思った。遠い昔に助けた誰かに。遠い昔から差し延べられたやさしい手に。

そうしてツタは遠い過去に思いを馳せた。

祖父、祖父の兄弟姉妹、曾祖父、曾祖父の兄弟姉妹、高祖父、高祖父の兄弟姉妹、この時間軸は、いったい、どこまで遡ったらいいのだろう。いや、どこまで遡れるのだろう。

気が遠くなりそうだ、とツタは思った。

限界がよくわからない。どこまでも、どこまでも遡っていったら、いったいどこに突き当たるのだろう。もしかしたら、人ではないところにまで行き着くのではないだろうか。

それはなんだろう？　動物か？　もっと下等な生物か？　生物ですらないものか？

ツタの血はいったいどこから流れてきているのだろう。

ツタは、ツタという名のわたしがどこから始まり、どうやってここに辿《たど》りついたのか考えてみた。どうやら、ここからいきなり始まったわけではなさそうだ。では、始まりはどこになるのだろう。

ツタは果てしなく考える。

もちろん、答えに辿りつけはしない。そんなことはわかっている。けれどもツタは一度囚《とら》われると、しつこく考えずにはいられない性分だった。頭の中に浮かんできた考えが勝手に増殖し、飛び回り、ツタを離してくれない。言語が、あるいはイメージが、次から次へと現れ、姿形を変え、動き回る。ツタ自身にも頭の中の運動を止められなかった。そんなことを考えている暇に母の手伝いをひとつでもしたらいいのに、ツタはそこに気が回らない。ぐるぐると際限なく回りつづける頭の中を、ツタは、時にやかましく思うのだった。

二

「ツタさんは、文才がおありね」

ツタにそう言ったのは、学友のトミだった。

「そんなこと、ありませんよ」

赤くなって否定しても、あちらから、こちらから、

「ツタさんの書くものは面白い」

「味がある」

と声が飛ぶ。

どうやら、校友会の文集に載ったツタの作文を褒めているらしかった。

（あんなもの）

とツタは思う。（ろくなものではない）

からかわれたわけではないとわかってはいても、なにやらむしゃくしゃして、ツタ

は余計なことを言ったトミを軽く睨《にら》み、むっつりと黙り込む。

チュラカーギー、美貌《びぼう》の娘と誉れ高いトミの眉間にじんわりと縦皺《たてじわ》が寄っていく。

褒めてあげたのになんで睨まれなくちゃならないのよ、とその皺が雄弁に訴えているようだ。首里の御殿《ウドゥン》のお嬢さんであるトミは、不本意なことに遭遇しても那覇の娘たちとちがって反射的に言い返したり、わあわあ騒いだりしない。いつでも、ちん、とすましている。けれどもその分、顔や態度に出やすいのだ。小さな怒りや狼狽《ろうばい》、困惑が透けている。

たしかにそうだ、尤《もっと》もだ、とツタも思う。あんなふうに褒めたならありがとうと笑って返してもらって当然と思うだろう。それなのに、期待を裏切る己の態度ときたらどうだ。トミだけでなく、他の者たちまで一気に気まずくなってしまったではないか。とはいえ、そこまで気づいて尚《なお》、ツタはやはり、ありがとうと言えなかったし、作り笑顔も出来ないのだった。

トミが手にしている文集。

中ほどに載っているツタの作文。

あれはツタが本当に書きたかったものではない。授業で書いた習作を、たいした出来でもないのに、先生が選んであそこへ載せてしまったのだった。きっと、文法が正しいとか、誤字が少ないとか、文集に載せるのに程良い内容だとか、そんなつまらぬ理由で選ばれただけだろう。

ツタにはそれがわかっていた。

だからこそ、恥ずかしく、もっといえば情けなかった。

あの日先生は仰《おっしゃ》った。今日はこれといって御題はありませんよー。みなさん、好きなものをお書きなさいよー。

いつも難儀する窮屈な御題がないと言われ、ツタは浮き立った。そんな作文はそれまで書かされたことがない。しかも時間はたっぷり与えられていた。先生にはなにかべつの用事があるらしく、自習にするから、午前中いっぱい遣ってそれを書けという。

ツタは書こうと思った。今こそ、あれを書くべきだ。

配られた紙を前にツタは奮い立つ。

ついにあれを書く日が来たのだ。

ぐるぐると際限なく回りつづける頭の中をツタはいちどみんな吐き出してみたかった。いつもいつもやかましく、ああでもないこうでもないと姦《かしま》しい頭の中からよけいなものをごっそり出してしまいたい。そうしたら、少し、気が鎮まるのではないだろうか。

この頃ツタは少し疲れていたのかもしれない。

考えるともなしに考えるくせのあるツタだったが、その勢いが成長するにつれ弥増《いやま》してきて、いつしか鬱陶《うっとう》しくてならなくなっていたのだった。物思いに耽るどころか、これでは物狂いではないか。別段考えたくもないのに、考えるのをどうしても止《や》められなかった。五月蠅《うるさ》い蠅《はえ》がぶんぶん、ぶんぶん頭の中を飛び回っている。いいかげんにしてほしい、とツタは我が身を嘆いた。もしや自分は少しおかしいのだろうか。亡き父の癇癪が起きるたび母が祈っていた観音様――どこに引っ越そうと必ずいっもいっしょだった――に、ツタは頭の中を空っぽにしてください、と祈ってみたりもした。無になりたい、無になりたい。いちど頭を空っぽにしたい。けれども、無になりたいと思うそばから、無とはなんぞや、と考えだしてしまう。考えた時点ですでに、無は遠ざかっている。無になることの難しさに突き当たり、愕然《がくぜん》とする。

そんなだから書くことはきっと山のようにあるにちがいない、とツタは思っていた。書いても書いても足らないくらいにたくさんあるにちがいない。

ところがいざ書こうとすると、一文字も書けないのだった。

ツタはじっと紙を見た。どうしたことだろうと、目の前にある、その白い紙をぼんやり眺めつづける。

見ているだけでは紙は白いままだ。

こぼれそうなほど頭にいっぱいたまっていたはずのそれが、ちっとも表へ出てこない。

表へ出すためには手を動かさなければならないのだが、手が動かないのだ。まったく、ぴくりとも動かない。

ようするにツタは、どう書いたらいいのかさっぱりわからないのだった。一つ頭に針を刺せたら、その穴からどうどうと文字が噴きだしてくれそうな予感はあるのに、その穴を穿《うが》つことが出来ない。

じりじりと時間が経ち、ツタの額にじっとり汗が滲《にじ》みだした。まさに脂汗というやつだ。

じき正午になろうというのに、ツタの前に置かれた紙は真っ白なままである。

もはや逡巡《しゅんじゅん》している暇はない。白紙で提出したら先生に大目玉を喰《く》らう。すこぶる適当に、ツタは親への感謝と学問の大切さを綴《つづ》った。追いつめられたツタは、するするとつるつると筆を走らせる。いかにも真っ当そうに見える主張、修身の先生あたりが喜びそうな文章が並んでいく。とはいえ、それだけではつまらないから、学問は大切だけれど、ついつい怠けてしまう、己の怠け心についても赤裸々に記した。そういう時決まって発せられる母の小言も書いた。小言への反撥も、面白可笑《おか》しく付け加えた。あっという間に紙は文字で埋まっていった。

迫りくる時間との闘いを制するために、一心不乱に書きなぐり、ツタはようやく筆を擱《お》く。

椅子にすわって書いていただけだというのに、ツタはぜいぜいと息を切らしていた。そうしてツタはつくづく思う。

これはツタが書こうとしていたものではない。書き終えたからといって達成感も満足感も、なにもない。それどころか、虚《むな》しさと苦々しさでいっぱいだった。心にもないことを書いたわけではない。それなりに正直な気持ちを綴ったものではある。だけれども、これはツタが書きたかったものとはまるで別物なのだった。ツタはそれが悔しくてならない。

ツタにとって、これはひとつの大きな挫折の思い出となってしまっていた。

「ツタさんの作文もじょうずだけれど、トミさんのオルガンもすばらしいよー。カメさんはディキャーだしー、フユさんのダンスはみごとだしー。さて、わたしはどうしようかねえ」

教室に不穏な空気が漲《みなぎ》る中、キヨ子がのんびりそう言って皆の笑いを誘った。もともと楽しいクラスである。すぐにそれに乗じて誰かがふざけたことを言う。また笑いが起きる。やがてがやがやと場が和み、ツタも、なし崩しに会話の輪の中へ入っていった。となれば自然にトミとも言葉を交わさざるをえない。ぴりぴりした空気はうまく収まってしまった。ツタはちらりとキヨ子を見る。キヨ子がそれに気づいてにっこりする。ツタには強情で偏屈なところがあるとよく知っている仲良しのキヨ子はこのままでは埒《らち》が明かないと悟ると、よくそんなふうにひょいと面白いことを言って助けてくれたものだった。ツタはそのたびに心の中でキヨ子に感謝した。ツタが卒業するまで仲間はずれになることもなく、のびのびと楽しく学校生活を送れたのは、きっとキヨ子という潤滑油があったからにちがいない。一見ぼんやりしているように見えるキヨ子だけれど、場に合わせて臨機応変に振舞える、じつは賢くやさしい人なのだった。

キヨ子とは学外でもよくいっしょに過ごした。キヨ子の家は首里の、ツタが生まれたあの大きな屋敷へつづく、長い坂道の途中にあった。

だから、学校帰りにはじめてキヨ子の家へ連れられていった時、ツタは既視感に襲われた。

（あれ、この道をわたしは知っている……）

いったい何年ぶりにその道に来たのだったか。

ふいに立ち止まったツタを、先行くキヨ子が怪訝《けげん》そうに振り返り、ツタはあわてて後を追う。

坂になった細い石道。

このあたりは、首里城を中心に放射状の道がだらだらと曲がりくねってつづいているから、どこも似たような印象ではあるものの、ゆるやかに右に曲がっていく角度や坂の傾斜具合、脇の樹木、石垣の連なり、そんななにもかもがツタの記憶を刺激する。

（ここだ、ここだ、ここはあそこだ）

往来を油臭い大きな藍色の日傘を差してそろりそろりと歩く首里の女たち。彼女たちは、誰もがどことなく優雅な物腰で、決して走ったりはしない。あの手に引かれて幼いわたしはここを歩いたことがあったのではなかったか。ぽくり、ぽくり。ぽくり、ぽくり。

見上げれば青い空、白い雲。赤い花。

女の髪に挿した銀簪《ナンザジーファー》が日の光にきらりと光る。

見上げても女の顔は翳《かげ》って見えない。あんなにも明るい空なのに、だからこそ、翳は深く濃い。

あれは母だったのか。それとも母ではない、誰かべつの女だったのか。

ここをまっすぐのぼっていったら、あの屋敷がある。涼しくて広々として、過ごしやすかったあの屋敷が。

どうしたの、とキヨ子に訊かれ、ううん、なんでもない、とツタは返した。

ぽくり、ぽくり。ぽくり、ぽくり。

歩いているのは女学生のわたしか、幼いわたしか。

キヨ子が、ここよー、と家の敷地に足を踏み入れても尚、ツタは、目を細めて往来の先を見つめていた。

なあに？　とキヨ子がツタの視線の先を見やる。

ツタの目には、懐かしい屋敷が見えている。

ほら、あれ、と言いかけてツタは口を噤《つぐ》んだ。

そんなものは見えない。

道はゆらりと曲がって先はじき見えなくなる。

キヨ子の家は、ツタの暮らしていた屋敷よりうんと小さかった。が、新しくて綺麗で居心地《いごこち》が良かった。

書庫はなさそうだが、奥の間にピアノとヴァイオリンがあった。ピアノとヴァイオリン！　どちらもよく手入れされ、木肌がつやつやと輝いている。はあっとツタは溜《ため》息《いき》をついた。こんなものが無造作に置いてあるなんて、この家はなんと近代的だろう。なんとお金持ちだろう。まじまじと眺めていたら、キヨ子が自慢するでもなく、ああ、それー、それは鹿児島へ嫁いだ叔母《おば》さんがここへ置いていったのよー、とさらりと言った。弾いてもいいか、とツタが問うと、いい、とキヨ子は頷《うなず》く。早速ピアノの蓋《ふた》を開け、ツタは鍵盤を、ぽろろん、と鳴らしてみた。ぽろ、ぽろ、ぽろろん。澄んだいい音がする。キヨ子が立てかけてあったヴァイオリンを手に取り、弓を弾く。叔母さんに習ったのよー、と言いながらキヨ子はゆっくりと聞き覚えのある、有名な——でも簡単な——旋律を奏でる。キヨ子はヴァイオリンが弾けるのだった。

学校の音楽室では奪い合いになり、滅多に触れないピアノとヴァイオリンが、キヨ子の家では好き放題に弾ける！　その贅沢さに、ツタは軽い眩暈《めまい》をおぼえた。楽譜を拡《ひろ》げ、弾き方を教えてくれるのはキヨ子と、時にはキヨ子の母だった。キヨ子の母は東京の人だという。いわれてみれば、そんな顔立ちに見えなくもない。とはいえ、島育ちと見まごうばかりの浅黒い肌をしている。こちらにきてだんだんそうなってしまったんだってさー、とキヨ子は笑いながら教えてくれた。

キヨ子の家も士族ではあったが、キヨ子の父は若くして東京へ出ていき、大学で法律を学んで戻ってきた。さぞかし優秀だったのだろう、今では判事だか弁護士だかの職に就いて成功している。キヨ子の三人の兄もすでに東京へ出ていた。皆、進学し、一人は卒業して新聞社で働きだしたばかりなのだそうだ。同じような士族の出身ながら——おそらくもともとの位はツタの家の方が上だったろう、というのは屋敷の位置や敷地の広さでわかる——うまく時流に乗った家と乗れなかった家でこれほどの差があるのだった。

キヨ子の家には雑誌もいろいろあった。本もあった。一人娘のキヨ子は溺愛《できあい》されているらしく、キヨ子しか読まないはずの女学生向けの雑誌まである。ツタはそれも嬉《うれ》しい。飢えた子のように雑誌や本に手を伸ばした。

どれだけ読んでもまだ読みたい。まだまだ読みたい。いくらでも読みたい。

ツタの読書欲に際限はない。

ツタはキヨ子の家をたびたび訪れるようになった。

キヨ子も喜んで招き入れる。

ある日、キヨ子の母に、キヨ子の勉強を見て遣《や》ってはくれまいか、と頼まれた。成績のよさを見込まれたのだろう。ツタは快諾する。そのくらい造作もないことだった。というより、引き受ければしょっちゅうここに来られるのだから願ってもない申し出なのだった。

そもそもキヨ子という娘は頭が悪いわけではない。成績がもうひとつ振るわないのは、丁寧すぎるというか、のんびりすぎる性格が徒《あだ》となっているだけである。ひとつわからないことがあると、キヨ子はいつまでもおっとりと悩んでいる。うーんうーんと唸《うな》っているばかりでちっとも筆が進まない。そんな調子だから宿題もおそろしく時間がかかる。考えているのやらいないのやら、ツタが隣にいてもとくに質問することもなく、キヨ子はただ唸り、机上の宿題をぼうっと眺めている。そういう時こそ、ツタの出番だった。遠慮なくしゃしゃり出て、こうでしょう、こうでしょう、だからこうなるでしょう、それでこう、とてきぱき教える。キヨ子は、ふんふんとついてくる。わかった、といえば、新しい問題を解かせる。ゆっくりゆっくりキヨ子は解く。立ち止まったとみるや、またしてもツタの出番だ。これを繰り返すうち、キヨ子も自力で問題を解けるようになり、宿題も終わっている。ずいぶんと根気が必要だが、キヨ子が問題に取り組んでいる間、隣で新しい雑誌や本を読んでいればいいのだから、どうということはない。

そんな日々が実を結んだのか、キヨ子の成績が少し上向き、ツタはますます歓待されるようになった。

宿題がない時は、ピアノやヴァイオリンを教えてもらって、いっしょに弾いたり、歌をうたったりする。それもまた、楽しかった。

ツタの成績は、キヨ子やキヨ子の母に頼られる程度にはよかったものの、トップクラスというわけではなかった。小学校時代は努力をせずともいつも一番でいられたが、高等女学校には優秀な者が多く、そう簡単に一番になれない。一番はいつも決まってカメで、二番手、三番手をめぐって五人くらいが熾烈《しれつ》な争いを繰り広げていた。試験の山勘があたってたまに運良くその仲間入りをさせてもらえることもありはしたが、ツタはたいていそのすぐ下あたりをうろうろしていた。やる気になればあなたも一番になれますよ、もう少し頑張ってご覧なさい、などと先生はツタの尻をびしびし叩《たた》くが、ツタのやる気は勉学一筋とはなかなかいかない。だってしかたがない。ツタはあのうるさい頭を抱えている。ああでもないこうでもないとよそごとに始終心が奪われ、なにしろ気が散る。こういう人間は、おそらく、おとなしく勉学に励めないのだろうとツタは早々に諦めていた。

にしても、この微妙な成績のままでは、県費の援助を受け、東京や奈良の女高師へ推薦してもらって進学するという、夢のような選択肢はない。かといって全額私費で賄えるほどツタの家は裕福でない。借金をすればどうにかなるかもしれないが――すでに親戚に学費を助けてもらっていることをこの頃のツタはまだ知らない――、男ならともかく、女だてらにそこまで無理して上を目指すほどの能力でないことをツタ自身よくわかっていた。誰もが目を瞠《みは》るような飛び抜けた頭脳をツタは持っていないし――それを持っているのはカメだ――、足りない頭脳を補うためにこつこつ努力しつづけることも出来ないだろう。

それなら、わたしはどうなるのだろう、とツタは思う。

ようするに進学の目はないということか。

この学校に通ってきているのは、それなりに資産のある家の娘が大半だから、推薦を受けられなくとも普通に試験を受け、合格したら、外の学校へ私費で進学する者がかなりいる。そうでなければ良家へ嫁ぐ。嫁ぐための花嫁修業に精を出す。こちらの選択はこちらの選択で華やかな話は多い。誰もが羨むような、びっくりするほどの名家から在学中にすでにいくつもの縁談を持ち込まれているという者さえいる。この学校へ通う、家柄のしっかりした資産家の娘は、ある意味、嫁候補として引く手数多《あまた》なのだった。そしてそれがまた、この高等女学校の評判を一段と高めている。とはいうものの、没落した士族の父を早々に亡くし、母一人子一人で貧乏暮らしを続けているツタのもとに目の覚めるような良縁が舞い込むはずもない。

キヨ子は卒業したら東京の私学――山脇《やまわき》や実践《じっせん》といった専攻科のある女学校――に進学するつもりなのだそうだ。良いところからの縁談はすでにいくつかあるが、嫁に行くのはまだ早いような気がするし、いずれ嫁に行くにせよ、一度は島の外で暮らしてみたい、とキヨ子は心中を告白する。東京には兄たちもいるし、母の実家もあるし、なによりもキヨ子の家は経済力があるから、たいして気負うことなく、そんな道を進んで行けるのだろう。

キヨ子を始め、皆には、前途洋々たる未来があった。

眩しいほどの未来が。

ではツタはどうか。ツタの未来は前途洋々か。

とんでもない！

前途洋々どころかあちらも駄目、こちらも駄目と八方塞がりな状況ではあったのだが、なぜだか不思議なことに、ツタはそれを悲観したり、思い詰めてくよくよ悩んだりはしていないのだった。

なるようになるさ、と楽観していたのではなく、ツタにはツタの道があるにちがいない、と確信的に思えてならなかったのだった。

大丈夫、大丈夫。今はまだ、それがどういう道だかわからないけれど、見えていないだけで、それは必ずある。

ツタには、それがはっきりと、力強く感じられてならない。

これはその後、ツタが長く付き合うようになる、ツタ特有の霊感のようなもので、折に触れ、それはどこからともなく唐突にツタのもとへやって来るのだった。信じるとか信じないとか、そういう類《たぐ》いのものではないから、来ればたちまち、ぱっとわかってしまう。

だからツタに焦りはなかった。

むしろ悠然としていた。

あまりにもツタが悠然としているので、周囲の者は皆、てっきりツタはどこかへ進学するとばかり思っていたようだ。ツタの家が困窮していることを知る者はないし、成績もよく、家柄のよいツタならどこへなりと進学して当然、と思っている。ツタが卒業後の進路を訊ねられるたび、曖昧に言葉を濁し、はっきり言わなかったせいもあったかもしれない。

さあねえ、どうなるかねえ。

まだ先のことだからねえ、よくわからないねえ。

それらはごまかすためではなく、ツタ自身、わからないから正直にそうこたえていただけなのだったが……。

ツタはまた一方で、わたしは何者にもなれる、とも思っていた。

不遜《ふそん》と取られても仕方がないような妙な思い込みだが、そういうものでは決してない。ツタは図々《ずうずう》しい野望や野心を胸に秘めていたわけではないし、果てしない可能性を無邪気に信じていたわけでもない。そんなおめでたい人間ではない。ツタの場合のそれは、もっとずっと観念的で、もっと単純で、もっとひそやかなもの。

ごく簡単にいってしまえば、わたしはわたしだけれどわたしはツタにかぎらない、ということだった。ツタでないわたしもわたしである、とツタは感じている。もしかしたら、わたしはツタを超えていけるのではないか。いや、わたしとは、そもそもツタを超えて存在しているのではないか。

わたしがわたしであるとはいったいどういうことなのか、幼い頃から何度も何度も発しつづけた問いの延長線上に、ある日ふいにひとつのヒントが現れ、ツタはそんな考えに囚われるようになったのだった。

きっかけは、筆名だった。

ツタがツタでない名を名乗るということ。

キヨ子の家で読んでいた女学生向けの雑誌に、読者が投稿できる和歌欄があった。そこには選者によって選ばれた全国津々浦々の少女たちの和歌が毎号掲載されていた。ある時ツタはここへ投稿してみようと思い立ったのである。自分もこの見知らぬ少女たちのようにここに載りたい。すでに掲載されている彼女たちへの競争心や嫉妬心《しっとしん》からではない。むしろ、その逆。連帯感のようなものからだった。わたしもここにいるのよ、この沖縄で、この雑誌を毎月楽しみにしているのよ。そんな気持ちを伝えたかったのだった。この和歌欄をわたしはいつも読んでいる。あなたの和歌を知っている。だからあなたのことも知っている。あなたのことも、あなたのことも、あなたのことも。みんなのことを知っている。知っているわたしがここにいるのだと、ツタはつまり狼煙《のろし》をあげるように投稿したのだった。

その時、本名で送ってはなにか差し障りがあるかもしれないと、ツタは気まぐれに筆名にしようと思いつく。なるべく自分の名前とかけ離れた名前にしておこう。友達の誰ともまったく似ていない名前にしなくては。筆名的筆名を。匿名的筆名を。

そうやって考えた末に決めた沢田《さわだ》正子《まさこ》という名は、大和を意識しすぎてやや凡庸になってしまったきらいはあったが、その名とともに初めて送った和歌が雑誌に掲載された時――三等ながら運良く入選した――、ツタは昂奮《こうふん》し、これまで経験したことのない、強い解放感を味わったのだった。

これはわたし。

これもわたし。

ツタではないわたし。

ツタから自由になったわたし。

しげしげとその名を見つめ、ツタは笑った。入選して掲載されたこともちろんうれしかったが、それよりも、自分が別人のような顔でそこにいるということがなにより刺激的だったのだ。

だれだ、これは！

そう自問し、ツタは思う。

わたしだ！

ツタはくくと笑う。

沢田正子。

これがわたしか？

これがわたしだ。

紙の上に突如現れたわたし。新しいわたし。

このわたしは紙の上にしかいない。

ということはつまり、新しいわたしが紙の上にいる！

たかだか名前ひとつで、これほど気持ちが沸き立つものだとは、ツタは知らなかった。新鮮な驚きであり、発見だった。それゆえツタは昂奮する。これはどういうことなのだろうとツタは考える。わたしはわたしを作れるということか。わたしがわたしを生きるということはわたしがわたしを作るということなのか。

窮屈に思えていた世界が、ちがう容貌を見せ始めた。わくわくと高まる気持ちを抑えられない。

ツタはその後も断続的に投稿しつづけた。和歌はわりあい得意だったから、作ろうと思えばいくらでも作れる。駄作が大半ではあるものの、たまにちょっと気に入ったものが出来ると躊躇《ためら》わず投稿した。

入選したこともあったし、落選したこともあった。落選しても、消沈することはまったくなかった。別の人が選ばれていても僻《ひが》みもしないし羨みもしない。なぜってツタよりうまい和歌が選ばれているだけなのだから。遊び半分で作った和歌がそうそう何度も入選するはずがないとツタはよく承知していた。もっとうまくなるためにはそれなりに技術を学ばねばならない。だが、ツタにはそこまでする気がない。我流で一向にかまわない。それでじゅうぶん楽しめる。いや、そうでなければ楽しくないとすら、ツタは思っていた。まずは楽しければそれでいいのだ。

そうしてツタはついに、一つの名前とめぐりあった。

千紗子《ちさこ》。

ちさこ、ちさこ。どこからそんな声が聞こえたのだったろう。ちさこ、ちさこと、それはツタを呼ぶ声のようでもあった。はて、とツタは首を傾げた。ちさことはなんだろう? ちさことはだれだろう?

ちさこ、ちさこ。それにしても、いい響きだ。かわいらしく、品があって、そのくせ、ぴりりとわずかに冷たい色調がある。そこがまたいい。周囲にこんな名の人はいないが、なぜかわたしはこの名を知っているような気がする。いいや、それどころか、わたしはいつだかこのような名で呼ばれていた気がしてならない。

むろん、そんなものはたんなる錯覚、妄想の産物にすぎないのではあるが、そうはいっても、簡単には否定しがたい、これまで一度も感じたことのない深いなじみ、深い愛着をツタは感じる。

ひょっとして、ちさことはわたしではないか? と、ツタは思う。

つぶやけばつぶやくほど、親しみを感じるこの名は、もしやわたしの名ではないか？

どうしてもそんな気持ちから逃れられなかった。抗《あらが》えない。

ならばいっそ、これを新しい筆名にしようとツタは思った。

さて、どんな漢字をあてるべきだろう？　知左子か？　智沙子か？

千紗子という字にたどりつくまで少し時間がかかった。治砂子と書いてみたり、千早子と書いてみたり、いろいろな字をあてはめてみた。ようやく千紗子という字を見つけた時、ツタは長らく離ればなれになっていた遠くの魂がツタの身の裡に呼び戻されたように感じられてならなかった。しっくりと落ち着いた、なだらかな心地がする。まさしくぴったりと、なんの齟齬《そご》も争いもなく、千紗子がツタと一致した瞬間だった。

そうして、いくらか恐ろしいような気持ちにもなったのだった。

これはもはや、名前だけの問題ではないのではないか。なにかもっと大きなことをツタに示唆しているのではないか。

それはなんだろう。

それはつまり、わたしはツタとして生きるだけではなく、この世という舞台で、どのようにも生きられると、そう、だから、わたしは、ツタは、ツタでありつつもツタではなく、千紗子であり、千紗子でありつつも千紗子でなく、なにかそんな、自在な存在であると、この名はツタに教えてくれているのではあるまいか。

もちろん、この時のツタがここまで自覚的に、くだくだしく考えていたわけではない。もっと無自覚に、もっとぼんやりと、じくじく身震いするようになにか正体のわからぬものがツタの心の奥底からあふれでてくるのを感じていたに過ぎない。そのうえで〝わたしは何者にもなれる〟とぼんやり思うわけなのだった。

ツタはもう、筆名のために新たな苗字《みょうじ》を考える気持ちをなくしていた。千紗子という名に巡り合った以上、この名と真摯《しんし》に向き合わねばならない。久路《くじ》千紗子。ようするにツタは偽物の苗字を千紗子にあてがうのに嫌気がさしたのである。久路千紗子。もうこれでいいではないか。本当の苗字を遣ったからといってどうなるというのだ。投稿していることが学校にばれて叱責《しっせき》されたとしても、ツタは甘んじてそれを受けようと肚《はら》を決めた。停学になろうと退学になろうとそれがなんだ。久路千紗子。どう考えてもこの組み合わせしかありえない。あらためてその名を見つめてみれば、まるではじめからこんな名前で生まれてきたみたいではないか。

久路千紗子名義で投稿した和歌が掲載されても、学校からお咎《とが》めはなかった。とはいえ、それがツタだということは早々に知られてしまったのだが。

「ねえ、これ、ツタさん？」

久路という、わりあい珍しい苗字に反応したキヨ子や、他の生徒たち、何人かに訊ねられたので、そうだ、と素直に認めてしまったからだった。

噂は一気に拡がったが、それでも学校からの処分はなにもなかった。お墨付きを得て大丈夫だと安心した周囲の人々から、たいした和歌でもないのに、やっぱりツタさんはちがう、さすがだ、と口々に褒められた。

ツタは嬉しかった。どうしてだか、作文の時とちがって、褒められるとむしょうに嬉しくて、ツタは自分の反応に戸惑いをおぼえる。なぜだろうと考えた。やはり、曲がりなりにも自らの意志で作り、自らの意志でこれを送ると決めたからだろうか。それとも、千紗子という名で送ったからだろうか。人々の賛辞が、生まれたての千紗子への祝福のように聞こえてならない。

ツタはおずおずと、やがて堂々と、人々の称賛を受け入れていった。その一方で、こんなもの、みんな、お世辞に決まっている、和歌のよしあしなど、ほんとは誰もわかっちゃいないと見切ってもいた。昂揚しつつ、ひどく冷静でもあった。どちらにしても、ツタは、隠れようとはしなかった。逃げようとはしなかった。発表したからには、皆、受け止めねばならないと感じていたのだった。

千紗子という名が、なにかこれまでにない力をツタに与えたのだろうか。それとも、千紗子という名がツタに小さな跳躍をさせたのだろうか。

ツタはそれからも投稿しつづけた。高等女学校を卒業した後もツタはそれを止めなかった。

高等女学校を卒業したツタは、とくに強く望んだわけでもなかったのだが、思わぬ成り行きから尋常小学校で働くこととなった。

上の学校への進学はとうに諦めていたし、これといって縁談もないし、花嫁修業と称して家でぶらぶらしていられるほど経済的余裕はないし、さてどうしたものかと思っていたら、卒業間際になって先生から代用教員として働いてはどうか、と勧められたのだった。本来ならば、女子師範学校で学ばなければ教員の資格は得られないのだが、この時期、就学児童の進学率の増加に伴って急速に不足した教員を補うための応急措置として、高等女学校を卒業しただけのツタのような者でも代用教員として働けたのである。とはいえ、まさか自分が推薦してもらえるなどとは思っていなかったから、ツタはたいそう驚いた。成績はまずまずだが、なにより、ツタは自分は教師に向いていないだろうと思っていて、だからこそ、身の程を弁《わきま》え、推薦を願い出なかったのに……。適性がないことくらい、先生は気づいているだろう。希望したって無駄だ。

ところが先生は意外なことを仰った。

「あなたは成績も良いし、なにしろオルガンがうまいからね」

オルガン……。

たしかにツタはオルガンがうまい。キヨ子の家で、同じ鍵盤楽器のピアノを教わっているうちに、ある程度、弾けるようになっていたのだった。学校ではろくに触れないオルガンをじょうずに弾けるのは、そのように家に鍵盤楽器がある生徒にかぎられるが、そういう生徒らはつまり裕福な家の子なので、たいがい、上の学校へ進学する。もしくは、良縁に嫁ぐ。嫁がなくとも花嫁修業に精を出す。まちがっても女だてらに職に就こうなどとは思わない。その条件を鑑《かんが》みた時、残っていたのがツタだったのだろう。

代用教員に求められる資質がオルガンの腕前とは知らなかったが、そういう理由ならツタにも納得できる。向いていないのではないかという内心の疑いや迷いはおくびにも出さず、すぐさまツタはその話に飛びついた。職業婦人になりたくとも高等女学校を出たばかりの小娘にろくな仕事がなかった時代、ぐずぐずしていたら他の誰かに横取りされてしまう。これほどいい話を棒に振ってなるものか。

引き受けた後で、母に話すと、母もまた驚いていた。

「ツタは学校の先生になりたかったのかい」

あらためてそう問われると、ツタにもわからない。少し考え、ツタは首を捻《ひね》った。先生になりたいなどと、ツタはいっぺんも思ったことはない。憧れたこともないし、自分が教壇に立つところを想像したこともない。ツタはただ職に就こうと思っただけなのだった。代用教員なら給金もいいし、世間体もいい。文句のつけようのない職だ。望外の推薦を受けたのだから、これはもう、避けては通れない運命なのではないだろうか。断るなどという選択肢がツタにあるだろうか。だが、そのような気持ちを正直に母に語るのは憚《はばか》られた。

「どうなんだい」

と母はまた訊いた。

「ツタがなりたいのならばそれでもいいけれど……そうでないなら、やめておいた方がいいんじゃないかい。責任の重い仕事だよ。おまえに務まるかい」

ツタはあんぐりと口を開けた。母ときたら、まるでツタを信用していない。もっと言うなら、ツタの能力を見くびっている。暗い顔をした母がこれ見よがしに不安そうな溜息をつく。ツタはだんだん腹が立ってきた。こんなにいい話を決めてきたというのに、喜ばない親がどこにいるだろう。反対するにしても、よくやったとまずは褒めるのが筋ではないか。そもそも、なりたいとか、なりたくないとか、そんな悠長なことを言っていられるほどうちは贅沢な身分だろうか。務まるも務まらないも、務めるしかないではないか。

こうなるとツタは意地になる。ぴんと背筋を伸ばし、

「なりたい」

と高らかに宣言した。「わたしは先生に、なりたい」

目をぱちくりさせた母は少し身体を仰け反《の ぞ》らせ、そうかい、そうなのかい、とやや疑わしげに頷いた。ツタはますます背筋を伸ばし、きゅっと顎《あご》を引く。どこからも、だれからも、文句は言わせない。ツタは自分で自分に言い聞かせる。これはわたしの夢だったのだ。わたしは先生になりたかったのだ。わたしは先生になるのだ。わたしは先生になる。わたしは先生になる。わたしは先生になる！

「それならいいよ」

母はツタの目をじっと見ていた。見透かされまいと、ツタも目に力を込めて、じっと母を見返していた。

「ツタがなりたいんならそれでいい。がんばりなさい」

静かな声――いまわのきわで、あの時の母の声がふいに蘇る――。

ああ、お母さん。

ツタは、深々と母にお辞儀をした。がんばります。代用教員として、立派に務めを果たします。

きっと母にはわかっていたのだろう。こういう時のツタに何を言ったって無駄だということが。ツタには妙な頑固さがあることが。この仕事がツタに向いていないことも、母はおそらく、うすうす勘付いていたにちがいない。だからこそ、母は母なりに心配してくれていたのだろうと思う。

　ところがそんなこととはつゆ知らず、ツタは母に反撥し、少なからず絶望し、ぴたりと殻を閉ざしてしまった。金輪際、母には頼るまい。女学校も卒業するのだから、これから先は己の力だけでやっていこう。この仕事をやり遂げよう。

　本当はツタだって、心のなかは不安でいっぱいだったのだ。当たり前だ。師範学校で教師としてのノウハウを学んだわけでもない。それどころか、棚からぼた餅といっていいような幸運で、行き当たりばったりに決まった仕事にすぎない。心構えもなにもない。どうしよう、自分に出来るだろうか、と内心ではおののいている。母の出方によっては泣き言のひとつも言いたかったし、愚痴のひとつもこぼしたかった。けれども、こうなった以上、もうそれは出来ない。ツタは、それを自分に許さなかった。

　赴任先が、那覇や首里周辺ではなく、縁もゆかりもない読谷山村《ゆんたんざ》という田舎《いなか》の小学校と決まっても、がたがた言わず、ツタは黙って受け入れた。それが一人前の大人の態度というものだ。赴任先への準備も、もくもくと一人でこなしていった。

　母と別れて暮らすのも、遠くの村で暮らすのも、働くのも、初めての経験ではあるけれど、ツタは少しも怯《ひる》まなかった。

　自分で自分を叱咤《しった》し、奮い立たせ、勇ましい気持ちで、読谷山へ赴いた。

　軽便鉄道と客馬車を乗り継いで。

一人旅もむろん、ツタには初めてだった。

「ツタ先生、ツタ先生」

どういうわけか、ツタはすぐさま子供たちに慕われた。なにしろツタは若い。六年生の子供と比べたら五つか六つしか違わない。子供たちにしてみれば、先生というより、お姉さんという感じでとっつきやすかったのだろう。准訓導という立場で、三年生を受け持ち、他のクラスでも、唱歌や体操などを受け持った。教材作りや、掃除の指導、先生方の雑用もどしどし引き受けた。若いので、なにかと用事を言いつけられる。あちらの教室、こちらの教室、すぐに学校中の子供たちと顔なじみになる。

明るく、弾《はじ》けるような子供たちの笑い声。

まとわりつく子供たちの小さな手。

ツタがオルガンを弾くと、子供たちは歌い出す。オルガンの周りを幾重にも囲んだ子供たちの大きな歌声が響く。

ともかく、懸命に働いた。

与えられた仕事をそつなくこなそう、役に立とうと、ツタは必死だった。

右も左もわからぬ場所で、なんの予備知識もないままに、かりそめの先生として子供たちに接しなくてはならないのだから、必死にならざるをえない。ただただあわてふためき、言われた通りに動き回った。なにがなんだかわからぬうちに、ひと月が過ぎ、ふた月が過ぎ、そのうちに、ぼんやりとしていたツタの輪郭が、先生、先生と慕ってくれる、可愛《かわい》らしい子供たちによって、教師という形になっていったのだった。

貧しい地区の小学校だったから、ツタはこっそり給金でふかし芋を買って、みんなでいっしょに食べたこともあった。ひもじい子供は見ていられない。贔屓《ひいき》と思われてもいけないので、誰にも気づかれぬよう、さりげなく弁当を分けてやったこともあった。

学校に一台しかないオルガンを弾きたがる子がいればすすんで指導してやった。鍵盤に触りたい子にはいくらでも触らせてやりたい。キヨ子の家でピアノやヴァイオリンを教えてもらった喜びを、読谷山の子供たちにも味わわせてやりたい。才能のある子がいるのなら、助けになりたい。先生として、少しでも彼らの力になりたい。子供たちにとっては、代用だろうが准訓導だろうが、先生は先生だ。彼らへの責任を感じずにはいられない。

そのくせツタは、――このことは誰にも秘密にしていたのだったが――どこかしら現実感が希薄でもあったのだった。

読谷山での日々は、なにもかもが遠い、薄い膜の向こうの出来事のように感じられてならなかった。

先生という立場や環境に慣れても、いや、慣れれば慣れるほど、ツタの現実感は遠《とお》退《の》いていく。

代用教員という、正式な教師ではない、格下の、あやふやな立場だったからだろうか。それとも、高等女学校を卒業した途端、あまりにも激しく生活が変化してしまったからだろうか。

教室にいても、住まいとしてあてがわれた下宿にいても、ツタは、それらすべてが嘘くさく思えてならない。

窓の外のなじみのない景色をツタは眺める。

ここはどこだろう。

あれはだれだろう。

じっと見ているうちにそれが現実なのかどうなのか次第にわからなくなっていく。景色の厚みがちがっているような気がするし、色具合がわざとらしいような気もする。おかしなもので、そんなことを考えだすと途端に、そこがまるで夢のなかのような気になってくる。

そうか。これは夢か。

やはり夢だったか。

わたしは先生になった夢を見ているのか。

きっと読谷山で暮らしているのも夢なのだろう。

わたしはそんな夢を見ているのだ。

そう思うと、なにもかもが、しっくりくる。

著しく変化した生活の向こう側に、呑気な女学生だった数ヶ月前の自分がうっすらと立ち現れてくる。あれこそが現実で、現実はあのつづきにこそ存在していて、ここはそれとはちがう場所なのだ。

その感覚が高じると、学校にいても、ツタは自分が先生という役割を演じているかのような錯覚に囚われた。那覇の帝国館などで観《み》た活動写真に出てくる人も、こんなふうに役割を演じていたのではなかったか。活動写真の中に入り込んだようにツタは先生になりきり、学校での時間を過ごす。面白いといえば面白くもあった。いったい自分は何歳くらいなのだろう、どうして先生になったのだろう、家族はいるのだろうか、友達はいるのだろうか、などと奇矯なことを頭の片隅で考えながら、オルガンを弾き、子供たちと唱歌を合唱する。

夜になり、辺りが暗くなり、景色がすべて闇に沈むとツタはほっとした。いつも変わらぬ月や星だけの世界はツタの心に平安をもたらす。夜空を眺めているとツタは、かりそめの先生という役割から解放され、読谷山という固有の場所からも解放され、地球上のどこかにいる、ツタという名を持っただの人間になり、いつしか、そのツタという名も溶けだしていくのを感じた。ついに誰でもない者となった時、ツタはほんとうの平安に身を委《ゆだ》ねられるのだ。

そんな夜には、和歌を拵《こしら》えた。

下宿の文机《ふづくえ》の前にすわって、頭の中の世界につるりと入り込む。そこから生み出される言葉にツタはしばし酔う。

気に入った和歌が出来ると、久路千紗子の名で、いつもの雑誌に投稿した。女学校を卒業しても、ツタは、まだその雑誌から離れられなかった。わたしはここにいる。わたしはここにいる。ツタはそう叫びつづけていなければならなかったのだろう。

久路千紗子という名は、いつのまにやら、ツタの過去と現在——ひいては未来——を繋《つな》ぐ一筋の道のようなものになってしまっていたようだった。

もしかしたら、あの頃のツタは、いくぶん、ホームシックとやらに罹《かか》っていたのだろうか。それならそうと認めてしまえば楽になれただろうに、頑としてそれを認めなかったがために、余計に神経をすり減らしてしまったのだった。母からの便りやキヨ子からの便りが嬉しくてならないのに、そんな気持ちとは裏腹に、ツタは一読するとぽんと机の抽斗《ひきだし》に抛り込み、二度と読み返さず、ろくに返事も書かなかった。書きたいのだけれど、母とはまだ気まずさが残っていたし、東京で揚々と暮らしているように見えるキヨ子には田舎暮らしの引け目もあって無邪気に返事が書けない。

それでも、母やキヨ子からの便りは定期的にやって来る。さすがに何通かに一通、簡単な返事を書く。ほんの短い返事にたいそうな時間がかかる。そのわりに、つまらない文面しか思いつかない。

どうせなら、もっとちがうものを書きたいとツタは思うのだった。手紙でもなく、夜半に拵える和歌でもなく、もっとツタの心や頭と直結した、身体の奥の奥の奥から湧き出るものを書いてみたい。

書きたいものは、ツタの身の裡に山のように溜まっている。どうしていいのかわからないくらい、たくさんのものが、吐き出せないまま、ツタの中で蠢《うごめ》いている。どうすればこれらが外へ出てくるのだろう。ツタにはまだその方法がわからなかった。書こうとしても、うまく書けない。そういう時には女学校での作文の時の苦い経験が自《おの》ずと蘇る。白紙を前に脂汗を流した、あの情けない思い出。ツタの裡に溜まる一方だったそれらは出口を見つけられず、行き場を失い、心奥で暴れ回っている。

夏の或《あ》る夜、村を直撃した颱風《たいふう》の突風で揉《も》みくちゃにされる木々を見ていた時、ツタは突然、あれはわたしだ、と思い当たった。木々をなぎ倒す勢いの暴風、殴りつけるように降りしきる雨、地鳴りのように轟《とどろ》くおそろしい音、狂ったように光る雷、あれらが皆わたしのなかにあるのだ、だから苦しいのだ、とツタは気づいた。ごうごうと渦巻く颱風のごとき魂を抱えて、これから先、どうやって生きていったらいいのかツタにはわからない。これをどう扱ったらいいのか、どう手なずけたらいいのか、まるで見当がつかない。

秋になり、何度目かの——おそらくその年最後の——颱風がやって来た時にはついに我慢ならなくなり、ツタは涙を流しながら、颱風の渦中へ駆け出していった。吹き飛ばされるのならいっそ吹き飛ばされてしまいたい。この雨嵐と一体になりたい。雷に身体を貫かれたい。あの木々のように揉みくちゃにされたい。わあわあと言葉にならない言葉を叫びながらツタは雨に打たれ、風に打たれた。すべって転び、崖から引きずり落とされそうになった。泥だらけになって、隘路《あいろ》をはいずり回り、大きな岩にぶつかった。風に飛ばされてきた木片かなにかで、知らぬ間に腕や顔が切れていた。小さな身体のツタは雨風にとことん翻弄《ほんろう》されたが、それだけだった。

暴風の峠を過ぎた頃、全身ぐっしょりと濡《ぬ》れそぼり、身体のあちこちに切り傷やら打ち傷やらを拵えたツタはすごすごと下宿へ戻ってきた。そうして血を流しながら、ツタはしばらく自室の中央で放心していた。

ぽたぽたと頭からしずくが垂れている。

雨の匂いと、汗の匂いと、血の匂いがまじりあっている。

いったい自分は何をやっているのだろうと呆《あき》れ、ツタは頭を抱えた。仮にも子供らを導く教師ともあろうものが、いっときの衝動に身を任せ、暴風雨の中にふらふら彷徨《さまよ》い出るとは、なにごとか。危険も顧みず嵐の中になんぞ飛び出していって、いったいどうするつもりだったのだろう。颱風がどこかへ連れて行ってくれるとでも思っていたのだろうか。思っていたのだ、と心の声が聞こえる。ふん、莫迦莫迦《ばかばか》しい。そんなことを本気で思っていたのだとしたら、お恥ずかしいかぎりだ。きっとわたしは理性を完全に失っていたのだろう。

涙はまだ、だらだらと流れていた。止めようとしても止まらない。牛の涎《よだれ》のように、いつまでもだらしなく流れつづける涙にツタは滑稽《こっけい》さを感じずにはいられなかった。笑い飛ばせるものなら笑い飛ばしたい。けれども、笑おうとするとまたしても涙が出てくるのだった。

斯様《かよう》に、ツタの精神は、時折、均衡を失いがちだった。

なぜかはわからない。

これはもう、そのように生まれついたとしか、言いようがない。

ツタにはツタがよく理解できないし、ツタにはツタを制御できない。

ツタは大きなくしゃみを一つした。それからおもむろに立ち上がり、行李《こうり》から手ぬぐいを出してきて頭のしずくを拭った。身体を拭《ふ》いた。

からりと晴れ上がった翌朝、学校へ行く前に、下宿の小母《おば》さんとともに、颱風一過の後片づけと掃除をした。

強い日差しがツタに降り注ぐ。

あからさまになった青あざやら切り傷やら――「おや、まあ、あなた、どうなされたのー」「ちょいと用があって雨のなかを外にでたらうっかり転んで、このざまです」「あれあれまあ、気をつけなくちゃあ。颱風を甘く見たらいけないよー」――、昨晩の愚挙の証拠が残る身体を動かしながら、あれはなんだったのだろうとツタは空を振り仰いだ。自分の内臓のなかへでも入っていったかのような、へんに生々しい記憶だけが、暗い奇妙な熱を持ったまま、いつまでもツタの中に居座り続けていた。

翌年の春、ツタは読谷山から首里近くの安里《あさと》小学校へ転勤になった。ツタが希望を出したわけではない。代用教員一年目は地方へ飛ばされることが多いものだが、その後、何年かするとたいてい地元に戻ってこられる。ツタもその慣例は知っていたのだけれども、たった一年で戻ってこられるとは思っていなかったので、辞令を受けて驚いてしまった。期待していなかった分、嬉しくはあったが、仲良くなった子供たちや、同僚の先生たちとの別れは寂しくもある。

ともかく、そうしてまた、母とのふたり暮らしに戻った。

代用教員としてまっとうに一年間勤め上げたのを認めてくれたのか、またツタと暮らせるのが嬉しかったのか、母はたいそう機嫌良くツタを迎え入れてくれた。よくがんばったねえ、立派になったねえ、と顔を合わせて労苦を労《ねぎら》われるとわだかまりも消えていく。

わだかまりとともに、余計な気負いも消えたのか、ツタは一年目より幾分落ち着いて仕事に励めるようになった。

素朴すぎるほど素朴だった読谷山の子らとちがって、安里の子らは、町の子らしい軽快さや利発さがある。読谷山で感じていた、ずっしりとした責任感はだいぶ薄れ、どちらかというと、子供を教え諭す先生というより、共に歩む年嵩《としかさ》のお姉さんとして接する方に気持ちが傾いていった。安里ではそういう立ち位置が、ツタに求められているようでもあった。母との暮らしに戻って少しばかり、女学生気分が蘇ってしまったというのも影響はあっただろう。わりあい人手が足りている学校だったから、忙しさもだいぶ緩和され、そういう意味でも少し気持ちに余裕が出来たのかもしれない。

母の機織りの内職と代用教員としてのツタの稼ぎで、経済的にもうんと楽になった。首里の女は機織りが得意なので、母の腕前もそこそこ良いが、布につく値が上がったとかで、以前より多少景気がいい。

田舎暮らしの一年間を取り戻すように、ツタは町中へ出掛けていくようになった。

ツタのいちばんの興味は、活動写真だ。

帝国館、大活館、平和館。弁士もちがえば、一週間ごとにかかる演目もちがう。

フィルムの中を動く役者たちに、ツタの目は奪われた。観ていると心がまるごと持っていかれてしまう。滑稽な喜劇や活劇の前に流される実写の風景やニュースにさえ、ツタは目を輝かせた。

暗闇で我を消して、活動写真の中にすっぽりと入り込み、そこにある虚構――べつの現実――に触れることが、ツタには必要らしかった。映写幕に映しだされるいくつもの現実を渡り歩き、次から次へと現れるちがう世界を吸収し、ツタの現実は次第に相対化され、安定する。消耗していくばかりの日常が息を吹き返し、こちら側で生きるための力が蓄えられる。娯楽というにはあまりにも切実な、ツタの活動館通いなのだった。ツタの希薄な現実感――読谷山にいた頃に比べればずいぶんましになったとはいえ、時折足元を掬《すく》われたように強烈なそれがツタを襲う――は、活動写真のおかげでそれ以上希薄にならず、精神の崩壊へと向かわずにすんでいる。べつの現実に身を投げ出すことがなぜそのような不思議な効果をもたらすのか、理屈はわからなかったが、活動写真がツタの実存を担保してくれているようなところがあったのはまちがいない。

いくらか大袈裟《おおげさ》に言えば、これはもう、生きるために、生きつづけるために、ツタにとって欠かすことの出来ない大事な主食のようなものになってしまっていたのだった。

それゆえ、「教師のくせに遊んでばかりいる」だの「あの人は活動写真狂い」だのと後ろ指さされても、ツタは一向にこたえなかった。なにがいけないのかツタにはまったく理解できない。法律違反をしているわけではない。犯罪に手を染めているわけでもない。日々の精神の平安を保つために、木戸銭を払って活動写真を観るくらい、なんだというのだろう。

「ツタ先生、活動写真に連れてってておくれよ」

そんなふうにねだる子供には、いいですよ、と言って、休みの日にいっしょに連れて行ってやった。ツタにしてみたら、オルガンを弾きたがる子供に弾かせてやるのと同じ気持ちで、観たいという子がいるのなら観せてやりたい。なに、難しく考えることではない。子供が観てはいけないものでもないし、小さな子ならいざしらず、六年生あたりになれば、活動写真は知識の向上にじゅうぶん役立つはずだ。むやみに禁止したところで観たいと思う子は勝手に――いくらか無茶をしてでも――観に行くだけだろう。ならば、子供だけで行かせるよりツタがついていた方が安全ではないか。その折には、これも一つの勉強なのだからと、ツタは彼らの分の木戸銭も出してやった。

こうしたツタの考えや行動に同調してくれる先生方もいるにはいたが、やりすぎだ、と目くじらを立てる先生も幾人かはいた。抗議らしきものも受けた。

だが、だからといって、「また行きたい」とねだる子供に、「もう連れては行かれない」とツタは決して言わない。というか、言えない。たかだか六つか七つしかちがわないのに、ツタだけが活動写真を楽しんで子供たちには駄目などと、どうして言えよう。同じように夢中になっているのなら、子供たちだって同じように観たいに決まっているではないか。それだけではない。何度も何度も繰り返しねだる子というのは、どこかしら、ツタのように、娯楽を超えたところで切実にそれを希求している一面があるように思われた。その気持ちがなんとなくわかるだけに、無下には出来ない。まあ、いいでしょう、さあ行きましょう、と連れて行く。

気づけばずいぶん型破りな代用教員になってしまっていた。べつに型を破るつもりなど毛頭なかったのに、ツタの場合、なぜだか知らぬ間にそうなってしまう。そうして、思わぬところで、思わぬ摩擦を起こして驚くのだ。自分を貫くというほど大層なものではないものの、ツタには、型や常識よりも自分の感覚を強く信じてしまうようなところがあった。服装にしたって、地味でお堅い教師然とした装いはちっともしなかった。若い娘らしいお洒落《しやれ》がしたいというより、ただ単に自分好みの恰好《かつこう》がしたい。そうすることに躊躇いはないし、迷いもない。あっさりと、それはもう、ごく自然にそうなってしまう。

あとになって思い返せば、この頃のツタには、教師であることへの自覚が少しばかり足りていなかった気もする。それでへんに大胆になってしまっていたのだろう。

オルガンを弾いて歌をうたったり、活動写真を子供といっしょに観に行ったり、そんな楽しいことばかりで代用教員の仕事が成り立っているわけではないことくらい、ツタだってよくわかっている。だからこそ、心して地道な日々の仕事もきちんとこなしていたつもりだったのだが、いつのまにやら、すっかり悪い目立ち方をしてしまっていた。

非難の目を向けられ、同僚の先生に嫌味や皮肉を言われる。良い家柄のお嬢さんが遊び半分で働いていると誤解されたのか、陰で酷《ひど》い中傷をされる。

読谷山の頃とはべつの形で、ツタはだんだん窮屈になっていった。

学校へ行くのが辛《つら》くなってきて、朝から、気持ちがうんざりしてしまう。

そうなると、あらためてツタは自問せざるをえない。

「わたしは先生になりたかったのだろうか」

自分で自分に問うまでもない。なりたい、という宣言が嘘だったのは、ツタ自身よくわかっている。

となれば、問いは次の段階へ進む。

「わたしはこのまま嘘を吐《つ》きつづけるのだろうか」

ツタは考える。

この嘘を吐きつづけて、この先、どうなるというのだろう。いつの日か、嘘から出た真実《まこと》に変わるならよいが、ツタの場合、嘘の鍍金《めっき》がぼろぼろ剝《は》がれ落ちていくのをただ必死で食い止めつづけるだけになりそうだ。

嘘に終わりはあるのだろうか。

終わらせなければ一生嘘を吐き続けることになるのだろうか。

つまらぬ嘘に己を合わせて生き続けるというのがはたして賢明だろうか。

先生という役割をうまく演じ続けられるのならまだしも、そちらも綻《ほころ》びてきた。

これはもうどうしようもないのではないか。

ツタはすでに先生という役割を続けることへの限界を感じていた。六年生の子供と、代用教員である自分との差は、知れば知るほど、あまりにも小さい。この小ささに気づきながら、素知らぬ顔で先生を続けるのがツタは苦しくてたまらない。自分はやはり、先生という柄《がら》でも器でもないのだ、とツタはつくづく思う。それをごまかして先生の真似事《まねごと》を続けてなんになろう。実《じつ》が伴わない先生に教えられる子供たちこそいい迷惑ではないか。

さて、どうしたものか。

そこまで気づいているのなら、いっそ、きっぱり職を辞めてしまえばすっきりするのだけれど、母に大口を叩いた手前、自分から辞めるとは言い出せない。辞めたら辞めたで、経済的に困窮し、暮らしが行き詰まるのも目に見えている。他《ほか》に仕事のあてがあるならともかく、こんないい仕事をあっさり手放せる身分ではない。

じりじりとツタは追いつめられていく。

解決策の見えない自問自答をいつしか日々繰り返すようになっていた。

なんだか、辻遊郭《つじ》に身売りされ、逃げ出せなくなっている尾類《ジュリ》にでもなったような気分だった。

尾類とちがっていったい自分はなにを売り渡しているのだろう。なにかきっと大事なものを売り渡して生きているにちがいない。その正体がわからないだけに、ツタはいっそう不安だった。

ツタのもとに縁談が持ち込まれたのは、ちょうどそんな頃だった。

ツタはそこに運命を感じてしまう。

ああ、きっとなにか大きな力がわたしを、ここから救い出してくれようとしているのだ。ならば差し出された手を摑《つか》むべきではないか。

ツタの縁談相手は、叔母の実家——由緒正しい、素晴らしい家柄——に縁続きの、たいへん優秀な人とのことだった。

《その人はいま、台湾で暮らしているそうです。だからまだ正式にお会いしてはおりません。沖縄で生まれ育ち、第一中学を出て、官費で上海《シャンハイ》の東亜《とうあ》同文書院《どうぶんしょいん》に留学し、卒業後は台湾の銀行に職を得て、こちらには戻らず、そのまま向こうに渡ったとのことです。》

縁談のことを相談しがてら東京のキヨ子に手紙を書くと、すぐに返事が来た。

《官費で留学とは、なんとまあ、素晴らしく優秀な方でしょう。七つ上なら敦雄《あつお》兄さんと同じ年頃です。そのせいでしょうか、なんとはなしに、その方のお名前に聞き覚えがあるような気がいたします。兄の仲の良かったお仲間の一人ではなかったかしら……。》

そういえば、キヨ子の兄たちは皆、第一中学を出ていたとツタは思い出した。俄然《がぜん》色めき立ち、その人はどういう人か、とキヨ子に訊ねる手紙を書く。後日キヨ子から、いつもながらの、要領を得ないというか、のほほんとした、的はずれな返事が届いた。ぐずぐずと書かれたそれを読み解いてみれば、どうやら、なにも思い出せないということらしい。少しでいいから何か思い出してくれないか、と重ねてしつこく訊ねると、そう言われてもこれ以上なにも思い出せそうもないし、面倒だから、いっそ兄に訊いてみましょう、とキヨ子は気楽に書いてきた。ツタは、あわてて止める。縁談相手のことをひそかに探っているなどと誰かに知れたらばつが悪いではないか、そのくらいなぜキヨ子は察してくれないのだろう。すると、今度はキヨ子から、それなら兄の中学の学友会誌にあたってみたらどうでしょうか、と提案があった。あれにはたくさんの方がいろいろ書いておられるし、おそらくなにか見つかるでしょう。学友会誌はたしか、兄らは皆、首里の家に置いたままにしていたと思いますから、ツタさんに貸してあげるよう、母に頼んでおきましょう。

喜び勇んでツタはキヨ子の家へ借りに行った。

何冊かまとめて風呂敷に包んで持ち帰った時の、ツタの嬉しさといったら。

叔母や母から、あなたの縁談相手は、たいへんに成績優秀で、将来有望で、家柄もよく、そのうえ人柄もよく、申し分のない方ですと、くどいほど聞かされてはいても、ツタは楽観していなかった。鵜《う》呑《の》みにもしていなかった。それどころか、あまりにも評価が高すぎて、本当だろうか、と逆に疑わしくさえ思っていた。一度か二度、幼い頃に会っているはずだと聞かされても何も憶えていなかったし、そのうち、なんだか周囲の皆にだまされているような気にもなってくる。かといって、自らあちこち訊いて回るなどとみっともないことは出来ない。

縁談は少しずつ現実味を帯びてきている。

このままいけば、ツタはこの人の嫁になるのだろう。

どんな人なのか、本当のところをなにも知らないまま夫婦になるとは、なんだかおそろしいような気もしてくるが、そういう結婚は当時よくあることだったし、相手が台湾在住とあらば致し方ない。ツタだってそれはよくわかってはいるものの、それにしたって今後のことを思えばもう少しなにか知っておきたい。

借りてきた学友会誌に彼の書いたものが載っていたら、人となりをいくらかでも知る一助となる。どんなに拙い文章であろうとも、一つでも、二つでも、見つけられたらそこから伝わってくるものは必ずやあるはずだとツタにはわかっていた。だから、祈るように頁を繰った。

いつ頃からか、ツタは、創作物で人を見るようなところがあった。文章だけではなく、絵でも、音楽でも、踊りでも、上手《うま》い下手《へた》、優劣や美醜などの作品の評価とはべつに、いや、作品の評価を超えて、拵えた人そのものが出てしまう、とツタは思っている。たとえば不誠実そうな人だと嫌悪していた人が、ある時思いがけず誠実な美しさを宿す絵——モチーフや題材ではなく、どこからともなく滲み出てくるそれ——を描いたとする。途端に、ツタは、その人への評価を変えてしまうのだ。案外いい人なんじゃないか、とその人を見直す。ようするに、作品と作者をきっぱり切り離せない。きちんと両者を切り離し、純粋に作品のみを鑑賞すべしと言われても、ツタはその向こう側にいる、拵えた人をつい見てしまう。じかに接していても簡単には見えなかった善《よ》きもの——悪《あ》しきものの場合もむろんある——がその人の裡にあったのだ、と拵えたものから見出《みいだ》すのだった。あてになるのかならないのかわからないけれど、ツタにはそんなふうに直感的に感じたものをそのまま信じこむ癖があった。

かの人の書いた作文には、まさに、繊細で柔らかな、善きものが見えていた。ツタはまずそこに好感を持った。

母や叔母たちの言うように、相当優秀な人らしい、漢詩なども引用した、律儀で端正な文章だった。そのうえ、いわゆる作文だけではなく、そこから明らかに逸脱した、掌編小説と判断した方がよさそうな長い文章まで載せていた。これにはツタも驚いた。あっと思った。

こういうものを書く人なのか。

たいせつな友との波止場での悲しき別れを、この人はロマンチックに、叙情たっぷりに〝物語〟に仕上げている。その手際はたいしたものだった。短いものだったし、学生の書いたものだから、もちろん拙いに決まっているが、ここではその拙さが、別れの切なさをいっそう盛り上げるひとつの味わいとなっている。なにより、個人的体験――きっとそうにちがいない――を、思い出話として綴るのではなく、思い切って、小説という形にしてしまったところにツタは目を瞠った。

そうか、こんなやり方があったのか。

この人の心の揺れや、やるせなさ、もっといえば、どうにも消化しきれない魂の叫びまでもが、まるごと伝わってくるかのようだった。引き裂かれていく二人の間にあったはずの友愛や、互いへの信頼、どうにもならない現実への諦観《ていかん》。その奥に隠れている、若者らしい、やさしい春のような慈しみ、と同時に狂おしいほどの熱情がいっしょくたになって迫ってきて、読み終わる頃には、なにやらぐったりするほどに読者の心はざわつき、複雑な境地へと誘《いざな》われている。

これはツタが書いたことのないものだった。そうして、もしかしたら、これこそがツタの書きたかったものではないかという予感がした。

なるほど、こうやって書いたらよかったんだ。

ツタは愕然とし、なぜ気づけなかったのだろうと歯ぎしりする。

縁談相手うんぬんよりも先に、ツタは激しく打ちのめされていた。

ツタは小説というものを、おそらく難しく考えすぎていた。小説を読むのが好きだからこそ、小説とは、作家と呼ばれる人が書くものであって、ツタが手を出せるような代物ではない、と端《はな》から決めつけていた。雑誌に投稿欄が設けられている和歌あたりが素人《しろうと》に手の出せるぎりぎりの分水嶺《ぶんすいれい》で、それより先は玄人《くろうと》のもの。高等女学校の周囲にも小説を書くような者はいなかったし、奨励されたこともなかったし、学友会の文集にそんなものを書くなどツタは思いつきもしなかった。

それなのに、この人ときたらどうだろう。しゃあしゃあと掌編小説を書いているではないか。

ツタがどうしても越えられなかった壁を易々と越えてしまっている。

尊敬の念が湧き起こると同時に、それを上回る悔しさもまた湧き起こった。嫉妬もあった。会ったこともない人だというのをすでに忘れ、少し怒ってもいた。たぶん、この時、ツタはこの人といっしょになると決めたのだと思う。

この人となら大丈夫だ。

この人とならきっとわかりあえる。

尊敬できるにちがいない。

それにしても、選《よ》りにも選って、どうしてこのような文学青年がツタの縁談相手として現れたのだろう。誰かが仕組んだことなのだろうか。

そんなまさか！

ではなんだ。神の仕業か、運命か、はたまた奇跡か。なにはともあれ、ツタはこの巡り合わせに感謝した。この人が相手なら、周りに流されて結婚するのではなく、この人だからこそ自ら望んで嫁に行くのだ、と得心がいく。ツタはそれが嬉しくてならない。ツタが決心したら、それから後はもう、話はとんとん拍子に進んでいった。

翌年春、ツタは代用教員の職を辞し、二ヶ月後には花嫁となった。

まもなく夫の勤め先である台湾へ渡る。

ツタはこの時、まだ十代だった。

三

夫は物静かでいつも落ち着いている人だった。

台湾という新天地で、小さな子供のようにはしゃいだり浮かれたり、そうかと思えばひどく落ち込んだり嘆いたりと、常に気持ちが揺れ動いたツタの横で、夫はいつも冷静だった。

学生時分にあのような熱を帯びた掌編小説を書いた人とも思えない、文学青年というよりも、いかにも銀行員、もしくは研究員とでもいった感じの、穏やかで真面目《まじめ》な人だった。

ツタの母は、あの人は、とても温厚でお父さんのように癇癪持ちではないから、ツタは幸せになれるよ、と結婚前に繰り返し言ってくれたものだったが、実際に暮らしてみると、それがよかったのかどうなのか、ツタにはその温厚さが、二人の間にどうにも越えられない溝を作っているような気がしてならなかった。在りし日の父と母の姿からしか夫婦というものを想像できないせいもあったろう。あるいはまた、ツタが夫に期待をかけすぎたきらいもあったかもしれない。台湾の地方都市で始まった、あまりにも静かな二人の暮らしがツタにはどことなくよそよそしい気がしてしまう。むろん、赤の他人がいきなり夫婦になったのだから、多少のぎこちなさはあって然《しか》りなのだが、ツタはそれ以上に、夫が本音でツタに接していないのではないかと疑ってしまう。みだりに感情を露《あら》わにせず、いつでも辛抱強くツタを教え諭し、導く様は、夫というより、さながら年の離れた上司か教師のようだった。ならばいっそツタの父のように激しい癇癪でも起こしてくれたら、お互い素になり、心の裡をあらいざらいぶちまけあって、ぐんと楽になれるだろうに、そんな機会も訪れない。苛立つツタが多少感情的になったところで、夫はひらりと身を躱《かわ》し、ごまかすというのでもないのだが、うまく対処する術《すべ》をすっかり心得てしまっている。ツタの思いを真剣に受け止めてくれないのは、夫が大人すぎるからなのか、ツタが子供すぎたからなのか。なんだか自分は夫によって、妻という名の所有物にでもさせられたような気分だった。夫にしてみたら、外地で、新しい家庭と年若き妻を懸命に守ろうとしていただけなのだろうが、勝手気《き》儘《まま》なところのあるツタは、庇護《ひご》される立場に追いやられるのがなにしろ面白くない。といって、中国語に堪能《たんのう》で海外の暮らしにも慣れている夫に頼らなければ日々つつがなく暮らしていけないのだから卑屈にもなろうというものだ。諍《いさか》いや喧嘩があるでなく、仲が悪いわけでもないので、結婚に失敗した、とまでは思わないもののの、なにか物足りないような気がして、でもそれがなんなのかわからなくて、これが夫婦というものなのだろうか、こんな暮らしでいいのだろうか、と悶々《もんもん》とした気持ちを東京のキヨ子への手紙に綴ってみる。しかしながら、まだ独身のキヨ子に、そんな新妻の複雑な胸中が伝わるわけもなく、あらやだツタさんたらさっそくお惚気《のろけ》ね、などと頓珍漢《とんちんかん》なことを書いてきて、ツタをげんなりさせるのだった。キヨ子はツタの夫が兄の仲間だと知ってから、そうしてその兄から、いかにこの友人が優秀で立派な男であるかを吹き込まれてから、ツタを幸せな花嫁と思い込んでいて、なにかというと、まあ素敵ね、まあ羨ましい、を連発してくる。台湾での新婚生活という珍しさも、キヨ子の憧れを強くしたようだった。

台湾。

日本が統治する、沖縄よりもまだ南に位置する蓬莱《ほうらい》の島。

正直言って、ツタは、実際台湾に来るまで、沖縄と似たり寄ったりの島だろうくらいにしか思っていなかった。

沖縄と台湾はなにしろ近い。台湾のことは、昔からよく噂で聞くし、沖縄から台湾に働きに行く者も多い。嫁に行くといったって、島の大きさや言葉が違うくらいで、そう驚かされることはないのではないか、とつい高を括《くく》ってしまう。それゆえ、読谷山村へ赴いた時くらいの気易さで、沖縄の外だというのにろくな準備もせず、隣村にでも行くようなつもりで船に乗ってしまったのだった。

ところが、台湾に到着し、下船して港やその周辺の町並みを一目見るなり、ツタは自分の考えが甘かったとすぐに悟った。台湾は沖縄とはまるでちがっていた。まず匂いからしてちがう。目に飛び込む色合いも、耳に聞こえる言語や音も、これまでなじんだものとはまったくちがっている。そのうえ、行き交う人の多さ、きちんと整備された通りの賑《にぎ》やかさ、華やかさといったらどうだろう。日本国が短い期間に莫大《ばくだい》な資金を注入し、統治国としての面子《メンツ》を賭《か》けて築き上げただけあって、台湾は沖縄とは比べものにならないくらい飛躍的に発展し、じつに豊かな島となっていたのだった。

港町を後にし、次に連れられていった台北《タイペイ》がまた一段と、というよりツタが今まで見たこともないほどの、大いなる都会だった。ツタは度肝を抜かれ、もはや言葉もない。目抜き通りに居並ぶ趣向を凝らした店舗。あか抜けた看板。夫の勤める銀行の本店なぞ、赤煉瓦《あかれんが》を積み上げた堂々たる建物で、この人はこんな立派な銀行にお勤めなのか、と思わず溜息が出たほどだった。その隣にある台湾総督府がまた一段と素晴らしかった。銀行の本店どころではない、まるで城かと見まごうばかりの威容で、建物中央に聳《そび》える塔を見上げているうち、ついにツタは眩暈をおぼえてへたりこんでしまった。

昂奮醒《さ》めやらぬツタは、一週間ほど滞在した台北のホテル——これがまた夢のように美しいホテルで、西洋式のホテルというものにそれまで一度も泊まったことのなかったツタの胸を大きく高鳴らせた——の一室からキヨ子に、台湾の素晴らしさを綿々と手紙に書き綴った。後から思えば、その手紙がキヨ子に無用の憧れを植え付けたのだろう。少々大袈裟に書いてしまったのは、毎度キヨ子が手紙になにげなく書いてよこす東京暮らしの楽しさ、素晴らしさに負けたくなかったからかもしれない。

夫の勤める支店のある地方都市に移ってからも、ツタの昂奮はしばらく続いた。住まいを整え、家事に勤《いそ》しむだけでも、驚きの連続だった。ツタの住む町は、北回帰線上にあり、つまり亜熱帯と熱帯の狭間《はざま》だったので、沖縄とは植生帯が異なり、景色や食物、習慣などだいぶちがっている。とんでもない大きさの椰子《やし》。見たことのない花々。台湾服と呼ばれる涼しげな服を着て道行く人々。物売りの呼び声も風采《ふうさい》もちがう。木瓜《ムーグア》、土様仔《トースアーヤ》、蓮霧《レンウー》、見知らぬ形や色の、魅惑的で美味な果物。知った野菜も見場や味がいくらか異なっているし、知らない野菜もある。不自由するだろうから、手伝い人を雇ってもいいと夫に言われたが、ツタは雇わなかった。本島人なら言葉が通じないし、内地人でもツタより年上か、もしくは同年配の娘なら却《かえ》って気を遣う。幸い、隣近所に、夫の同僚の家族が固まって住んでいたから、よほど困れば助けてもらえた。そのような具合で、台湾にいても、付き合うのはおおむね内地人ばかりだった。買い物などの行き先も内地人の店にかぎられたから、ツタには初めての外地暮らしでもどうにかなった。というか、どうにかなるように、小さな円のなかでツタは静かに暮らしていたのだった。

最年少のツタは皆に可愛がられ、暇を持て余している上役の奥様方などからは、からかい半分で世話を焼かれた。ありがたいのか、そうでもないのかよくわからなかったが、この円のなかで暮らしている以上、ありがたいと思って暮らしていくよりほかない。

ツタの言葉は、時折通じなくて、よく訊き返された。女学校でも代用教員として働いていた時でも、自分では沖縄口《ウチナーぐち》をほとんど遣っていないつもりだったのに、外へ出てみると、ツタの基本は大和口《やまとぐち》ではなく、じゅうぶんに沖縄口らしかった。油断するとつい、沖縄の抑揚になってしまうらしい。……と、気づいたところで、抑揚というのは癖になっているので簡単には直せない。どこがどう大和口とちがっているのか、厳密に理解できていないツタは自ら直しようもない。我が内なる沖縄を、否応《いやおう》なく意識することとなった。そうして、え？　え？　とたびたび訊き返してくる内地から来た奥様方がどことなく、沖縄を下に見ているようであることにも気づかされた。そこが日本ならまだしも、台湾という外地にいてもそうなのか、とツタは腹立たしいような、うら悲しいような気持ちになった。ともに内地から来た者として、台湾という外地で助け合って暮らしているとばかり思っていたが、そんな態度は所詮《しょせん》表向きに過ぎなかったようだ。銀行員として能力を高く評価されているらしい夫もまた、銀行ではそういう色眼鏡《いろめがね》で見られているのだろうか。

夫に訊ねても、夫は、さあ、どうだろうね、と淡々と返すのみだ。たとえそうであったとしても、いちいち頓着したところでなんになる、というのが夫の考えらしかった。ツタが食い下がっても、そんなことに煩わされるのは時間の無駄だし、そんな発想が及ばぬくらい力を発揮したらいいではないか、とじつにあっさりツタをいなす。夫に言われてみればその通りなのだが、なかなかそこまで思い切れるものではない。夫にはツタなどとは比べものにならぬくらい己への強い自信があったのだったし、ちっぽけな島国同士で上だの下だの言い合うのは無意味だ、と一刀のもとに斬《き》り捨てられるのは、長らく上海に留学し、中国語だけでなく英語にも堪能なコスモポリタンとして培われた感覚の裏付けがあったからだったろう。この人はつねづねそういう独特の持論を、賛同者がいようといまいと、誰憚《だれはばか》ることなく口にする人でもあった。それで疎まれようと差し障りがあろうと気にしない。裏腹に、心にもないお追従だの、お世辞だのが、とんと言えない人でもあった。合理的なのか鈍感なのか、ツタには最後までよくわからなかった。

夫とは文学の話はしなかった。

ツタはとても話したかったのだけれど、夫が好まなかったのだ。ツタが水を向けてもちっとも話に乗ってこない。あの学友会誌に載っていた掌編小説を話題にしても、白けた顔で、ああ、あれか、あれを書いたのは遠い昔だ、もう忘れた、と話を変えてしまう。文学談義になぞ決して発展しない。そのわりに、ツタが和歌を作るのは止めなかった。別段褒めてはくれなかったが、貶《けな》しもせず、雑誌に投稿するのも面白がって認めてくれた。思っていたほど夫は文学青年ではなく、掌編小説を読んだ時に感じたような、熱く滾《たぎ》る魂の持ち主でもなかったようだが、それでも文学は好きらしく、理解もあり、本だの雑誌だの、ツタが欲しいと言えば、いくらでも買ってくれた。それだけでも、ツタは、この結婚を肯定的に捉《とら》えることができた。いや、そう思うしかなくなっていた。ツタはこの時すでに妊娠していて、翌年、男児を出産する。この道が正しいと信じてまっすぐ進んでいくしかなかったのである。

平穏といえば平穏な日々だった。

台湾での出産は不安も心配もあったけれど、幸い、子沢山の同僚の奥様が出産への道程の指南役となってくれたので、これといった支障もなく、さすがに陣痛は想像以上に凄《すさ》まじく辛かったものの、初産にしてはまずまずの安産だった。子はかわいかった。ぷくぷくとした白い肌の、小さな小さな赤ん坊。ツタの中からこの子が出てきたのだと思うと、不思議でならなかった。この子はツタの分身のようで、分身ではない。まるでべつの生き物だった。べつの生き物だけれど、ツタが守らなくてはならない。腹の中で徐々に大きくなっていった時の奇妙な感覚と、それがずるりと外へ出てきた時の生々しい感覚がツタに生き物としての根元的な力を思い出させた。ツタの生理に訴えてくるような赤ん坊の泣き声。あわてて手を伸ばし子を抱く。乳を含ませる。添い寝をする。御襁褓《おむつ》を替える。あやす。もくもくと子に奉仕するのは、ツタにとって平安以外のなにものでもなかった。頭の中は赤ん坊のことでいっぱいで、他事を考える余裕はいっさいない。あれほどやかましかった頭の中には今や赤ん坊しかいなくなっていた。

この年は、春に摂政宮裕仁皇太子《せっしょうのみやひろひと》が台湾まで視察に訪れたかと思うと秋には東京で甚大な被害をもたらした大地震があり、世間はなにかと喧《かまびす》しかったが、外のことはあまり気にならなかった。義捐金《ぎえんきん》集めだの、物資の輸送にかかわる融資だのと、夫は東京の地震の影響で多忙を極め、留守がちにもなったのだったが、それもまたツタはそう気にならなかった。子とふたり、抛っておかれるのが苦にならない。世間から取り残されてもまったくかまわない。むしろ、取り残されたい。抛っておかれたい。ツタからはもう、世間が消えてしまっていた。小さな家で、ひたすら家事と育児に明け暮れるのが心地《ここち》好い。

時が経つのも忘れるほどだった。赤ん坊に合わせていると、時間の感覚がおかしくなっていく。赤ん坊とともに短い眠りを繰り返し、合間合間に家事をこなしていると、いつ一日が過ぎたのかよくわからなくなる。いつのまにか夜になっていて、いつのまにか朝になっている。そんな一日が積み重なるものだから、ひと月もふた月もわからなくなって、しまいには半年も一年もわからなくなっていた。子のささやかな成長に気づいて、はっと過ぎ去った時間を意識するくらいが関の山だ。夫が家にいる時でも、赤ん坊を優先するから、夫はあまり目に入らない。夫もそれに文句を言う人ではないから、その傾向にいっそう拍車がかかる。楽といえばこれほど楽な暮らしはなかった。子に振りまわされる育児によって精神が衰弱するのではなく、子に振りまわされる育児によって、ツタの過剰な我《が》が消えていかざるをえなくなり、ツタの精神はある意味、かつてないほどに、非常に安定したのだった。見ようによっては少し異常だったかもしれない。ツタと子は、母子密着のひとつの宇宙になっていた。

均衡を欠いた熱中ぶりだったとツタが気づいたのは、子を喪《うしな》って、何年もしてからだった。

そう。ツタの子は、二歳になるやいなや、急性の腸カタルであっけなく逝ってしまったのだった。高熱が出てから息を引き取るまで、本当にあっという間だった。

この日からしばらく、ツタには記憶がない。

いったいどうやって暮らしていたのか、ツタにはなにもわからない。なにも憶えていない。家事はどうしていたのだろう、夫の世話はどうしていたのだろう、ちゃんと食べていたのだろうか、ちゃんと眠っていたのだろうか。記憶がすっぽりと抜け落ちている。葬儀の記憶すらなかった。気づいたら位牌《いはい》だけが、ツタの手元に残っていた。あの子はどこにもいなかった。

あの子はどこへ行ってしまったのだろう。

満ち足りていた世界はあの子とともに消えてしまった。

それから二年後に、夫と台湾の地を離れるまで、ツタの弔いはつづいた。その二年間は、かなしみの水底を這《は》いずり回っているような苦しい日々だった。考えても考えても、喪われた子のことを考えてしまう。喪われたのは子だけでなく、ツタの一部もまた喪われてしまったかのようだった。悔いても悔いても湧き出る後悔。なにがいけなかったのか、どうすればよかったのか、考えても詮無いことをツタは考えつづけた。どうしたらあの子を喪わずにすんだのだろう。どこで道をまちがえたのだろう。なにをすべきで、なにをしてはならなかったのだろう。それがなんなのか具体的なことはなにもわからないのだけれど、いや、そうではない、あらゆることが、なにもかも該当するようで、却って悩みが深まるばかりなのではあったが、ともかく、ツタは自分がなにかとてもいけないことをしてしまったような気がしてならなかった。きっと自分のせいだ。自分がもっとしっかりしていたら、あの子は死なずにすんだのだ。罪悪感でいっぱいになり、自分を苛《さいな》み、自分に苛まれた。どうせならわたしが死ねばよかったのだ、とツタは思う。あの無垢《むく》な魂と自分は入れ替わるべきだったのだ。あの子はまだここにいるべきだったのに。ここにいなくちゃならなかったのに。否、ここにいなければならないのだ！　あの子こそが！　しょっちゅう抱きしめていたあの子の小さくて柔らかい身体がもう、この世のどこにもなくなってしまったことがツタにはどうしても納得できなかった。あのふっくらとした頬にもう一度触れたくて、あの小さな手をもう一度握りしめたくて、あの子の重みをもう一度感じたくて、もう一度強く抱きしめたくて、ツタは手を伸ばす。空《くう》を抱く。行き場をなくした手はツタの身体に絡みつく。静かに泣く。

いまわのきわで彼女は思う。

死ねば再び、あの子に会えるのだろうか。

あちらに行けば、あの子がいるのだろうか。

いまわのきわでこうしてあらためて思い返せば、まことに人生とは出会いと別れの連続だった。

ずいぶん長生きしてしまったから、それはもう、たくさんの別離を経験してきたし、当然ながら、死別も数え切れないほどあった。かけがえのない人をたくさん喪い、悲しみにくれた。けれども、あの時の、あの子を喪った時の衝撃に勝るものはなかったように思う。それほどに、あの子との別れは、大きな苦しみであり、大きな悲しみだった。

まだツタが若かったからだろうか。

初めての子だったからだろうか。幼子だったからだろうか。

あそこでなにかツタの精神に変化があったような気もする。のちのち、夫には、おまえはあの時すっかりおかしくなっていた、精神に変調をきたしていた、と言われたものだったが、それは一時《いっとき》のことだったろうか。立ち直ってからも、ツタの奥深くであの子の喪失はずっと影響を与えつづけていたように思う。まさしくあれこそが、変調だった。ツタそのものが変調してしまったのだった。あの時、あそこが台湾ではなく、沖縄だったら、もしかしたら、ツタはユタにでもなっていたかもしれない。あの時のツタなら、ああいう神懸かりの道へ行くのが自然だったように感じられるし、ツタ自身、心の奥底でそれを望んでいたのではなかったか。

ツタはあの時、祈っていた。

沖縄の実家にあった観音様に似た観音像を台湾の家にも祀り、あの子のために一心不乱に祈っていた。それは供養であり、祈願であった。なにを祈っていたのかはよくわからない。ただひたすら、大きな穴を埋めるために祈っていた。神よ、あなたはどこにいるのだ。神よ、あなたはなぜこのような仕打ちをする！　そうやってなにかを懸命に訴えていたような気がする。どこかに神への直通の回路があるように思い、それがあるならそれはどこだ、とツタは必死でそれを探し求めていた。

観音像がうっすら浮かべている笑みが憎らしかった。

憎らしくて、憎らしくて、その笑みをぎっと睨みつけていると、なぜだかふいにそれがあの子の笑みに変容する。ツタは息を吞む。観音像の笑みを透かしてあの子が見える。あの子が笑っている。愛らしい、ツタの心を芯《しん》から蕩《とろ》かすような、あの子の笑みがそこにあった。ああ、と思わずツタは声を漏らす。それがうれしいのか、くやしいのか、ツタにはわからなかった。たしかにそこにあの子が見える。けれどもそれはあの子ではない。あの子が生き返ったわけではない。あの子はあんな堅い木の像ではない。それでも、ツタは、その笑みを、飽かずに眺めつづけた。

あれから何年になるだろう。

生きていたら、あの子は今、何歳だろう。

いまわのきわで、ツタは気づく。

あの小さかった子は、生きていれば、すでに老人と呼ばれる年頃になっている。

ああ、そうか。

それほどの月日が経ったのか。

めくるめく時の流れをツタは感じる。それは川のようにさらさらと止めどなく流れるものではなく、とろりとした水たまりだった。それがツタの時間だった。ツタが生きた時間だった。

羊水の中にいるようだと、ツタは今その中に、ゆらゆら浮いている。

羊水の中だなんて、なぜそんなことを思うのだろう。羊水にいた頃の記憶などないのに。

それに、ここが羊水ならば、まるでこれから生まれるようではないか。そんなことがあるものか。ツタはこれから生まれるのではなく、死んでいくのだ。ところが、おかしなもので、時の中をゆらゆら揺蕩《たゆと》うていると、だんだんそれがわからなくなる。どちらも似たようなものではないかという気がしてくる。

あの日から、ツタはあの子を背負って生きてきた。それをツタはとくべつなことだとは思っていない。生者は死者を背負って生きるものだ。多かれ少なかれ、人は死者の鎮魂のために生きていると、そんなことを思うようになったのはいつ頃だったろう。生きている者だけでこの世があるのではない。

蓬莱の島、台湾に、あの子といた宝物のような日々を置き去りにして、ツタは夫とその地を離れた。

船が台湾を離れるにつれ、そこは見る間に遠退き、水平線の向こうへ消えていった。海の彼方の幻の島。

もう二度と、そこで暮らすことはない。

そこで暮らした日々が蘇ることもない。

ツタを乗せた船は行く。

そこにあるのは、青い海と、光る波と、白い雲と、ぎらぎらと獰猛《どうもう》に輝く太陽だった。それらが、寄ってたかってツタの幻を容赦なく蹴散らしていく。頭が痛い。頭が痛い。頭が痛い。刺すような日差しに頭が割れてしまいそうだ。

現実に今ここにあるものの力強さにツタは気を失った。

耳に聞こえる波の音。

鼻をくすぐる潮の香り。

肌を触るねっとりとした風。

揺れる身体。

大きな闇。

そうして長い夢から醒めたみたいに、数日後、ツタは東京で暮らしだしたのだった。

四

台湾の銀行を夫が馘首《くび》になったのは、不良債権が焦げ付いたために陥った銀行の一時営業停止という不手際において、たいして偉くもない夫までもが、役職者三名とともに、どういう理屈からか、責任を取らされたためだった。焦げ付きの原因の一つといわれる震災手形に関わっていたからかもしれない。といったって、夫はただ、上の人に言われるまま粛々と業務を遂行していたに過ぎないのだから、いかにも厳しすぎる処分のようにも思われたが――案外、日頃の付き合いの悪さ、愛想のなさがここぞという場面で悪影響を及ぼしたのではないかとツタは疑っていた――、夫はべつに解雇を不当と思っている様子はなく、台湾を離れるいい機会だ、くらいの意識でいたようだ。ツタのためにも台湾を離れたほうがよいだろうと夫は言った。心機一転、巻き返しだ。

この銀行をめぐる騒動はのちに昭和金融恐慌と呼ばれたものと繋がっていて、銀行の後ろ盾となっていた内閣は早々に総辞職に追い込まれたし、飛ぶ鳥を落とす勢いだった内地の大商店も潰《つぶ》れた。株価も大暴落して経済は混乱をきたし、内地の新聞でも連日大きく取り上げられていた。

それゆえ、転がり込んだ先の東京の義兄や嫂《あによめ》も夫に同情的だった。

「なあに、おまえが悪かったわけではない。ちと運が悪かっただけだ」

「そうですよ、きっとすぐにでも、もっと良い職が見つかりますよ」

東京は広い。学歴も能力も高いのだから、ふさわしい仕事がじきに見つかるだろう。遠慮は要らない、ここでのんびり職探しをしたらいい。

そんな思いやり深い、楽観的な空気に包まれ、ツタともどもやさしく持てなされているうち、もともと自信家である夫はすっかりその気になってしまったらしい。

しばらく義兄のところでやっかいになったあと、まだ職も決まっていないのに、近くに手頃な借家を見つけて早々に移り住んでしまった。出費は嵩んだが夫はたいして焦っていない。蓄えもあったし、売れば価値がある珊瑚《さんご》だの、玉《ぎょく》だの、墨だのを夫はいくつか所持していた。

ゆるゆると、ツタの日常が動き出していた。

震災後の復興めざましい東京は、ツタを鼓舞するかのように活気づいていた。そのたくましき土地の力に呼応してツタの内なる声が聞こえてくる。

蘇れ、蘇れ。

ツタよ、お前も蘇れ。

苦しみの水底から蘇り、ふたたびこの地へ戻ってくるのだ。そうして、しっかりと地に足をつけて、前を向いて歩いていくのだ。

東京の空気は硬く冷たく、日の光は沖縄や台湾に比べ格段にやわらかかった。どちらも、ツタが一度も経験したことのないものだ。

映画館、百貨店、本屋、劇場、ダンスホール。東京には文化的な香りのするものがそこかしこにあった。嫂と連れ立って出掛けたり、幼い姪《めい》を子守りがてら連れて行ったり、そのうち一人でふらりと出掛けたりするようにもなった。貸本や円本《えんぼん》を貪り読み、百貨店に陳列された商品を眺め歩き、映画館に入り、束《つか》の間《ま》の休息を謳歌する。思えば、台湾へ渡って以来、気の張る日々の連続だった。今ようやく少しばかり、力が抜けたような気がする。

そうこうするうち、二人目の子を身籠《みご》もっていることがわかった。

ちょうど何年かぶりで会ったキヨ子にそれを告げると、一人目の子の不幸を知るキヨ子は、殊の外喜んでくれた。キヨ子も東京で縁談がまとまり、嫁ぐ日が間近に迫っていた。東京で二人、助け合って生きていこう、きっと仕合わせになろう、顔を合わせれば、そんな言葉が自然に口をついて出る。

本当に、東京にキヨ子がいることを、この時どれほど心強いと思っただろう。ツタの出産とキヨ子の結婚が重なってしまったため、そう頻繁に行き来は出来なかったが、それでもすぐそばにキヨ子がいると思うとずいぶん落ち着いていられた。なにかあればキヨ子を頼れる、キヨ子に話せると思うだけで気持ちがちがってくるのだ。

女学校を出て数年、再びキヨ子とめぐり逢《あ》えた僥倖《ぎようこう》をツタはありがたいと思う。東京へ出てきて、ツタはなにやら救われたように感じられる。

日に日に大きくなる腹をさすり、もう一度あなたを抱きしめますからね、とツタはお腹《なか》の子に話しかける。この子はあの子ではないとわかっていても、いや、わかっているからこそ、わざと混同したようにツタは熱心に話しかけた。ここにいる子が、二人分、愛《いと》おしくてたまらない。

出産予定日が待ち遠しくてならなかった。ありったけの思いをこの子に注ぎたい。

あの時、東京で夫の職が無事見つかっていれば、ツタはあのままおとなしく、あそこで一生を終えていたのではないかと思う。たいした波乱もなく、夫に仕え、子を育て、時折キヨ子に会って、愚痴や不満を言い合い、少しばかり自慢をしたりされたりし、楽しみや喜びを分かち合い、どこまでも静かに呑気に暮らしていたのではなかったか。

少なくともツタは、あの頃、そんな未来を想定していた。望んでいた、と言い換えてもよい。

だが、残念なことに、そんな安穏とした未来はツタのところへやって来なかった。二人目の子――うれしいことに、また男の子だった――が生まれても、夫の職は見つからなかったのだった。

折からの不況で、夫の能力に見合うだけの良い仕事がどこにもない。たとえあったとしても、そういう仕事は奪い合いだから、形振《なりふ》り構わず他人を出し抜かなければ手に入らない。時にはずるさや卑屈さも必要だった。だがそれはおそらく夫のもっとも苦手とするところでもあった。ようやく決まりかけても、気づけば鳶《とんび》に油揚げを攫《さら》われるように、どこかの誰かにあっさり奪われ、結局不採用になっている。だからといって、力仕事や汚れ仕事で手を打つ気はないのだった。夫はあくまでも、己の能力に見合った仕事に就くつもりでいる。乳飲み子を抱えたツタは焦った。いつまでも無職でいたら、やがて蓄えは尽きるだろう。そうなってからでは遅い。ともかく、なんでもいいから、早く職に就いて欲しかった。この子を栄養失調になぞさせられない。またしても子を喪うことになったらどうするのだ。望み通りの職でなくともいったん就いて、そのあと、じっくり腰を据えて探し、ここぞというところへ転職したらいいではないか。ツタは夫に懇願した。この子をかわいいと思うなら、靴磨きでも店員でも、

なんでもいいからとにかく職に就いてください。働いてください。安心させてくださ
い。ああ、わかった、そうしよう、と夫は言うが、靴磨きや店員を屈託なく務められ
る人ではないのだった。ならばいっそツタが代わりに働きに出たいくらいだが、生ま
れたばかりの乳飲み子を抱えていては、そういうわけにもいかない。だったら、その、
あなたにふさわしい仕事とやらを、もっと必死になって探してください、とツタは懸
命に訴えた。義兄や嫂やその周辺だけでなく、もっと広く、そこら中に声をかけたら
いいではないか。キヨ子の兄にだって頭を下げて頼ればいいではないか。そうすれば
きっと力になってくれるだろう。思い余って夫にそれを勧めてみても、夫はいい顔を
しなかった。古い仲間だからこそ、頼りたくないと思っているようだった。この窮状
を知られたくないと思っている。その証拠に、夫はツタに、キヨ子には決してこの話
をしてはならないと厳命した。ツタは落胆した。いったいこの人は、どこを向いてい
るのだろう。わたしや赤ちゃんをちゃんと見てくれているのだろうか。この人にとっ
て大事なものとは何なんだろう。この人が拘《こだわ》る、ふさわしい仕事って、いったい何な
のだ。ツタは思う。ふさわしい仕事とは、子を飢えさせない仕事、それに尽きるでは
ないか。頭脳労働が見つからなければ肉体労働でかまわないではないか。それでいっ
たい何を失うというのだ。夫が優秀であるのは認めるが、優秀であるとは、こんなに
も脆《もろ》いものなのか。

それまでツタは夫に対し、批判的な気持ちになったことはなかった。気にくわないところや、嫌なところがぽつぽつあっても、妻ならばそんなものの一つや二つ、我慢すべきだ、と呑み込んでいた。肝腎《かんじん》なところをわかりあえていないのではないか、と訝しんでも、そんな気持ちは押し殺していた。そうして、成る丈、夫の良いところを見ようとしていた。誇り高く、不器用で、融通のきかない人だけれど、それは賢さと引き換えなのだし、根が純粋だからだ、と思うようにしていた。けれども、いつしか、魔法が解けたように、そういう見方が出来なくなってしまっていたのだった。そもそも、ツタにそんな魔法をかけたのは、ひょっとしたら、あの掌編小説だったのかもしれない。ツタはあの時唐突に閃《ひらめ》いた己の直感にずるずると引きずられていただけなのかもしれなかった。そう思いたくはなかったが、どうもそんな気がしてくる。

あれはまちがいだったのだろうか、とツタは、あらためて考えてみた。ここへきて、こういう転換が起きたということは、つまり、あれはたんなる思い込みだったということなのだろうか。それを認めるのはツタにとってあまりにも酷だった。あれこそが結婚への拠《よ》り所《どころ》だったのに、今更、勘違いだったとは思いたくはない。それを認めてしまったら、批判の矛先が己へ向いてしまう。燻《くすぶ》りだした夫への批判的な気持ちがすべて自分へ跳ね返ってきてしまう。

悶々としているうちに、いっそ小説を書きたいとでも言ってくれたらいいのに、と半ばやけになって、ツタは思った。夫がそのために仕事に就かないのだと高らかに宣言してくれたら、ツタも——さすがに諸手《もろて》を挙げて賛成とまではいかないだろうが——、いくらかでもこの窮状を受け入れられる気がする。十代半ばであれが書けたのだから、腹を決めて修業すれば先々なんとかなるのではないだろうか。活況を呈する文芸各誌の片隅に居場所の一つや二つ、見つけられないものだろうか。些《いささ》か夫を過大評価しているように思わなくもなかったが、この際、あの小説の美点に気づいた意味がそこにあったと、ツタは思いたい。

よく考えてみればおかしな話だった。ツタの夫は文学で身を立てたいなどと一度も漏らしたことはない。それどころか、文学の話すら、ろくにしたことはない。それなのに、ツタは勝手にそんな夢を見る。

作家として立つ。

まさかそれが己の欲望だとは微塵《みじん》も思っていない。

夫に対して絶望しないために、そんな突飛な妄想を考えだしたのだろうと思い込んでいる。ツタは夫に腹を立てそうになると、その夢の中に逃げ込んだ。夫をせっついてますます苛立つより、その方がよほど健康的だったのだ。

漸《ようよ》う見つかった夫の仕事は、東京ではなく、名古屋の貿易語学校での教師の職だった。

　なにはともあれ、職が見つかったことに安堵《あんど》し、新学期からの仕事に間に合わせるため急いで引っ越しの手筈《てはず》を整え、義兄一家やキヨ子とも別れて、縁もゆかりもない、名古屋という土地へ流れていく。ところが、着いた途端、夫の勤めるはずだった学校がひと月後に廃校になると発表されたのだった。まるで騙されたみたいだとツタは憤慨した。こんな莫迦な話があるものか。紹介者はこの事実を知っていて、夫にこの職を押しつけたにちがいない。抗議をしようとすると、それを制するかのように学校側から、一年間、別の学校で働かせるからご寛恕《かんじょ》願いたいと申し入れがあった。夫は学校側の誠意を認め、その申し出を受け入れてしまう。なんといっても、すでに名古屋に来てしまっているのだし、せっかく紹介して貰《もら》ったのだし――夫は決して紹介者の悪意を認めなかった――、いつまでもぐずぐずごねているなどみっともない、と言う。働き口があるのだからまずはよかったじゃないか、と単純に喜んでいたが、見方を変えれば、この申し出によって、ツタたちは東京へ取って返すという道を塞がれてしまったとも言えた。のちのち何度も考えたものだ。あの申し出はありがたかったのか、ありがた迷惑だったのか。なにしろ、猶予期間はたったの一年である。一年経てば容赦なく抛り出される。不況は続いていたし、ただでさえ、知己のいない土地、新たな職探しは困難を極めるにちがいない。慣れないうえに、夫には勤めがあるし、ツタには赤子の世話がある。うまく次の仕事が見つかるだろうか。

怖れていた通り、日々の忙しさにかまけているうち、あっという間に時は過ぎ、夫はまた無職になった。

これが迷走の始まりだった。

ある日、職探しに倦《う》んだ夫が、掘り出し物だという居抜きの喫茶店を、いきなり——ツタに何の相談もなく——買ってきてしまったのだった。ツタは仰天した。ああいうのを魔がさすというのだろうか。早く買わねば売れてしまうと、おそらく口車に乗せられたのだろう、普段、沈着な人とは思えない即断即決ぶりで、すでに契約を済ませてきてしまっている。たしかに手頃で安価な物件ではあったものの、これで有り金はすべてなくなってしまった。ツタは心配でならない。夫に客商売が勤まるだろうか。古本屋や文房具屋ならいざ知らず、客と気安く接しなくてはならない飲食の店だ。給仕を人に任せたくたって開店早々人を雇える余裕はないはずだし、夫が先頭に立って切り盛りしていくしかあるまい。ツタだって可能なかぎり手伝うつもりでいるけれど、なにしろまだ子供に手が掛かる。きっと思い通りにはいかないだろう。

案の定、商売はうまくいかなかった。店は大学脇のマーケット内にあって、この頃にはまだ珍しかった動物園や図書館などを擁する大きな公園や鉄道の駅もすぐそばで、幸い前の店主の頃からの常連客がついていたおかげで赤字こそどうにか免れたものの、家族三人、食べていくのもおぼつかなかった。素人がいきなり始めたのだから、当然といえば当然なのだが、飲み物も食べ物も見よう見まねで出しているだけではどうにもぱっとしない。ツタは危惧《きぐ》した。このまま殿様商売をつづけていたら常連客もじき離れていくだろう。実際、客足もじりじり鈍くなっていた。なにか手を打たなければ早晩潰れてしまう。それなのに夫ときたら、まだ始めたばかりではないか、と悠然と構えている。

思い出されるのは亡き父の姿だった。士族の商法で、坂道を転がり落ちるように没落していった亡き父と同じ失敗を、夫はなぞっている。誇り高く、自信家ゆえ、自分が失敗するとはどうしても思えないのだ。そうして甘い目論見《もくろみ》をつづけて下手を打つ。亡くなったお父さんとちがってあなたの旦那様になる方は温厚だからツタはきっと幸せになれるよ、と嫁入り前に母は幾度となくツタに言ってくれたものだったが、結局のところ、同じ轍《てつ》を踏んでいるのは皮肉としか言いようがない。

さっさと喫茶店に見切りをつけて、早く勤め人に戻って欲しいとツタは願う。人には向き不向きがある。夫にはやはり、水商売は向いていないのではないか。ツタはひそかに夫の職探しを始めた。簡単なことではないことくらいわかっているが、ようするにこんなものは運次第。運さえ良ければひょいといい仕事が見つかるかもしれない。多少見劣りする仕事だって、勤めてみたら案外やっていけるかもしれない。ツタは頭を下げて、職を乞うた。赤子を背負い、夫とともにいる時でも、ほんのささやかな機会があれば、躊躇わず行動した。夫は渋い顔をしていたが、それしか突破口はないと、ツタはツタなりに、懸命に家族の暮らし向きを考えていたのだった。だってツタには守るべき子供がいる。この子のためならなんだって出来る。

しかしながら、ツタの思いは夫の考えと大きく食い違っていたのである。

事あるごとにツタが訴える、先々への不安、子への心配を解消すべく夫が下した決断は、喫茶店を畳んで勤め人に戻ることではなく、子供を沖縄の実家に預けることなのだった。すでに姑《しゅうとめ》の了承は取り付けているという。いやだと拒むツタに、夫は言った。なに、一時的な試みだ。

ツタは絶句する。

一時的だろうとなんだろうと、子を預けようだなんて、どうしてそんな酷《むご》いことを思いつけるのだろう。言葉の代わりにツタは夫を睨みつけた。目の端に、すやすやと眠る幼い我が子が映っている。つられたように夫もちらりと息子を見る。可愛い盛りの我が子を見ればやはりやめておこうと翻意してくれるのではないかとツタは期待した。それが人情というものではないか。

けれども夫はいつになく強引だった。子供のことが心配ならばまずは喫茶店の経営を軌道に乗せることが先決だ、とツタを諭す。喫茶店の経営はたしかに芳しくない。

女手が足りないのも原因の一つだ。なので、ツタにももっと店に出てもらいたい。若い女が愛想良くしていたら、客足も伸びるだろう。幸い沖縄の母は年のわりに丈夫だし、子の扱いには慣れている。可愛がってくれるはずだ、心配はいらない。

そう淡々と言っていきなり夫はツタに頭を下げた。

ツタはぼんやりとそれを見つめている。夫のつむじがツタの目の前にある。この人がこんなふうに妻に頭を下げるのをツタは初めて見た。というくらい、おそらく、この人もこの人なりに切羽詰まっているのだろう。それはわかる。わかるが、しかし、なんだってまた、こんな酷い願いをされなくちゃならないんだろう。これが男と女のちがいなのだろうか。男親と女親のちがいなのだろうか。そうではなく、この人とわたしのちがいなのかもしれない、とツタは思う。夫は問題の解決にあたって、我が子を特別扱いしていない。最優先すべきなのに、ひとつの要素として並列に扱っている。ツタについても同じだ。妻だからといって脇へどけない。この苦境を乗り切るために、どれをどう動かし、どう使うかを、数学の問題を解く時のように理詰めで考えている。そこにはツタの気持ち、ツタの内面が入っていない。たしかにツタは、将来の不安を口にした。なんとかしてください、と夫に頼んだ。だけれども、こんな無慈悲な解決を望んでいたわけではない。子供のために頼んだのに、これでは本末転倒だ。

うんともすんとも言わないツタに夫は痺《しび》れを切らし、

「ともかく、そういうことだ」

と言い放った。

「そういうことってどういうことです」

とツタは訊いた。「だってこの子はまだ二つにもならないんですよ」

「じき二つだ」

「じき二つでもたったの二つなんですよ」

「熟慮して決めたことだ」

夫は取り合わない。

こういうところも夫らしかった。自分の出した結論が正しいと信じ切っている。涙を流して抗議するツタに、いつまでもぐずぐずごねていないで一刻も早く子を呼び戻せるよう力を合わせて店を守り立てようではないかと夫は言った。夫の声は希望に満ち、前向きで、力強かった。

沖縄。

沖縄。

生まれ育った南の島。

その遠さがツタは憎い。

夫は子を預けに沖縄へ行き、ツタはその間《かん》、名古屋に残された。旅費を倹約したためだった。留守中も店は閉めなかった。精一杯明るい顔でツタは店に立ち、客の注文を訊き、拵え、運んだ。見知った客とは親しげに会話をし、時には冗談も言い合った。いつもは手が回らなかった厨房《ちゅうぼう》の掃除を隅から隅までやり、裾《すそ》が破れていた前掛けも繕った。汚れたまんま籠《かご》に突っ込んであった布巾《ふきん》やなんかをまとめて洗濯し、食器を磨いて消毒した。忙しくしていると、嫌なことは忘れていられる。生き別れになった子のことを考えずにすむ。ツタの裡にぽっかりとあいた空洞を意識しないようにしていないと、今度こそ、ばらばらに壊れていきそうだった。

店を手伝う時にはいつもツタの背にくくりつけられていた子供がいないと気づいた常連客に訊ねられても、ちょっと沖縄へ、とだけこたえた。それ以上言葉がなかったし、言葉にしたら泣き出してしまう。

そうやって一日、二日、と過ごすうち、自分に自分が騙されたみたいになってきて、ツタはもともと自分は独身で、知り合いに喫茶店を任されているという嘘に逃げ込みだした。これはよくない徴候だと、早く気づけばよかったのだが、この時は、その嘘をより強固にする方にしか頭がいかなかった。沖縄なんてわたしは知らない。わたしが生まれたのはここ、名古屋。夫なんていない。子供なんていない。わたしはここで一生懸命働くだけ。昔からずっとそうしてきたし、これから先もずっとそうして生きいらっしゃいませ、と殊更大きな声で挨拶し、客にからかわれれば、きゃっ、きゃっと、大袈裟にはしゃいだ。

笑い声も一段と大きく、激しくなる。

陽気は陽気だが、ちっとも楽しいわけではなく、心の奥が引きつれたみたいになっている。

それでも尚、ツタは苦しい、とは認めなかった。わずかでも翳りを見せたら、陰気な方へと一気に反転しそうで、ますます陽気に振る舞った。心に鞭《むち》打ち、けたたましく笑いつづけた。

四六時中、昂奮しているから、夜になってもちっとも眠れない。どくんどくんと心臓の鼓動ばかりが耳につく。どうせ眠れないのならと、ふらふらと外へ出て、夜風にあたった。公園を歩いていると南端の動物園の敷地の方から、檻《おり》に閉じこめられた動物の鳴き声が闇の中、ふいに聞こえてきたりする。そこら辺りから漂うのは、人の気配ではなく、あきらかに動物たちの気配だった。賑やかでもないが寂しくもない。それを感じながら、ベンチでうとうととした。

寝不足で目の下に隈《くま》を作って店に出るものだから、客がぎょっとした顔になる。

「ツタさん、あんた、ひどい顔をしているよ」

「疲れてるんじゃないかい」

あはははは、そんなことありませんよ、と陽気に返した。あはははは、ようく見てくださいい、どうです、なかなか別嬪《べっぴん》でしょう。そうやって軽口を叩いてごまかしてはみても、たしかに頭は重く、ずきずきとめまいがしていた。注文をよくまちがえたし、皿やコップをたてつづけに割った。やがて少し動くだけで息切れするようになった。これではいけないと、睡眠薬を買ってきた。

薬屋からの帰り道、空にはきれいな月があった。

あら、きれいなお月さん、とツタはわざわざ大きな声を上げる。神経が昂《たか》ぶっているせいか、心に浮かんだ言葉をいちいち口にせずにはいられないのだ。

眠ればよい。

ただ眠ればよい。

さあ、なにも考えず、とことん眠っておしまいなさい。

薬の小箱がツタにそう囁《ささや》いていた。

あはははは、とツタは笑いながら、封を切った。そうしましょう、そうしましょう、あはははは。眠りましょう、眠りましょう、ぐっすり眠ってしまいましょう、陽気に鼻歌をうたいながら、台所へ行き、水を汲《く》んできた。

はたして何錠呑んだのだろう。

勢いよく、ざっと手のひらに出した錠剤をそのままぜんぶ口に抛り込んだ。細かいことはどうでもよかった。箱の注意書きを読んだり、ちまちま薬の数を数えたりするのが面倒でならない。

そうしてツタは死んだ。

いいや、死ななかった。

たまたまその夜、沖縄から帰宅した夫が畳に横たわるツタを発見し——卓袱台《ちやぶだい》の上にはこぼれた水と倒れたコップとカルモチンの箱——、急いで医者に処置してもらって、一命を取り留めたのだった。

目が覚めた時、ツタはぽかんとしていた。

なにがなんだかさっぱりわからなかった。

どのくらい眠っていたのだろう。ずいぶんたくさん眠った気はしたが、頭は、そう、すっきりしていなかった。薬を飲み過ぎたらしい、と聞かされても、へえ、そうなのか、と思っただけだった。胃を痛めたのか、食欲はいっさいなく、気分もすぐれなかった。その後、熱も出た。立ち上がるとふらふらするものだから、数日間、寝たきりになった。

ツタが意識を失っている間のことを夫はほとんど何も語ってくれなかった。一度だけ事務的に経過を説明してくれたけれど、その際も夫の感情はいっさい差し挟まれなかった。せいぜい、驚いた、とか、気持ちが急《せ》いた、とか、その程度。その代わり、というのもなんだけれど、夫はツタにあれこれ質《ただ》さなかったし、責めもしなかった。ただ黙って近くにいた。その時はやさしい人のような気もしたが、あれはただ逃げていただけなのかもしれない、と身体が恢復《かいふく》してくるにつれ、思うようになった。夫はツタを看病中、腫《は》れ物に触るように接していて、ツタのそばを離れなかった。万一また薬を呑まれてはかなわないと思っていたのだろう。

あらためて訊ねられはしなかったけれど、自殺未遂だったのか事故だったのか、きっと夫もはっきり知りたかったのだと思う。ツタだって知りたかった。ある程度状況はわかったとはいえ、本当のところ、それがどちらだったのか、ツタ自身、よく考えても判断がつかなかった。不慮の事故というにはあまりにもだらしなかったし、自殺というなら、あまりにも覚悟がなかった。

ようするにわたしはだめな人間なのだ、とツタは思った。なにをやってもうまくいかない。これから先も自分はずっとだめな人間なのだろう。

そんな気持ちに追い打ちをかけるように、喫茶店の経営にもつまずいた。ツタが倒れたため、定休日でもないのにつづけて何日か休んでいたら、その間に客足がすっかり遠退いてしまったのだった。閑古鳥の鳴く店で、ツタは呆然《ぼうぜん》としていた。あんなに頑張ったのに、つまりはなんの甲斐もなかったということか。いったい、客たちはどこへ行ってしまったのだろう。どこかよそに居心地のいい店を見つけてしまったのだろうか。水商売の恐ろしさを嚙《か》みしめながら、ツタは、日がな一日、客用の椅子にすわって表を眺めていた。ここまで客に見放された店をどうやって立て直したらいいのか、素人のツタたちには見当もつかない。

二進《にっち》も三進《さっち》も行かなくなり、ついに夫は店を売り払った。すべてツタのせいだった。穿った見方をすれば、ツタのせいだとはっきりしていたからこそ、夫はああまで固執していた店を畳む気になったのだろう。

ここから先も迷走は続いた。

喫茶店ともども住まいも失ったので、夫は二階建ての一軒家を借りた。ツタたちが一階に住み、二階部分を二つに分けて間貸しすることにしたのである。ようするに小さな下宿屋を始めようというわけだった。これで家賃の大半を賄える、うまくいけば儲《もう》けが出るかもしれないと目論んだが、そううまくはいかなかった。狭い貸間では当初想定していたほど貸し賃が取れず、結局、喫茶店の売却金で食いつなぐ羽目になった。買い叩かれたとはいえ、それなりにまとまった金額にはなっていたから、それでもしばらくはなんとかなるだろうが、使い果たしたらおしまいだ。そうなったら子を迎えに行くどころではない。ツタは次第に子供のことを考えなくなっていた。子供などいなかったという自分で自分に吐いた嘘が意外にきいていたのだろうか。死に別れたのではなく、沖縄の夫の実家で、元気良く、のびのび暮らしているらしい、と聞いて安心したせいもあった。子は敏感だ。ひりひりする焦燥《しょうそう》感や先行きへの不安や夫への不信でいっぱいだったツタの心中をあの子はきっと察していたにちがいない。笑顔が少なく、時折、神経質そうに泣いていたのは、ツタと夫の間の、ぎすぎすした冷たい空気をそこはかとなく感じ取っていたからだろう。ツタと夫の関係はその後も改善するどころか、ますますぎくしゃくしていった。こんな居心地の悪い家へ戻ってくるくらいなら、沖縄で祖母と安穏と暮らしていた方が幸せなのではあるまいか。近頃ではツタの母も、夫の実家へ行き、孫と会っているようだった。ツタに似た幼子が可愛くてならないらしく、孫のことばかりが綿々と綴られた便りが何通も届いている。母はこちらの事情をくわしく知らないから、現状をあまり深刻に捉えていなくて、この子に会うのがわたしの生き甲斐になりました、などと呑気に書いてくる。

なにもかも、ちぐはぐだった。ツタが頑張れば店は潰れ、ツタの手からもぎ取られた子はすくすくと沖縄で育っている。喜ぼうとすると悲しむことになり、悲しもうとすると喜ばしいことになる。

いつしかツタの心は虚しさでいっぱいになっていた。なにかおかしい。なにかがまちがっている。そう感じるのだが、それがなぜなのか、ツタにはどうしてもわからなかった。精一杯やっているのに、なぜ。悶々と考えこんでいるうちに虚しさが募り、生きているという手応えが日々薄らいでいくようで悲しくてならない。

いったいなにがまちがっているのだろう。なにをまちがえたのだろう。ぶつぶつとツタは頭の中で問いかける。問いかけるつもりなどなくとも、いつのまにやら、同じ問いを繰り返している。

正しい道にいないからだ――。

これはわたしの道ではないからだ――。

ある日、そんな声が頭の中で聞こえた気がして、ツタは、はっと顔を上げた。

そうなのだろうか？

だからこんなに虚しいのだろうか？　虚しくて悲しいのだろうか？

では、わたしの行く道はどこにあるのだろう？

どうしたらそこへ戻れるのだろう？

ああでもない、こうでもない、と頭の中ばかりに気を取られ、頭の中だけで右往左往しているツタもまた、ちぐはぐそのものだった。

ちょうどその頃、夫が勤め人に戻った。だったらなにもこんな大層な一軒家を借りて下宿屋を始めなくたってよかったじゃないか、とツタは思うが、すでに下宿人を抱えてしまっているから、今更引っ越すわけにもいかない。ほとんど儲けにならないのに、一つ屋根の下に他人がいる暮らしをつづけなければならない。これまたちぐはぐな話だった。おまけに職を斡旋《あっせん》してくれたのは、商工省のお役人の椎名《しいな》さんだという。夫が名古屋に来てから二、三度会ったことがあるだけで、ほとんど面識のなかった椎名さんに、挨拶がてら市電の中で話しかけ、なにかいいお仕事があれば是非よろしく、と図々しく頼んだのは赤子を背負ったツタだったのだ。あの時、隣にいた夫は渋い顔をして、ろくに挨拶もしなかったくせに、斡旋されれば嬉々《きき》として職に就いている。これまたちぐはぐなことだった。これもちぐはぐ、あれもちぐはぐ。そんな気持ちがあるのなら、どうしてあの時もっと真剣にお願いしなかったのだ、とツタは思う。偶々《たまたま》乗り合わせたあの時を待つまでもない。こちらから役所に赴いたってよかったではないか。椎名さんに限らず、一度でも面識がある人に片っ端から頼んで回ればよかったではないか。本人が誠を尽くして頼んでいたら、もっと早く職を斡旋してもらえて、とっくに喫茶店に見切りをつけられて、我が子だって沖縄に連れて行かずに済んだではないか。

貿易の雑誌の編集という、夫にしてみたら、願ったり叶《かな》ったりの仕事に就けたのはツタのお陰なのに、夫は礼も言わない。すべて己の実力ゆえと思っている。むろん、実力があればこそだとツタだってよくわかっているけれども、きっかけは、ツタではないか。媚《こ》びへつらうような真似はよせ、とあの時たしか夫に窘《たしな》められたと思うが、それは忘れてしまったのだろうか。

思い通りの職を得て、夫はすっかり自信を回復し、自分はなにひとつまちがいをしていないかのような涼しい顔で、毎朝仕事へ出掛けていく。

わたしのお陰ですね、などと言おうものなら、機嫌を損ねるのは目に見えているのでツタは黙っているが、どうにも釈然としない。頭の中はいっそう混乱し、いったいなにが正しくて、なにがまちがいなのかさっぱりわからなくなってしまった。

それで、というわけでもないのだが、少し時間が出来たこともあって、ツタは、夫の留守中、こっそり、夫の文机に向かうようになった。そうして文章を書く。頭の中のごちゃごちゃをきちんと言葉にしていけば、少しずつでも整理できるのではないかと感じたからだった。頭の中を整理できたら、きっと気持ちも心も整理できる。ぐらぐらしている身体の芯をまっすぐに立て直せる。

それゆえ、馴染《なじ》みの和歌ではなく、日記のような、覚え書きのような、素っ気ない文章になった。誰に見せるわけでもない、自分のためだけに書く文章だ。

そのうえで、夫について、よく考えてみたかった。あの人がどういう人なのか、あの人の頭の中や心の中が、ツタは知りたかった。夫を理解したかった。理解して穏やかに、そして大らかに接したいとツタは思っていた。溝なのか壁なのか知らないが、いつのまにか、ツタと夫との間に黒々と立ち塞がってしまったものを叩き毀《こわ》したい。そうして、もっと夫とふれあいたい。家の中に温《ぬく》もりがほしい。潤いがほしい。ささくれた気持ちを抱えて暮らすのはもうたくさんだった。ちゃんと考えたい。そのためにすべてをいちど、言葉にしてみたい。あやふやなままにしておきたくない。

ツタの欲望はまずそこにあった。

言葉とは不思議なもので、思いつくまま書き連ねていくだけなのに、思ってもみなかったところへツタを運んでいく。

言葉が言葉を呼び、言葉と言葉がじかにツタの頭や心に繋がる。

ツタはするすると万年筆を辷《すべ》らせた。万年筆は大海へ漕《こ》ぎ出すための櫂《かい》だった。もっと先へもっと先へと、ツタは櫂を動かす。書くことで、一枚、また一枚と玉ねぎの皮を剝ぐように、ツタの心の裡が明らかになっていく。ああ、そうか。そういうことだったのか。わたしはそんなことを思っていたのか。根っこにあったのはそういう気持ちか。一つ一つツタは気づいていく。ツタは知る。己の心を。

隠れていた気持ちが暴かれてみれば、綺麗事では済まされなかった。愚かで醜くて情けない自分自身に向き合わねばならない。向き合えば、奥にいっそう、愚かで醜く、情けないものが隠れている。それを丹念に見つめて、ツタは書く。書けばはっきりする。自分がいかに幼稚で、いかに浅薄で、いかにずるく生きてきたか。利己的で我《が》が強く、頑固で天の邪鬼《あまじやく》だったか。ちっとも素直でなく、甘ったれで、勝手だったか。この結婚生活がどうして駄目になったのか。そう、ツタの結婚生活はとうに破綻《はたん》していた。見て見ぬふりはもうできない。

ツタはこの先を、夫とともに歩んでいける気がしない。

それはおそらく、夫も同じ気持ちであろう。夫はきっと、とうの昔から——もしかしたら婚礼を挙げたあの日から——、ツタにうんざりしている。ツタは本当は、心の奥底でそれに気づいていた。この人はわたしを好いていないのではないか。わたしをちゃんと見ていないのではないか。ツタはそれを認めるのが恐かった。恐かったし、いやだった。それはそうだ。ツタだって女だ。夫に愛されたいし、可愛がられたい。けれども夫は、初めから全方位的にツタを受け入れてはいなかった。もっと大胆にいえば、どこか一ヶ所、ツタをはっきりと拒絶している部分があった。沖縄へ子を連れて行くと言いだした時、なんて冷たい人だろうと思ったものだが、あれは、子に冷たかったのではなく、ツタに冷たかったのだ。

ではそもそも、なぜ、夫はその気持ちをあからさまにしなかったのだろう。己の気持ちに無自覚だったからだろうか。それもある。夫はたぶん、結婚というものを割り切って考えていた。妻になる女が、まずまず及第点ならそれでいいと思っていた。しずしずと夫に仕え、賢く家庭を切り盛りしてくれる女を夫も周囲も求めていた。きっと夫にはその方が楽だったのだ。奥底に眠る熱情をすべて解放して生きるより、欲望に蓋をして、世間的に真っ当に生きる道を夫は選んだ。あの人も恐いのだろう、とツタは思う。沖縄の名家に生まれ、選ばれし者として期待された。周囲に背くわけにはいかない。

そんな夫にとって、ツタは、及第点の妻だった。満点には程遠くとも、じゅうぶんやっていけると思われた。だからあの人はツタと結婚したのだ。多少なりとも好意は持ってくれていただろう。一緒に人生を歩む気にもなってくれていただろう。けれども、今や、ツタは落第点の妻だ。夫はツタを持て余している。薬を呑んで死にかけるようなややこしい女をこの先どう扱えばいいのか、夫はわからなくなっている。それでも夫はツタに三行半《みくだりはん》を突きつけたりは決してしない。それを回避する方法があると思い、それをいずれ探し当てられると思っている。それこそが己の力量だと勘違いしている。

このようにツタは、机の前にすわって文章を連ね、夫の内面を次々と推し量るのであったが、そうして気づくのは、己もまた、似たような考えで結婚したのではなかったか、ということだった。ツタもまた、及第点の夫を求めてはいなかったか。及第点同士の夫婦が円満に家庭を築ければそれでいいと思ってはいなかったか。

いやはや、なんとまあ、似た者夫婦ではないか。

己の愚かさ、浅はかさに、笑いだしたくなるものの、実際に出てくるのは、なぜだか、笑いではなく、深く長い溜息ばかりなのだった。

憂い顔で、文机に頬杖《ほおづえ》をつき、窓の外を見るともなしに眺めていると、落ち葉がはらはらと散っている。秋が知らぬ間に深まっている。

じき冬になる。そろそろ冬支度をしなければならない、と気は逸《はや》るのだけれども、身体は文机の前を一向に離れようとはしない。あの寒い季節を思うと、ますます身体が重くなっていく。名古屋の冬は、ひどく寒かった。大雪が降るわけでもないのに、しんしんと底冷えのする、意地の悪い寒さがつづく。住まいのせいもあるのだろうが、ツタの実感としては、東京よりもうんと寒く感じられた。伊吹颪《いぶきおろし》という名の、山から吹き下ろす空っ風が、濃尾《のうび》平野を凍らせるからだという。

「奥さん、どうしたんです」

窓の向こうから声をかけてきたのは、二階を間借りする下宿人の学生だった。白い長袖襯衣《シャツ》に学生帽を被っている。

「ずいぶんと気ぶっせいな顔をしていますね」

「あらそう？」

「いよいよこの世の終わりって顔をしてますよ」

「まさか」

「借金取りにでも追い立てられているんですか」

「いやだ。やめてちょうだい。縁起でもない」

ついと窓から身を乗り出した青年が、ツタの手元をのぞきこむ。

「ずいぶんと熱心に、なにを書いてんです」

咄嗟《とっさ》にツタは、手で書き物を覆う。

「なんでもありません」

強い口調に拒まれたと思ったのか、青年は素直に一歩後じさった。小声で、すみません、と謝っている。

ぬっと大きななりをしているが、医科大学に入るために塾に通って受験勉強中の、ツタから見ればまだまだ子供の青年である。

「あなたこそ、どうなさったんです。お勉強は。ちゃんとやってますか」

やさしく問うと青年はまたぱっと明るい顔になった。

「や、お袋のようなことを言いますね。そっちはしっかりとやっています。いや、なに、ちょっとした息抜きですよ。そこの、ほら、角のところの庭先にたくさん生《な》ってるでしょう。そいつを二つ、三つ失敬してきました」

ぽんと柿を投げて寄越《よこ》した。

「なに」

「おすそわけ。渋柿じゃないのでご安心を」

ツタはそれを食べたことがなかった。八百屋《やおや》の店先で見たことはあったが、買って食べたことはない。まじまじと手の上のだいだい色の果物を見る。

「そうか。奥さん、たしか沖縄でしたね。沖縄に柿は生りませんか」

頷くと、彼は笑った。

「うまいですよ」

この青年には、ツタが沖縄出身だからどうのこうのという、偏見や拘りはないようだった。と同時に、よそのお宅の庭にたわわに実る柿の木からちゃっかり実を捥《も》いでくるのにも屈託はなかった。

うらやましいほどにのびのびしている。

「いっしょに食べますか」

訊くと、にかりと笑って頷いた。

奥さん、なんだっていつもそう机に向かってんです。青年は柿を食べながらツタに訊く。いろいろあんのよ、とツタが溜息まじりにこたえる。いろいろってなんです、と青年は重ねて訊く。いろいろはいろいろよ、とツタは言葉を濁す。それ以上、こたえようがない。そうしてまた一つ、大きな溜息をつく。ツタの憂いがうつったかのように、青年の眉間に皺が寄る。まるでツタのためにともに苦しんでくれているかのような顔、あるいはともに悲しんでくれているかのような顔。ふん、なによ、あんたなんか、なんにもしらないくせに、とツタは心の中で青年をなじりつつ、ばかね、なんであなたがそんな顔するのよ、と言う。同情なんてまっぴらよ、とつづけて言う。青年は、えっ、と驚き、同情されるようなことがなにかあるんですか、とふいにひどく真顔になる。あるとこたえたら、この子がどうにかしてくれるのかしら、とちらりと思い、でもツタは、ないわよ、とそっけなく返す。さあ、食べたら、とっとと二階へあがってお勉強なさい。こんなところでいつまでも油を売っていると医科大学になんて受かりゃしないわよ、と青年を叱咤する。

やあ、おっかないなあ、食われちまいそうだ、と青年がおどける。ツタがその言葉に乗って、がおお、と鬼の真似をしてやる。青年はますますおどけて憎まれ口を叩く。ツタが噴きだし、青年も噴きだす。ひとしきり笑う。

受験のために浪人中の青年はツタよりたしか六つ、七つ年下。ということはつまり、安里小学校で活動写真に連れて行ったあの子らとほぼ同じ年齢なのだった。そのことに気づいた時、ツタは仰天した。鴨居《かもい》に頭がぶつかりそうなくらいに背が高く、肩幅も広くがっちりしている、この、夫よりも遥《はる》かに男くさい青年が、あの子らと同じ年頃だなんて！

いつのまに、そんなに年月が経っていたのだろうとツタは遠く沖縄に思いを馳せずにはいられなかった。そうか、あの子らも、今や、こんな姿になっているのか……。先生、先生と甲高い声で、ツタにまとわりついていたあの小さな子ら。彼らの面影をこの青年に重ねてみる。途端に笑いだしたくなった。懐かしくなった。親しみが湧いた。実をいえばツタは、それまで少しばかりこの青年を警戒していたのだった。下宿屋を始めてしまったのだから致し方ないとはいえ、見ず知らずの男たちとともに暮らすのはやはりなにやら気が張るもので、どことなく恐ろしくもあった。もう一人の下宿人は勤め人なので、朝早く出掛けていき、夜遅く帰ってくるからそう姿を見ないですむのだが、毎日塾があるわけではなさそうなこの青年は部屋に籠もって勉強していることも多い。つまり、昼日中《ひるひなか》、二人きりになりやすい。おまけにこの青年は若さゆえか、立ち居振る舞いがやや乱暴だった。どたどたどたと遠慮なく階段を上り下りし、がらがらぴしゃーん、と盛大な音をたてて玄関の引き戸を開け閉《あた》てする。声も大きかった。奥さーん、雨が降ってきましたよー。親切で教えてくれているとわかっていても、ガラス窓がびりびりと震えるような野太い地声なので、ツタはびっくりして跳び上がりそうになる。

けれども、あの子らと同じ年代なのかと気づいてしまえば、すっかり気持ちが緩んでしまった。あの子らの中にも、今頃こうして、受験勉強に没頭している子が一人や二人、いるかもしれない。そう思うと、自然と応援したくなってくる。時には二階へ、握り飯やおやつを差し入れてやった。え、いいんですか、と目を丸くする青年に、いいわよ、あなた、お若いんだからいくらでも食べられるでしょう、と言ってやる。さあさ、遠慮せず、おあがんなさい。青年はくすぐったそうな顔をして、ありがとうございます、と礼を述べ、顎のしっかりした大きな口で、あっという間に食べてしまう。そこがまた可愛らしくもあった。形《なり》は大きいが、中身は生徒だったあの子らとそう変わらない。

ツタと青年の距離はそんな具合に少しずつ狭まっていった。

充《みつる》。

彼に恋をするつもりなど、ツタには毛頭なかった。そんな恐ろしいこと！　充にだってなかったはずだ。お互い、いわば姉と弟のような気持ちで接していた。

ただ、楽しかった。

ほんのちょっとした接触、短い会話、それだけで、ツタの日常に、ぱっと光が差す。充といると笑顔になる。砂を噛むようだった日々にうっすら色がついた。その色が少しずつ、少しずつ濃くなっていく。名古屋の寒い冬が、暖かな色に染まる。充の子供っぽさ、少年っぽさが、ツタには救いだった。医科大学を目指しているというわりに論理的でなく、理屈っぽくもなく、すこぶる適当に、大雑把にものを言うところがなにしろ楽だった。充は夫とちがって、まったく緻密《ちみつ》な質《たち》ではない。成績はまずまずいらしいが（だから医科大学を目指している）、ツタに対してちっとも偉そうにしない。粗野といえば粗野だが、ツタがどこかへ置き忘れてきてしまった、大らかなみずみずしさがあった。これからぐんぐん伸びていく生命の力強さがあった。広がりがあった。

恋ではない、恋ではない。

ツタは自分に言い聞かせた。

恋ではない、恋ではない。

わたしは充に恋などしていない。

そんなことがあってはならない。

だってそれを認めてしまったらたいへんなことになる。夫になんという。子供になんという。沖縄の母になんという。認めてしまえば身の破滅だ。

実をいえば、ツタはまだ恋をしたことがなかった。早くに結婚したせいか、それとも案外奥手だったのか……。

女学校の頃、通学路ですれ違う、第一中学に通う秀才の少年らに頬を染め、あの子がいい、この子がすてき、と学友たちが噂しているのを横目で眺め、なんとまあ微笑《ほほえ》ましいことよ、と他人事《ひとごと》のように思っていたものだった。恋文などを渡したり、渡されたりしている者を見ても、別段、感化されたりはしなかった。若干の憧れはあっても、ツタの心をときめかせるような少年はついぞ現れなかったのである。そうして、卒業後もあわただしく過ごし、これといった恋をせぬうち、縁談が来て結婚した。

縁あって一緒になった人だけれど、夫への情愛は、やはり恋とはちがうものだったのだろう、とツタは思う。そもそも恋とはなんぞや。そんなものなくたって結婚生活は営める。子は生せる。子は愛せる。我ながら戸惑うほどに子は愛せた。あんなふうに、子を愛するように、夫も愛せればよかったのだがツタにはそれが出来なかった。夫に愛されたいと願うばかりで、愛を育もうとはしていなかった。ツタも悪い。だけど……。

別れよう、とツタは思った。もうずっと、そう思っていた。ぐずぐずと思い悩むばかりで机の前から動けなかったが、今こそ決断の時だ。夫とはもう一緒に暮らしたくない。なによりそれが一番の理由だった。同じ家で暮らすのも、同じ寝床で眠るのも、もう限界だった。ツタは悟った。もう無理だ、ここを出ていこう。

おそらく恋がツタの背中を押したのだろう。

恋とはまだ認めていなかったのに、ツタの秘められた恋心が勝手に暴走し、ツタの箍《たが》を外してしまった。

つくづく、恋の持つエネルギーの凄まじさに感服する。さんざん悩み、山のように溜息をつき、考えあぐね、それでもびくとも動かなかったツタが、ある夜、いきなり豹変《ひょうへん》し、夫に、別れを切り出したのだった。

夫は例の如《ごと》く、落ち着いていた。いったいどうしたんだ、とツタを質した。あわてふためくこともなく、声は冷たく、静かだった。

ツタは黙っていた。なんの準備もなく突っ走ってしまったので、このあと、どうしたらいいのかわからない。

充のことを言うつもりはなかった。言うもなにも、充との間にはなにもない。充はなにも知らない。たとえ二人の間に、そこはかとない、恋の気配があったとしても、それをまだ確かめあってはいない。というか、ツタはそれを確かめるつもりはなかった。この先、夫と別れることになっても、黙ってこの家から出ていくつもりだった。これはツタの問題だ。充を巻き込むわけにはいかない。前途洋々たる若者に、ツタという余計な荷物を背負わせてはならない。充を思えばこそ、黙って去る。ツタはそう決めていた。ここでの暮らしに光をくれ、別れを切り出す力を与えてくれただけで、ツタは充に感謝していた。それでじゅうぶんだった。これ以上迷惑をかけてはならない。実際、姦通罪《かんつうざい》という法律があった時代である。恋の成就を願っては罰があたる。

まさに二階で、充が受験勉強している深更、ツタは夫と向き合っていた。ツタは唇を嚙みしめ、涙をこらえ、別れてくださいと頭《こうべ》を垂れる。頭を上げると、夫はこの、奇抜なことばかりしでかす女を、うんざりした目で見つめていた。この目だ、とツタは思う。この目で見られると、ツタはいつでも身が竦《すく》んだ。とーん、と遠くに突き放され、こちらからは二度と近寄っていってはいけない気にさせられた。

理由を言え、と夫はしつこく迫った。

あくまでも、理性的に対処するつもりのようだった。あるいは、別れるにしても、自分の非ではないとはっきりさせたかったのか。

夫らしいといえば夫らしい態度である。感情的にならず、背筋をぴんと伸ばし、正座をしてツタに相対している。夫の羽織っている分厚い丹前から、うっすらと樟脳《しょうのう》の匂いが漂っていた。だからだろうか、ツタはなぜだかふいに台湾のことを思い出した。樟脳の一大産地だった台湾。目抜き通りには樟脳を取り扱う卸売りの店がたくさんあった。あの店は樟脳で財を成したのだ。ほら、あそこもだ。あの店にはうちの銀行もずいぶん融資していてね。夫はよくそんな話をした。というより、いつもそんな話ばかりしていた。きっとそれくらいしか、話題がなかったのだろう。とはいえ、それでもまだあの頃は、二人の間に、信頼があった。会話もあった。まさか数年後に、こんなふうに夫と向き合う日が来るなんて、想像もしていなかった。わたしときたら、なにをやっているのだろう、とツタは思う。こんな莫迦なことをしでかして、この先、女ひとりで生きていけると思っているのだろうか。そんなの無理だ。出来ない。だからこそ、あれほど躊躇っていたのに。ああ、どうしてわたしはおとなしくしていられなかったのだろう。充、充、充。ツタは思う。彼と出会ったからだ。充、充、充。彼がわたしを変えたのだ。充、充、充。充、充、充。何度も何度もその名前を心の裡で唱え、ごくんと呑み込む。充、充、充。ツタが黙っていても夫は容赦なく、質問を繰り返す。なぜだ。どうしてだ。理由を言え。

言えない。決して言ってはならない。

まるで持久戦でもしているかのような長い時間が流れた。夫は正確な状況を把握しないかぎり、離婚を承諾するつもりはなさそうだった。

ツタは次第に疲れてきた。眠気とともに、なんだかもう、なにもかもが面倒で、どうでもよくなってくる。このまま有耶無耶《うやむや》にして終わりにしてしまいたい。けれども、夫はまだ、執拗《しつよう》にツタを追いつめる。冷たく光るその目がツタを息苦しくさせる。もういやだ。ここから逃げだしたい。けれども今更いい加減な言葉でごまかせる相手ではない。仮にそんなことが出来る人だったなら、そもそもこんなことにはならなかっただろう。では、どうする？

ツタは言った。

「作家として立とうと思います」

それはツタが意識して、決意して、放った言葉ではなかった。口にした途端、ツタもまた衝撃を受けていた。えっ⁉ わたしはいまなにをいった⁉

どこかの誰かが勝手にツタの口を借りて言ってしまった。そうとしか思えなかった。

ではどこの誰が？

久路千紗子。

さーっと幕が開いたように、ツタの頭の中にその名が現れた。

ああ、そうか。

ああ、そうだ！

久路千紗子。

久路千紗子だ。

長い間、押し殺していた――半ば死んでいた――久路千紗子が、ツタの奥底で忽然と息を吹き返した瞬間だった。ツタの身体が熱くなる。頬が紅潮する。

夫は呆れたような、困惑したような、おかしな顔をして、首をゆっくりと振っていた。なにを夢みたいなことを。きっとそんなふうに思っているのだろう。

「いけませんか」

挑むようにツタは訊いた。「わたしが作家として立とうと思っちゃ、いけませんか」

「いけなくはない」

しぶしぶ夫はこたえた。

「だが、ツタ。思ったからといって簡単にいかぬことくらい、おまえにだって、わかるだろう。言うは易く行うは難し、だ。おまえ、本気か。本気で立てると思っているのか。……苦労するぞ」

「わかっています。それでもわたしはかまいません」

夫の口元が綻んだ。

「なんとまあ、おまえ、ずいぶん勇ましいことを言ってくれるじゃないか。それでやっていけるか」

「わかりません。わかりませんが、やってみます」

「ふうん、そうか。やってみるか」

「はい」

「それならいい。わたしは反対しない」

「え」

「思うようにやってみるがいいさ。ツタは作家になると言って家を出た。それでいいんだね。皆、嘲《わら》うよ。それでもいいのかね」

「はい」

　ちりちりちりちりと追いつめられていく。

「わたしは許すよ。こうなったからには許すより他ないからね。おまえは和歌だって何度も入選していた。たいしたものだ。おそらく己の才を強く信じているのだろう。それについてわたしがとやかく言う筋合いはない」

　そこはかとなく、皮肉が込められているようだった。

「しかるに、当面の生活費はどうする。あてはあるのか」

　ツタは黙っている。

「そうか。ならば、近日中に、わたしが工面しよう。その金でわたしはおまえと金輪際縁を切る。つまり手切れ金だ。それでいいか。……それでいいな」

「はい」

「むろん子供は渡さないよ」

「え」

「そこは、はっきりさせておこう。渡さないし、会わさない。だって、そうだろう。あれはこの家の子だ。おまえの子ではない。あの子はこの家の大切な跡継ぎだ。幸い、今は向こうで暮らしている。おまえのことなどすでに忘れているだろう。このままおまえのことは忘れさせる。それでいいね」

「そんな」

「なんだ、まさか、その覚悟もなしに、離縁を言いだしたなんて言わないでくれよ。いいか、ツタ。別れるとはそういうことだ。子の縁も切れるということだ。それでいいな」

「でも」

「なんだ」

「わたしは母です」

「それがどうした。母なら母らしく、ここにいたらどうだ。それが出来ぬのなら、きっぱり諦めろ。それが互いのためだ」

夫は立ち上がると次の間に消えた。

ツタは動けない。

襖《ふすま》の向こうから夫が寝支度をする音が聞こえてくる。

ツタは呆然としていた。自ら言いだし、自ら望んだ事とはいえ、これほど厳しい条件を突きつけられるとは思っていなかった。あわよくば、子を引き取り、ツタが一人で育てるつもりだった。それが無理でも、細く強く繋がっていこうと思っていた。母と子の契りは誰にも切れないと信じていた。切れるのだ。夫はそれを切ることが出来るのだ。

泣いて縋《すが》るべきなのだろうか。それだけは勘弁してください、と夫に懇願すべきなのだろうか。

けれどもそうしたところで夫の考えが変わらないことはツタにはよくわかっている。あの人は自分で導きだした結論をそう簡単に曲げる人ではない。泣いて縋って許しを請うというのなら、わたしが悪うございました、この話はなかったことにしてください、どうかもう一度、あなたのお側に置いてください、そう頼むしかないだろう。

そうすれば、夫はきっとツタを許す。あの人はそういう人だ。己の正しさとツタの愚かさを指摘しつつ、とりあえず、やり直させてくれる。そうして何事もなかったかのように夫婦に戻るのだ。

そうすべきか？　そうすべきなのか？

だけれども、そんなことをすれば元の木阿弥《もくあみ》だ。また、あの、砂を嚙むような日々がやってくる。

それに耐えられるだろうか。

想像するだけでツタは呆《ほう》けたようになった。一度開いた可能性が潰《つい》える辛さはツタの心を打ちのめす。脱獄しそこね、いっそう劣悪な監獄に抛り込まれた囚人にでもなったような気分だった。

あと十日ほどで充は入学試験を受けに東京へ行く。受かればそのまま東京で暮らすだろう。ツタは、日々の小さな光すら、失ってしまうのだ。

真っ暗闇の監獄がツタを呑み込もうとしている……。

ツタの逡巡は、次の日も、その次の日も、そのまた次の日もつづいた。夫はツタの顔を見ようとはせず、ツタも夫の顔を見ようとはしない。

ある晩、夫が懐から厚みのある包みを取りだした。

「八百円ある」

と夫が言った。

「八百円？」

八百円といえば大金だ。

「全財産だ。これでもう、わたしは無一文になった」

包みがツタの手に渡された。ずしりとした重みを手のひらに感じる。喫茶店を売った残金や、夫が勤め人に戻ってからこつこつ蓄えていた貯金なのだろうか。あるいはなにか大事にしているものを質に入れたのかもしれない。

「これでいいか」

ツタはぼんやりしていた。逡巡しているうちに、夫は手切れ金を工面してしまった。先に結論が出てしまった。

「これでいいな」

夫が念を押す。

はい、と言ってツタは頷いた。

「役所への届はわたしが出しておく。いつでも好きな時に出ていくがいい」

嬉しかったかといったらまるでそんなことはなかった。これでよかったのだろうかという思いばかりが頭を過《よ》ぎる。なにより子供のことがあった。自分は子を捨てるのだ。自分の我《わ》が儘《まま》で、あの子を置いて出ていくのだ。

翌日、身の回りのものを鞄《かばん》に詰めながら、ツタは泣いた。この鞄に詰められるだけ詰めて、ツタは出ていく。子と縁が切れる。あの子を可愛がっている沖縄のツタの母はなんというだろう。我が子を捨てて出ていくツタを母は許してくれるだろうか。我が子はこの母を許してくれるだろうか。

「奥さん、どこへ行くんです。旅行ですか」

鞄を動かしていると、充が訊ねた。

「いいえ、出ていくんです、この家を、出ていくのよ」

つい、そう言ってしまった。

充が驚く。

「どうしたんです。なにがあったんです」

「あの人と別れることになったの。だから、ここを出ていくの。あなたとも、もうお会いすることはないでしょう。今までどうもありがとう。さようなら。試験、がんばってくださいね。どうぞうまくいきますよう」

あんぐりと充の口が開いている。

「なんでまた、急に、そんな」

それ以上詳しく語るわけにもいかず、ツタは黙り込む。

「別れてそれからどうするんです、沖縄へ帰るんですか」

「沖縄？　いいえ」

「じゃあ、どこへ」

充が鞄を見つめながら言う。「奥さん、どこへ行くつもりです」

「どこって……。まずは東京へ」

「東京？」

「ええ」

とツタはこたえた。「前に住んでいたし、友だちもいますから」

「東京のどこです」

「さあ、それは……。行ってみなくちゃ、わかりません」

「わからないってそんないいかげんな」

苛立つ素振りを充は隠さない。ツタまで少し苛立ってきた。

「だって仕様がないじゃないの。そうするより他、ないんだから」

充がじっと鞄を見つめている。そうして言った。

「それなら、いっしょに行きましょう」

「え？」

「明後日、ぼくは東京へ行きます。いよいよ試験ですからね。ですが、じつはぼくはまだ一度も東京へ行ったことがないのです。情けない話ですが、たいそう心細い。旅は道連れ。奥さん、いっしょに行きませんか。奥さんだって、女の一人旅よりずっといいんじゃありませんか」

この時充が何を考えていたのか、ツタにはよくわからない。すこぶる呑気に充はそんなふうに言った。近所の柿をひょいと捥いでツタにくれた時のように充はどこまでも屈託がなかった。

だからツタも屈託なく頷けた。

「そうね、それなら、そうしましょうか」

夫に、お二階の学生さんが試験のために上京されるそうなので、いっしょに連れてってもらいます、と最後の報告をした。夫はただ、そうか、とだけ言った。別れの言葉もなにもなかった。ツタもなにも言わなかった。それがやはり少し寂しくもあった。

五

不足分の運賃を出してあげるから急行で行きましょう、とツタは充に言い、昼前に名古屋駅を発《た》つ列車に乗った。

急行列車といったって、八時間近くかかる長旅だ。硬い椅子に並んですわって、まずはいっしょに弁当を食べた。移ろう景色を眺め、おしゃべりをした。あえて深刻な話はしなかった。これから試験に挑むのだから充の心を重くしてはならない。ツタは充の邪魔にならぬよう心を砕く。大きな体軀《たいく》に似合わず、充は心配性だった。試験を前に弱気なことばかり言う充に、ツタは、あんなに頑張ったんですもの、きっとうまくいきますよ、合格しますよ、と声をかけ、失いかけている自信を取り戻してやる。ツタに励まされると、充の強張《こわば》っていた顔がてきめんに和らぐのだ。ツタにはそれがおかしくてならない。この子はきっと褒められて伸びる子だわね、と代用教員だった頃の気持ちになって、充を見やる。

時折、身を寄せ合って居眠りした。

充の重み、充の体温が、列車の振動とともにツタに伝わってくる。ツタは思わず声をあげそうになった。息苦しいくらいに、ツタは充を感じている。こんなにもツタは充を求めている。それに気づいた途端、ツタは震えだしそうになった。もはや、眠るどころではない。なんてことだ。抑えていた気持ちがいっぺんに溢《あふ》れだしてくる。いけない。こんな気持ちになっちゃ、いけない。ぎゅっと指先が痛くなるほどに拳《こぶし》を握りしめ、膝頭《ひざがしら》に力を込めた。充に葛藤《かっとう》を悟られてはならない。あっけらかんと気楽に旅しているように必死で装う。

さようなら、さようなら。

ツタは何度も何度も、心の中で別れの言葉を唱えた。そうして自分で自分に厳しく言い聞かせた。この列車を降りたらお別れだ、二度と充に会うことはない。

それでもツタは幸せだった。最後の最後にこんなふうに充と触れ合え、寄り添え、楽しく旅が出来て、こんなに幸せなことはない。この記憶さえ心に刻めば、これから先、どんなに辛くとも生きていける。

横浜を過ぎたあたりで、

「なんだかおかしな旅でしたね」

と充が言った。

「そうね」

とツタはこたえた。

日が沈み、旅の終わりが近づいていた。

品川を過ぎたあたりで、

「なぜ、別れたんです」

と充が訊いた。

「さあ、なんでかしらね」

とツタはこたえた。

新橋を過ぎ、

「かわいそうに」

とつぶやく声が聞こえた。ちがうのよ、と言いかけたが、それを言えば詳細を語らねばならない。逡巡しているうちに、列車は東京駅のホームに滑り込んだ。ざわざわと乗客が立ち上がり、我先にと降りていく。新橋駅を過ぎてから、東京駅迄《まで》はあっという間だった。追い立てられるように、ツタと充も列車を降りる。夜の帳《とばり》に包まれたホームに二人はしばし立ちつくし、周囲を眺めた。ついに着いてしまった……。着いたからには別れねばならない。ツタはのろのろ歩きだす。あまりに足取りが遅いので、先を急ぐ人がツタにぶつかり、舌打ちしながら追い越していく。充はツタの隣にいた。遠縁のおじさんのところに泊まる予定なのですぐにべつの列車に乗り換えねばならないはずなのに、なぜかツタの側を離れようとしない。同じ速さでついている。ツタは歩みを止め、充を見上げた。充はなにか強い意志を秘めた目でツタを見返してきた。

あの夜のことを思い返すと、ツタは今も胸が熱くなる。

恋というものが、一生に一度、純粋な一つぶの結晶となってきらりと輝く一瞬があるのだとすれば、それがあの瞬間だったのだろうとツタは思う。

あの時、ツタには充しかいなかった。おそらく充の代わりに死ねといわれたら、ツタは喜んで死ねただろう。

ツタは、ツタを見つめる充を、ただ一心に見つめ返す。

あれだけたくさんの言葉で自分を戒めつづけたというのに、列車を降りた途端、ツタの頭の中から言葉はぜんぶ消えてしまっていた。

「ずっと好きだった」

充がそう言ってくれた時、ツタはただうれしかった。充の目を見てツタはしっかりと頷いた。言葉は一つも出てこない。

充からも言葉は消えてしまい、二人はただ、じっと見つめ合っていた。ホームを行き交う人など誰一人目に入らない。引き合う力が強すぎて、動くのもままならない。どこをどう歩いたのか、それでも二人はどうにか駅から程近い安宿まで辿りつき、ツタは充に抱かれた。荒々しい夜だった。それでいて、とても静かだった。やがて充の寝息が聞こえてきて、ツタは小さく息を吐き出した。このまま溶けてしまいそうだとツタは思う。そんな経験は初めてだった。ツタという人間がまるごと充に呑み込まれてしまったかのようだった。その心地よさにツタは浸った。この安心感。この充足感。生きててよかった。充に巡り会えてよかった。ツタは自分がなんだか赤ん坊にでもなったかのような気持ちになっていた。まっさらで、弱々しくて、たんなる生き物としてツタは今ここにいる。また逆に、充が赤ん坊で、ツタは充という子を生みだした母のような心地もしていた。守り守られ、互いが互いを必要とする、二人は、なくてはならない、かけがえのない存在——。なるべくしてこうなったのだ、とツタは思った。人にはきっと、抗えない運命のようなものがあるにちがいない。だって、そうでなければ、二人が一つになった時、あれほどの歓喜は湧き起こらなかったはずだ。

翌朝、寝床で呆然となっている充に、後悔しているか、とツタは問うた。していない、と充はこたえた。だって、あなたはもう人妻ではない、だれのものでもないのだから、だれとどうなったってかまわないはずだ。若い男のがむしゃらな声は、少し怒っているようにも聞こえた。それはそうだけど、と落ち着いた声でツタは言う。だけどあなた、なんだかすこし怯《おび》えているように見える。ねえ、そんなことはない？　気のせいかしら、とツタは訊く。充はふっと真顔になり、まあね、ちょっとね、と言う。

明後日の試験のことやなんか、考えると、やはりね、とつづける。まずは試験を受けて、それに受からなくちゃ、ぼくには先がないんだから、そりゃ、恐いさ。何気なく発せられた、先、という言葉にツタは狼狽する。充の未来にわたしは含まれているのだろうか。恐くて充に訊くことさえ、出来ない。ねえ、と言いかけ口ごもり、言葉の代わりに充の身体にすがりついた。充の腕がツタの背中にまわされる。

受かったら奥さん、あなたと暮らすよ、と充が言った。

えっとツタは顔を上げる。本気ですか、と訊く。もちろんだよ、と充がこたえる。離れるなんていやだよ。ずっといっしょにいようよ。仕送りだけで暮らしていけないなら、働けばいい。なんとかなるよ。そうだろう？　わたしも働く、とツタは言う。充の腕に力がこもる。ぺたり、とツタの身体が充の身体に押しつけられた。柔らかいツタの胸がつぶれる。ツタはくちびるを充の肌に押し当てた。肩に、首すじに、くちびるに。やさしく、切なく。ツタの真心を伝えるように。伝わるように。充がツタを求めているのがわかった。だめよ、あなた、これからおじさんのおうちへ行くんでしょう、明後日は難しい試験なのよ、そう言いながら、ツタはされるがまま、充に抱かれる。その強引さ、野蛮さが、ツタには頼もしい。受かるかな、と充が訊く。受かるわよ、とツタは言う。受かってよ、とつづけて言う。

ツタはあの日、ツタという名を捨てた。

奥さん、奥さん、とツタのことを呼ぶ充に、いつまでも奥さんなんて呼ぶのは止《よ》して頂戴《ちょうだい》、これからは千紗子と呼んで、と頼んだのだ。

「ちさこ?」

「ええ」

「あなた、ちさこなんて名でしたか?」

怪訝な顔をする充に、ツタは平然と、それもわたしの名前なのよ、と笑いかけた。

あの時、ツタは、ほんとうに、心からそう思っていた。わたしは千紗子。そこにはなんの迷いも躊躇いもなかった。戸籍に記されている名前などどうでもいい。充には千紗子という名で呼ばれたい。そう呼ばれることこそ自然だとツタは思っていた。

「名前が二つ、あるんですか」

「そうよ。だから、今日からわたしを千紗子と呼んでちょうだい。だってその方がいいのよ。わかった?」

その日を境に、充はツタを千紗子と呼ぶようになった。きっと充にとってもそれが自然だったのだろう。今更ながら、充というのもおかしな男だった。ツタの名が〝ツタ〟だというのは名古屋で下宿していた頃から知っていたくせに、あっけなく新しい名を受け入れてしまった。どうやら沖縄特有の、字《あざな》というか通名というか、なにかそういう風習的なものだと思ったらしい。充はそんな具合に、なにごとにも、やや雑なところがあった。矛盾があっても突きつめない。適当に納得して、それっきりになる。ツタの年齢のことにしてもそうだった。ツタが充より年上だと把握しながら、いくつ年上なのか、はっきりとは確かめなかった。二つか、三つか、そのくらいの差だろうと曖昧なまま抛《ほ》ってしまう。いや、心のどこかでは、もっと上かもしれないと疑ってはいたのだろう。けれども、彼は、その疑いを口にせず、呑み込んでしまう。ざっと三つくらいだと思っておこう。そんなふうに自分で自分を誤魔化してしまう。根が臆病だから、真実を知るのが恐かったんだと思う。もちろんツタだって臆病には違いないから、真実は言わなかった。あの頃は、女が年上というだけで白い目で見られた時代だ。七つも年上だなんて恥ずかしくって言えやしない。

　キヨ子は呆れた。

　東京で頼れるのはキヨ子しかいないから、ツタはとりあえず、充と駅前で別れたその足で、キヨ子の家を訪ねたのだった。

「ツタさんたら、あなた、なんでまた、そんな年若い学生さんとそんなことに」

「しっ」

　ツタはキヨ子の口を閉じさせる。キヨ子の家には家政婦の娘がいるから、細かいことを聞かれたくない。すると、大丈夫よー、と殊更のんびりとキヨ子は言った。あの子は、決して口外しないのよー。ちゃんとそういうふうに躾《しつ》けられているからねー。
いつのまにやら一児の母となり、町中の立派な一軒家で暮らすキヨ子は、すっかりい
いところの若奥様然とした佇《たたず》まいだ。
初めキヨ子は、ツタが、いきなり訪ねてきたというだけで驚いていたのだったが、
夫と別れ七つも年下の受験生と恋仲になり、彼が合格して上京したらいっしょに住む
ための家を探しているのだと知ると、驚きすぎて、ついには笑いだしてしまった。笑
いながら、やめときなさい、頭を冷やしなさい、とツタに言う。
「だけど、もう、充なしでは生きられないのよ」
ツタは言い返す。
「ツタさん、恋愛小説の読み過ぎですよ。どうにも正気ではなさそうね」
「正気も正気、とことん正気ですよ。それにこれは小説の話ではないの。そんなもの
といっしょくたにしないでちょうだい」
ツタはいくぶん気色ばむ。が、キヨ子はまるで意に介さない。
「恋愛流行《ばや》りの世の中ですけど、まさか、ツタさんまで、そんな突飛な熱に浮かされ
るなんて」
「ちがうのよ。熱に浮かされてるんじゃあ、ないのよ。本気なの。これは本気のまじ
めな恋愛なのよ」

「まあ、やだ。そんなこと、真顔で」

「約束したの。いっしょに暮らすって」

「だれと？　その学生さんと？　だって、その人、試験に受からなくちゃ、まだ学生さんですら、ないんでしょう？　そんな若い人と、あなた、いったいどうやってこの先、暮らしていくおつもり？」

「だからこそ、支えたいの。支え合って生きていきたいの」

「支えるって、ツタさんが？　そりゃ無茶ってもんですよ。よく考えたらわかるでしょうに」

「じきに立派なお医者様になります。それまでの辛抱です」

「それまで持ちませんよ。きっとすぐ捨てられますよ」

キヨ子は至極あっさり言った。「沖縄の女だからってその人、ツタさんを見下しているんですよ」

「やめてちょうだい。充は、そんな下卑た人間ではありません」

「いいえ、いいえ、そうですよ、そうに決まってますよ。医科大学に行こうなんて賢い学生さんが、下宿屋の子持ちのおかみさんといっしょになろうなんて思うものですか。しかも、沖縄の女を。わざわざ好きこのんで選んだりはしませんよ。ツタさん、あなた、からかわれたんですよ。そんなの真に受けたらだめですよ。そんな男にだまされて、あんな立派な旦那様と別れたなんて、まったく、どうかしてますよ。子供まで授かりながら、捨ててくるなんて」

「捨てたんじゃありません。そう仕向けられたんです」

「だからって捨てたも同然でしょう。そんなろくでもない男にくっついて東京へ出てきてしまって。そんな男といっしょにいたって、これから先、いいことなんてありゃしませんよ。とっとと別れて、すぐに名古屋に取って返して謝るべきです。今ならまだ間に合いますよ。心を込めて謝ればきっと許してくださいます」

「そうじゃないの。そうじゃないのよ」

いろいろ誤解されているとわかっていても、どこをどう訂正したらいいのか、ツタにはわからない。ひとことやふたことでキヨ子に説明するのは至難の業だった。充は悪くないの、充は悪くないの、悪いのはわたし、わたしがいけないの。そればかり、ツタはうわごとのように喚《わめ》く。

キヨ子はくちびるを真一文字に結び、悲しんでいるんだか怒っているんだかよくわからないような顔つきでツタをじっと見つめていた。キヨ子には、ツタの気持ちなど到底理解できないのだろう。キヨ子が穏やかで温かい家庭を築いているらしいのは、キヨ子の家を見たらすぐにわかった。経済的にも恵まれ、満ち足りた日々を送っているにちがいないキヨ子からしたら、ツタはおそらくとんでもない愚か者なのだ。恋にとち狂った莫迦な女。蔑《さげす》まれても仕方がない。

けれども、そうはいっても、とりあえず、上京したてのツタが頼れるのはキヨ子だけなのだった。なにがなんでも、キヨ子に助けてもらうしかない。今のところ、手切れ金で懐は暖かいが、うかうかしていたら、そんなもの、じきになくなってしまうだろう。上手に遣うためにキヨ子に手を貸してほしかった。だから懸命に頼んだ。

「わたしは賛成しませんよ」

とキヨ子は言った。「だってツタさん、そんなの、間違ってますよ。だけど、ツタさんって人は、昔っからこう。言いだしたら聞かないんですもの。わたしがなにを言ったって無駄ですね。まあ、ですから、しようがない。わかりました。お手伝い致しましょう。詳しい人に家探しを頼んでみます」

そうしてキヨ子はいくつか手頃な貸家を見繕ってくれたのだった。ツタはそのうちのひとつを早速住処《すみか》と決めた。

はじめのうちは、あれこれ世話を焼き、鍋だの釜だの、食器だの、生活必需品を持ってきてくれたり、遊びがてら様子を見にきてくれたキヨ子だったが、充が無事医科大学に合格し、ツタのところへ転がり込むに至って、姿をまったく見せなくなった。よもや本当に二人で暮らすとは思っていなかったのだろう。厳しい態度、冷たい態度だとは思ったが、これが世間から見たわたしたちの姿なのだと得心すれば腹も立たなかった。大事な友を失っても、打撃を受けなかったのは、この時のツタには、充さえいてくれたら、それでよかったからだった。ツタには、充しか見えない。今、ツタは充しかいない世界に住んでいる。ツタには、その世界をより盤石に、より強固にすることしか頭になかった。

充といればなにも恐くない。

充がいなくなることだけが恐くてたまらなかった。

ツタの書くものは、充のことばかりになった。

充のいる喜び。充とともにいるのが喜びであるのは言わずもがなだが、書きつづけるうちに、充の存在そのものがツタの喜びなのだとわかってきた。そうしてその喜びを上回るほどの、充を失う恐怖。今、ツタを生かしているのは充の存在だけだ。この人を失ったら、ツタもまた、消えてしまう。油断すると怒濤《どとう》の勢いで、ツタの思いは充に向かっていきそうだった。ツタ自身でさえ持て余すほどの度を越した情熱を、ともかく書くことによって落ち着かせたい。これを直接充にぶつけたら、充をげんなりさせるだけだ。それなら、あふれてこぼれて、あたふたするほどの思いの丈を、すっかり書いてしまえばいい。好きで好きでたまらない気持ちも、重くなりすぎれば、充は逃げる。充はなににしろ、まだ、子供だった。女の思いをすべて受け止めきれるだけの度量が彼にはない。むしろ充は、ツタに甘え、おれを受け止めてくれ、と迫ってくる一方だった。だからツタは涼しい顔で、それを受け止めなくてはならない。それゆえ、こちらから彼に撓垂《しなだ》れかかるわけにはいかないのである。充に嫌われないためにも、ツタは書いて書いて書きまくらねばならなかった。

目の前の恋は、書くことによって、紙のうえのものになる。

紙のうえの恋は、甘味を加えれば、甘くなり、塩味を加えればしょっぱくなる。その自在感、浮游《ふゆう》感にツタは酔った。紙のうえから、目の前の恋を眺めるというその落差にもまた、酔っていたのかもしれない。

酔わずにはいられない、追いつめられた状況でもあった。

生活は苦しかったし、二人の恋は秘密だった。公に出来ない恋は、窒息しそうに苦しい。皆に明かしてしまいたいが、同棲《どうせい》を知られるわけにはいかない。

最も怖れたのは、充の実家、つまり彼の両親だった。同棲が知れて激怒されたら、学費も仕送りも止められてしまう。充は学友にも、何も言わなかった。どこから何が漏れるかわからない。ツタもまた、キヨ子以外、誰にも連絡を取らなかった。沖縄の母に離婚を報告する手紙は書いたが居所は明かさなかったし、充のことも書かなかった。詮索《せんさく》好きの大家や近所の人には姉弟ということで通した。信じてくれたのか、信じるふりをしてくれただけかわからないが、姉弟として接してくれたからありがたかった。

手切れ金は目減りする一方だった。

医学生の充は、日々勉学に忙しく、とてもじゃないが、働けない。仕送りもそう多くない。そのうえ入ったばかりの医科大学は揃えなければならない専門書や辞書など、教材費がやたらと嵩《かさ》む。時に生活費を超えるほどにもなる。仕送りだけでは足りない。充が催促すれば多少追加を送ってきてはくれるが、そう毎度毎度頼めない。あまり頼んで、こちらの暮らしを詮索しだしたら元も子もない。となればツタが働くしかないのだが、そうはいっても、女がすぐに働けるのは家政婦か、もしくは女給かといったところで、お坊ちゃん育ちの充が許してくれない。仕方なく、手切れ金で補塡《ほてん》する。

時折ツタは嫌な気持ちになった。

このお金が尽きたら、どうなってしまうのだろう。

捨てられるんじゃないかと思うと恐くてたまらない。

若くて美しい、充にふさわしい女が、ある日忽然と現れ、充をどこかへ連れ去ってしまうのではないかと危惧し、身震いした。

年の瀬になり、充が正月を実家で迎えるために帰ってしまうとツタは途端に心細くなった。もう充は戻ってこないんじゃないか。このまま、ここに捨て置かれるんじゃないか。

年が明けて、三ヶ日が過ぎても充は戻らなかった。居ても立ってもいられず、ツタは充に会いに行こうと東京駅まで出掛けていく。けれども、列車には乗れない。充の実家へ押し掛けていって、そのあと、どうしたらいい。事情を知れば充の両親は目を剝《む》くだろう。ろくに会うことも叶わず引き離されるに決まっている。そうして充は近在のお嬢さんと見合いをさせられ、親の眼鏡に適《かな》う許嫁《いいなずけ》を決められてしまうのだ。東京駅に佇み、充が改札を出てこないか、しばらく眺めたのち、今は信じて待つしかないのだと思い定めて、ツタはすごすごと引き返してきた。駅や町中の正月の飾り付けが、ツタの目にどれほど虚しく映ったことだろう。沖縄、台湾、東京、名古屋。これまでどこで正月を迎えても、ひとりぼっちという年はなかったのに――。

キヨ子が久しぶりにツタを訪ねてきたのは、その翌々日だった。

疎遠になっていた友の突然の来訪に、ツタは喜び、しかしながら、そんな華やぐ気持ちとは裏腹に、なんとはなしに身構えてしまう。髪をきれいに結い上げ、おとなしめの訪問着を纏《まと》ったキヨ子が年賀の菓子を差しだした。

「充さんは？」

とキヨ子は訊いた。「どこ？　まだいっしょなの」

「おあいにくさま。まだ別れておりません」

強張る声でツタがこたえる。

「あら、やだ。ツタさん、わたし、いじわるで訊いたんじゃないのよ。姿が見えないからどうかしたのかと思って訊いてみただけよ。ちょっと込み入った話もあったし、充さんの耳に入らないならその方がいいし」

「帰省中で留守なのよ」

ツタが言うと、キヨ子は、まあ、という顔をした。

「それじゃァツタさん、お正月だというのに、ずいぶん寂しかったわね。それならうちに来ていたらよかったのに」

たったそれだけの言葉が、ツタにはむしょうにうれしかった。

キヨ子が訪ねてきたのは、沖縄のツタの母が、キヨ子のもとへ便りを寄越したからだった。離婚後、さっぱり連絡が取れなくなってしまった娘を案じ、あちこち問い合わせ、キヨ子のところへも手紙を送ってきたらしい。

「ずいぶん心配していらしてね。もし、連絡があったら、伝えてほしい、って。わかりました、とすぐに返事は出しておいたけれど」

「ありがとう」

「ツタさん、お手紙を書いてさしあげたら？　ここで暮らしていることを知られたくないのなら、わたしが取り次ぎますよ」

「そうね」

キヨ子の手土産《てみやげ》の羊羹《ようかん》を食べながらツタは言う。心配をかけたくないからこそ、詳細は伏せたのだが、かえって心配をかけてしまったようだ。とはいえ、充のことを知らせる気にはまだなれなかった。

「離婚のこと、怒っていた？」

ツタが訊くと、キヨ子は、

「それが案外、そうでもないの」

とこたえた。「お母さんのお手紙、読みますか？　持ってきましたよ。わたし宛《あ》てだから、少々わかりにくいかもしれないけれど」

受け取ったものの、すぐには読めない。母の言葉に向き合うにはそれなりの覚悟が必要だった。宛名書きの懐かしい母の文字だけをツタは静かに眺めた。ツタの指が封書の角から角へ行ったり来たり、ただそれだけを繰り返す。

「離婚はね、それはもう、仕方がないってそこに書いてありますよ」

ちっとも読まないツタに、キヨ子が言う。「せっかくいいところへ嫁いだのに、納まりきれなかったんだから、これはもう、しようがない、って。だけどやっぱり親ね。ツタさんが幸せならそれでいいって、そこにちゃんと書いてあります。ただね、あちらは先月、名古屋で再婚されたそうなのよ。だから戻れる場所はもうなくなったと肝に銘じて強く生きるよう、ツタに伝えてくれって。なんなら沖縄に戻ってきてもいいって。戻ってきたらどうか、って。それがいちばん伝えたかったみたい」

「再婚？　あの人、もう、再婚したの」

「あら、だって、そろそろ一年近くになるじゃない。男やもめでさぞや、ご不自由されたんでしょうよ」

「いったい誰と」

「名古屋の方らしいわ。ツタさんのお母さん、復縁を願っていたのね。再婚の報を受けてずいぶんがっかりされたみたい」

「名古屋の……。沖縄の人ではなく？　そう……。あの人、再婚したの。子供は？それじゃ、あの子は名古屋に？」

「ううん、まだ沖縄にいるそうよ。そちらはとくに変わりはないから安心なさいって。元気にすくすく育っているって。ツタさんのお母さん、お孫さんに首ったけなのね。可愛い、可愛いって何遍も書いてある。子供のことは約束を守らなきゃなりませんよ、そうしないと、わたしまで会わせてもらえなくなるからお願いしますよ、って」

再婚。あの人が再婚。

ツタは母の手紙を握りしめたまま、呆然としていた。

こんなに早くあの人が再婚するなんて思ってもみなかった。まるきり不意打ちを喰らったような、嫌な気分になる。こんなにも早くあの人はツタの代わりを見つけたのだ。ようするに、妻の代わりなどいくらでもいるということではないか。しかも名古屋の人だというのだから、さぞかしいい妻を見つけたと高笑いしていることだろう。それでツタ、おまえの方は、どうなんだ、作家として立てたのか。そんな声まで聞こえてきそうだ。

　別れた夫と競い合っているわけでもないのに、なぜだかツタはひどい敗北感に打ちひしがれていた。向こうはなんの痛手も被らず、着々と前進していく。ひきかえ、ツタときたらどうだろう。作家として立つどころではない。たった一つ、手にしたものといったら充だけ。その充だって、暮れに帰省したきり、ちっとも戻ってこない。学校だってあるのに、いつまで故郷にいるつもりだろう。もしかしたら、充は幻だったのか。充との日々は夢だったのか。ツタは充すら、手に入れていないのか。ただただ振りまわされて、浮き草のように流れて、ツタは、今ここにいる。

いっそ、充ときっぱり別れ、やり直すべきなのだろうか、とふいにツタは思う。我が子と二人、生きていく道を探るべきだろうか。

　再婚したというのなら、いずれあちらにも子は出来るだろう。そうなれば跡継ぎ問題は解消する。その時、もう一度、話し合ってはもらえぬものだろうか。けれども、そのためには、手切れ金を返して――耳を揃えて八百円――、以前の約束を反故《ほご》にせねばならない。

話し合いを求めるにあたって、さすがにそこは避けて通れないだろう。

だがしかし、ツタにはそれが出来ないのだった。

ずるずると、充との暮らしに手切れ金をつぎ込んでしまっていたからだ。

こんなことになるのなら、あのお金に手をつけてはいけなかった。

充と別れてやり直すにしたって、当面、あのお金をあてにして、職探しから始めるしかないだろう。そうして働きだしても、所詮は女手、すぐに貯蓄が出来るほどの俸給は望むべくもない。となれば、名古屋へ話し合いに赴ける日はいったいいつになるのやら。

きっと、そんな日は来ない――。

声にならない声がツタの頭の中に響く。

結局ツタは、我が子ではなく、充を取ったのだ。そんなつもりはなかったけれど、いつのまにやら、そういうことになっている。

愚かな女だ、とツタは思う。

こんな愚かな道を進むつもりで家を出たわけではなかったのに……。

あの家を出た時、充との間にはなにもなかった。どうにかなる気も毛頭なかった。むしろ、それを警戒していた。それなのに、気づけばいつのまにやら、こんなことになっている。

　男と女の関係はつくづく不思議なものなのだった。たった一日でがらりと変わる。一日どころか、ほんの刹那で、大きく変わる。あの刹那、ツタの人生の線路が切り替えられ、予想だにしなかった景色のなかを走っている。

「軽蔑《けいべつ》しますか」

　とツタはキヨ子に問うた。「こんなわたしを軽蔑しますか」

　キヨ子は、ツタをじっと見て、

「しませんよ」

　とこたえた。

　ほっとする。

　キヨ子の言葉に驚くほどの安堵をおぼえ、ツタは震える声で、ありがとう、と頭を下げた。

　ところがキヨ子はその後さらりと、もう一言、付け加えたのだった。

「だからって、羨ましいとも思いませんけどね」

　えっ、とツタは顔を上げる。

　キヨ子はぺろりと舌を出し、悪戯《いたずら》っ児《こ》のような顔で笑っていた。うっかりすると、ここがまだ沖縄の、女学校だったかとまちがえるほどの、なじみのあるキヨ子の笑顔がそこにあった。なにを言われたのか、咄嗟にわからず、ツタはしばし、考えこむ。キヨ子の言葉をゆっくりと噛みしめる。それから、突然、ツタは大層うれしくなったのだった。

そうだ、そうだ、これがキヨ子だ。

キヨ子はふわりと思ったことを口にする。そういう時のキヨ子の言葉には、独特のユーモアと軽みがある。場の空気をがらりと変えてしまうのだ。ごく自然に、キヨ子はそれをやってのける。甘く優しい言葉とはいっさい無縁のくせに、空気が和らぐ。

ツタの心も和らいだ。

つられて笑った。

「それはそうね、それはそう」

「そうよ、だって、ツタさん、あなた、めちゃくちゃよ」

キヨ子がけらけら笑っている。

それでいい。それでいいのだ。ツタの人生など、そうやって、笑い飛ばしてくれたらそれでいい。いっそその方が、すっきりする。だって、そうではないか。そもそもツタは誰かを羨ましがらせるために生きているわけではない。誰かを羨んで生きていきたいわけでもない。ツタはそれを思い出したのだった。わたしはわたしだ。ツタはツタだ。

「そうね、そうね。わたしはほんとにめちゃくちゃね」

「そうよ、あなたって人は、ほんと、めちゃくちゃなのよ。誰の言うことも聞きゃしないんだから」

「そうかもしれない」

「そうかもしれない、じゃなくて、そうなのよ。おまけに勝手に名前まで変えちゃって。千紗子さん、ですって！　千紗子さん！　ほんとにもう、あなたときたら、いつだって、やりたい放題なんだから！」

「それがなによ！　文句があるならかかってらっしゃい！」

　ころころと笑い転げているうちに、心の霧が吹き飛ばされていくようだった。笑え、笑え。くよくよしたって仕方がない。嘆き悲しんだってなにも変わらない。悲しみは悲しみとしてそのまま抱えて生きていくより他ない。愚かな己を受け止め、その愚かさも含めて己なのだと腹を括ってやっていくしかない。哀れな話かもしれないが、それでも、幸いなことに、ツタにはキヨ子という友がいる。愚かなツタを軽蔑しないで、隣で笑ってくれる友がいる。

　ツタもキヨ子もまだ若かった。

　しなやかに未来を見つめる強さがあった。

笑っているうちに、風穴が、ひとつ、空いたようだった。そうだ、わたしは走っていくしかないのだろう。この景色のただ中を、なにはともあれ、まっすぐ走っていくしかないのだろう。

半年後、ツタの文章が婦人雑誌に載った。

和歌でないものが雑誌に掲載されたのは初めてのことだった。

【四月號實話《ごうじつわ》募集】

婦人雑誌を読んでいる時に見つけた、その記事がきっかけだった。

もともとしょっちゅう実話を募集している雑誌ではあったものの、ツタの目が留まったのは、指定された五つの題の最後に、「年上の女　年下の男との戀《こい》」とあったからだった。

頁を捲《めく》るツタの指が止まる。

【年上の女　年下の男との戀】

説明文を読む。

【儘ならぬは浮世の常と云ひながらこれは又なんと皮肉な天のハイザイ。それに悩《なや》まされた方も多い事でせう。僞らぬあなたの手記をお寄せ下さい。】

これぞまさしくツタのために用意されたタイトル、としか思えなかった。

ツタは、んまあ、と声を上げる。

いくらなんでも、これほどぴったりの御題を突きつけられることがあるだろうか。滅多にあるものではない。空恐ろしい偶然にツタは震える。

なぜって、そういうものならとっくに書いている。毎日、せっせと書きためている。年下の男と恋に落ち、ぐずぐずと思い悩む年上の女の気持ちならようくわかっている。誰よりきっと、わかっているはずだ。それにしても、あなた——と、ツタは頁の向こうの見知らぬ誰かへ話しかける——、よくもまあ、それをご存じで。

【四百字詰め原稿用紙、十枚程度。〆切期日《しめきり》、二月十日。掲載の分には三十圓までの稿料を呈す。誌上、匿名は随意なるも、住所氏名は一篇毎《ごと》に明記すること。宛先は……】

募集要項を確かめた時にはすっかり応募する気持ちになっていた。

それはそうだろう。これを見つけて知らん顔など、ツタに出来るわけがない。罠《わな》だとしたら、なんとまあ、巧妙に仕掛けられた罠ではないか。ツタはあっさり仕留められてしまった。

〆切期日まで、僅《わず》か一週間ほどしかないが、これまで書きためていたものから抜き出して推敲《すいこう》するだけならじゅうぶん間に合うだろう。どこをどう使うか、構成をよくよく考えねばならぬけれども、それさえうまくいけば、読み物としてまずまず恰好は付くはずだ。

むろん、わりあい高額の稿料にも心惹《こころひ》かれた。

正月を十日も過ぎてようやく帰省先から戻ってきた充との暮らしは相変わらず苦しくて、手切れ金は減る一方だった。臨時収入があれば一息つける。

文房具屋で四百字詰め原稿用紙とやらを購《もと》め、早速机の前にすわった。なにやらそれだけで、一端《いっぱし》の作家気取り、ではないけれど、少々、心が浮き立つ。

それからおもむろに、日記帖《にっきちょう》代わりのノートや、雑紙を綴って作った手製の雑記帖などを開いて、あちこちに書きためていたものの内容を確かめていった。背伸びをして、徒《いたずら》に高尚ぶっているのはよくないし、寝言のように意味不明なものではもっとよくない。矢鱈《やたら》くだくだしくしつこいのはいただけないが、軽やかすぎて地に足がついていないようなのはどうにもむずむずして読んでいられない。これはよし、これはだめ。自身で批評を加えつつ判断し、どんな感じにまとめるべきか、見当をつけていく。メモを取り、整理し、ぼんやりと全体像を摑まえる。そのうちに、ひょいと、書けるな、という気がしてきた。原稿用紙十枚分といえば素人にはたいした分量だと思ったが、これだけ材料があるのだからどうにでもなるだろう。

だんだんと、作業に没頭していった。

期日も迫っていることだし、下書きは適当なところで止して、原稿用紙に早速書き始める。

すると、書き進むにつれ、ツタの気持ちは大きく変化していったのだった。澄んだ気持ちになっていく、とでもいったらいいか。雑念が消え去り、原稿用紙の前に、ただ居る。ただ書く。次第に応募原稿であるということすら、忘れていく。入選したいという気持ちもまったくなかった。稿料のことなど、とうに彼方に消えてしまっている。

万年筆を持ち、続きを書こうとすると、驚くほど心が落ち着き、すっと澄んでいく。そうしてひたすら集中して、升目を埋めていった。メモしていた時にはまだ迷っていた部分も、下書きで書きあぐねていた箇所も、不思議なもので、原稿用紙にこつこつ書いていくと自然とこたえがわかってしまう。そうか、こう書けばよいのだ、と筆が先を決めていく。なんだろうこれは、とツタは思った。これを決めているのは誰だろう。わたしなんだろうか？　ほんとうに？

どこにも書いていなかった文章がいきなり立ち現れ、それがきゅっと、前後の文脈を結ぶ。その思いがけない結び目に、ツタは、はっとする。頭がじんと痺れたようになる。

何時間正座していても、足も背中も痛くならなかった。空腹も感じなかった。朝、充が出掛けると、食事の後片づけや、掃除や洗濯などその日の家事を一切合切、先にすませ、ようやく机の前にすわる。そうして、日暮れて、暗くなって、文字が書けなくなって初めて時間の経過を意識するのだった。大慌てで夕餉《ゆうげ》の支度のために立ち上がると、足が縺《もつ》れてよろめいた。いたたた。身体のあちこちが一斉に悲鳴をあげ、それから、空腹や喉の渇きに気づく。ツタはおかしくてならない。人の身体というものの、なんとまあ、現金なことよ！

原稿は順調に進んでいった。

そうしてツタは、ある程度進んだところで、ふと妙な気持ちになったのだった。実話の応募原稿を書いているつもりだったのに、だから実話として綴っているはずなのに、どうしたわけか、紙のうえにあるものは、紙にのぼった途端、実話とは言い切れないものになっている。書けども書けども実際の経験や暮らしとは完全に一致しない。一致させようとしても、なぜか一致しないのだ。嘘がまじるというのでもない。どんなに本当のことを書き連ねても、そこにあるのは本当のことではなく、ましてや本当の自分でもない。むろん本当の充もそこにはいなかった。似てはいる。似てはいるが、そのものではない。充のような充、わたしのようなわたし。充らしきかたまりとわたしらしきかたまり。本当のようで本当ではないかたまり。だからどうしよう、と慌てふためいたわけではない。どうしようもなにも、これはそういうものなのだ、とツタは思った。どうにもしようがないではないか。薄皮の向こうに実体はあり、薄皮に包まれたところに物語があるのだ。嗚呼《ああ》、とツタは、溜息をもらす。これは物語だ。そう。これは実話ではなく、いわば物語なのだ。そのふしぎな関係。このふたつの間にある薄皮のようなものの存在にツタは気づいた。目を瞠った。実話を書こうとしたからこそ気づけたのかもしれない。面白かった。実話と物語、逆に考えたらどうなのだろう。物語を書こうとしたら薄皮の向こうに実体が現れるのだろうか。なんにせよ、遠い間柄ではあるまい。ひょっとしたら、今書いているこれだって、すでに小説とよんでいいものなのではないか、という気がしないでもない。もしくは、この延長線上にあるのが小説なのではなかろうか。

別れた夫が昔、学友会誌に載せていた作品も、こうして書かれたものではなかったか、とツタは想像した。夫とはほとんど文学の話をしなかったけれど、ツタがしつこく、あの小説に書かれていたのは本当にあったことなのですか、と訊ねているうちにある時、ああそうだ、と明かしてくれた。夫は言った。あのような、架空の話として書いたのは、登場する者たちに迷惑をかけてはならないと気を遣ったからだ。つまり、わたしはあの時、小説を書こうとしたのではなく、たんに思い出話を書こうとしただけなのだよ。それがたまたまああいうものになった。だから、ツタ、わたしをあまり買い被らないでくれ。

あの人は、案外、本心を語っていたのかもしれない、とツタは思った。あの時のわたしはなんだか煙《けむ》に巻かれたようで不服だったけれども、あの学友会誌に載っていたあれは彼が生むつもりもなくうっかり生んでしまったものに過ぎなかったのかもしれない。むしろ触れてほしくはない古い記憶と思い出があそこに封じ込められていたのではなかったか。わたしはそれをひきずりだそうとしていた。薄皮をべりべりと剝がして、あからさまにしようとしていた。なぜならあれをまるであの人そのもののように思っていたから。買い被りというならたしかにそうだったろう。勝手に買い被り、わたしは勝手に夫に失望した。子供じみた思い込みで真実から遠ざかった。

充への気持ちも、書いていくうちに少しさっぱりしてきた。日々書き散らしていくだけでは積もる一方だったものが、薄皮に包まれると、丸ごと、空に放り投げられる。解決などできないし、事実は変わらなくとも、充の世界が空に浮かんで、ツタはそれを心穏やかに眺められた。年下の男に恋し、年下の男に翻弄される、哀れな年上の女が薄皮に包まれ、宙に浮かんでいる。その女のいる、ひとつの世界がそこにある。

原稿を書き終えると、ツタは満足した。満足といっても、出来不出来とは無縁の満足である。出来についてはむしろ考えないようにしていた。

封筒に入れて郵便で出すと、もう、原稿のことは思い出さなかった。

その位、ささやかな原稿でもあった。

筆名は、久路千紗子ではなく、〝ちさ子〟とした。苗字を省き、しかも平仮名を用いた、〝ちさ子〟。

登場する者たちに迷惑をかけてはならないと言っていた、別れた夫の言葉に影響されたわけでもあるまいが、原稿を送る段になって、誰に読まれてもかまわぬように、という気持ちが働いたからだった。


入選して、誌面に掲載されたのはその三ヶ月後だった。

うれしかったかといわれればそれはたしかにうれしかったにはちがいないが、思ったより気持ちは淡々としていた。単純な喜びというより、ああよかった、ほっとした、というのがツタの気持ちにいちばん近い。読むに堪える文章だと本職の人たちに判断してもらえたことが、なによりツタを安堵させた。

当然ながら、ツタの中には、まだ書きたいという気持ちが強くあった。この先、どのように書いていったらいいのか考えあぐねている面もあった。文章修業とはどのようにすればよいのだろう。たとえばどこかの同人誌にでも参加して仲間同士で切磋琢磨《せっさたくま》するのが早道なのだろうか。それにしたって、箸にも棒にもかからぬ稚拙な腕では、門を叩くのも憚られる。いったい、己の力量がどの程度なのか、まずはそこをきちんと確かめておきたい。

ともかくツタは書きたかったのだ。

他ならぬあの原稿用紙に。

二十升、二十行の、あの紙に。

長方形の紙をさっと机に広げて、升目を埋めていきたかった。

書きたければ好きに書いたらいいのかというと、さにあらず。原稿用紙は文房具屋に行けば売っている。誰にだって買える。だが、だからといって、気軽に書けるものではないのである。素人がこれといったあてもなく、わざわざ原稿用紙に書くというのはなにやら滑稽で、ひるんでしまう。少なくとも、ツタはそうだった。原稿用紙に書くためにはそれ相応のなにか理由が必要だった。一つ、段階を踏まねばならない。

入選が、いいきっかけになった。

原稿用紙に書いてもよい、とお墨付きをもらったのだ、とツタは考えた。ならば、まずは同人誌に参加するための作品を作ろう。先へ進もう。わたしはそれを許されたのだ。

早速ツタは、編集部から送られてきた稿料で、原稿用紙を買いに行った。

今度はもっと物語に寄ったものを書く。実話という枠に縛られず、好きに書く。

さて、物語はどこにあるのだろう?

ところが、いざ書こうとするとそれがよくわからないのだった。

そんなもの、そこらじゅうにあふれている気がするのに、どれを摑まえたらいいのか、どこを摑まえるべきかが、わからない。わからぬなりに、あれこれ試行錯誤を繰り返す。見る間に時間が経っていった。原稿用紙の升目に、文字ならぬ、時間が吸い取られていく。それでもツタは諦めなかった。きっとわかる。わかるはずだ。今度こそ、諦めてはならない。女学校の頃、何を書いたらいいのかわからず、うんうん唸った揚げ句、適当にお茶を濁した苦い経験が蘇った。あんなことはもうしない。どれだけ吸い取られようが、時間はたっぷりある。焦らずともよい。ツタは真剣に原稿用紙と向き合った。ここに書かれるべき物語とはいったい何だ？

なんだか最近、機嫌がいいね、と充に言われた。そう？　とツタは惚《とぼ》ける。長らく充にばかりかまけていたツタの心の向きが少し変わったのが伝わるのだろう、充がしきりにツタにちょっかいを出してくる。なあ、いったい、千紗子はいつも、なにをそんなに考えてるんだ？　と充が訊く。ずいぶんと考えこんでうわの空になっているけれども、なにか気になることでもあるのかい？　充は少し不安そうだ。ぼくのいない昼間、千紗子はなにをしているんだい？　ひょっとして、なにか書いてるのかい？　紙くずがいつも散らばってるけど。

あら、なんでもないわ、なんでもないの、と辺りを片づけながらツタはこたえる。わたし、なんにもしちゃいない。なんにも書いちゃいない。ほんのお遊びよ。ねえ、わたしはあなたのことしか考えていない。わたしはあなたに夢中なの。そんな一途《いちず》な目をして充を見る。応募原稿のことは充に言っていなかったので、充はそれ以上、追及しない。なにかおかしいと感じていても、どこをどう問いつめるべきか、おそらく充にはわからなかったのだろう。

充と住むようになってから隠れるように暮らしていたツタだったが、なにがきっかけだったのか——あの原稿を書いて応募したことか、それとも別れた夫の再婚を知ったからか、はたまた、たんなる開き直りか——、すすんで外出するようにもなっていた。キヨ子に取り次いでもらって母に手紙も書いた。沖縄には帰れないが、東京でなんとかやっていると簡単な近況を綴った。母からは、責める言葉も、なじる言葉もなかった。元気でやっているのならそれでよい。あなたが幸せならそれでよい。生き別れた息子のことも書いてあった。賢い子だと書いてあった。きっとあなたもまたいつか会える日が来るでしょう。その日を信じて、その日のために、頑張って生きていかねばなりませんよ……。いざとなったら東京での頼れる先として、まだ一度も会ったことのない再従兄《またいとこ》を紹介してくれていた。充のことをまだ母には知らせてなかったから、母は、大都会で娘がたった一人、苦労していると思っているようだった。東京駅のすぐそばで、大きな工務店を経営する再従兄は、ツタよりもうんと年上で、長らく東京で暮らしている。一族のなかでもたいそうな成功者らしいその人に、母は、ツタの再婚相手を見つけてやってくれと、どうやら頼んだらしかった。これはまずい、と手紙を読んで泡を食ったツタはややこしいことになる前にと大急ぎで再従兄を訪ねる。初対面の挨拶もそこそこに、ツタは、結婚するつもりの相手がすでにいることを告げ、先走った母の行為を詫《わ》びた。再従兄は、別段気を悪くしたようすはなく、ツタに理解を示した。どうやらツタがそれを母に告げていないのは、沖縄との関わりをなるべく断って生きていきたいからだろう、と早合点したようだった。いいえ、ちがいますよ、と言っても、ツタがはっきりと理由を述べないので、話がちっとも噛み合わない。とはいえ、母に言えないのは、相手が七つも年下の学生だからだ、と正直に明かすわけにもいかない。困っていると、いいんだ、いいんだ、と再従兄は鷹揚《おうよう》に頷いた。なあに、ツタさんや、わたしだってあんたと同じだよ。あんたの気持ちはよくわかる。気にしなさんな。なにがどう同じなのか、どう気持ちがわかるのか、よくわからぬまま、再従兄のやさしげな声音にツタはうっかり頷いてしまった。すると、まるで心からわかりあえたとでもいうような親密な空気がそこに流れたのだった。

そのせいか、ツタはその日、彼の長広舌を聞く羽目になった。

東京で成功するために、再従兄がどれだけの苦労をしたか。並々ならぬ努力をしたか。戸籍をずいぶん前に沖縄からこちらに移し、出自をわからなくしてしまったこと。あちらの人間との接触は最小限に止《とど》め、用心に用心を重ね、成る丈悟られぬようにしているること。妻は知っているが、妻の親、親戚、周囲の者、仕事関係などには、おおむね沖縄出身だと伝えていないこと。そのおかげで舐《な》められもせず、ひどい目にも遭わず、今日の成功を手に入れたこと。しかし、その代わり、友人知人、親類縁者、誰にも頼れなかったこと。だからこそ、歯を食いしばって努力したこと。おかげで商売は極めてうまくいき、今ではこちらでの人脈も広がり、有力者に知り合いも出来、各地に支店を出していること。近々満州《まんしゅう》にも支店を出すこと。

これまで誰にも打ち明けられなかったからか、再従兄は同郷の身内、ツタという恰好の相手を得て、次から次へ、話していく。いつしか工務店の奥の小部屋は妙な熱気に包まれていた。再従兄の心の裡にはよほど鬱積したものがあったのだろう。自慢とも愚痴ともつかぬそれを、ツタは黙って聞きつづけた。些かうんざりしつつ、反撥しつつ、けれども、そのうちに、寂しさや憐《あわ》れみや、悲しさで胸がいっぱいになっていったのだった。ふつふつと腹のうちに煮えたぎっているものはあるものの、それが再従兄に対しての怒りなのか、そうではないのか、はっきりしない。沖縄との関わりを出来うる限り断っているという再従兄は、言葉遣いも大和口そのものだった。おまえさんにも思い当たる節はあるだろう、とツタは訊かれた。あるにはあるから、ツタは頷いた。そうだろう、と彼は満足する。こういう苦労はこっちに出てきた者にしかわからんのだ。荒波に揉まれ、四苦八苦した者でなけりゃ、わかりゃしない。

帰る道々、ツタは考えた。

沖縄。

我が故郷。

それを背負って、生きる人々。

やがてこれが物語の種となって育っていったのだったが、この時のツタはまだそれに気づいていない。

なにやらひどく心に引っかかるものがあるから、いつまでも考えつづけるしかない。

再従兄は成功し、ああやって、さも沖縄と縁を切ったかのような顔で生きているが、その実、沖縄の縁者たちへの仕送りは止めていない。ツタはそれを母からの便りで知っている。彼は沖縄を見捨ててはいないのだ。見捨てられないのだ。沖縄の貧しい者たちは、そのくらい彼を頼りにしている。そうせざるをえないくらい、貧しい者があの島にはいる。たくさんいる。彼はその期待に応えつづけるために、長い間、馬車馬のように働き、必死で事業を拡大してきた。

ツタは彼の孤独を思った。

沖縄との温かでおおっぴらな関係から背を向けて、彼はそれでよかったのだろうか。そこまでせねば、この成功はなかったのだろうか。

いい年をして母に仕送り一つ出来ないツタが批判なぞ口にするのは憚られるが、ツタには彼の成功がそう喜ばしいものには思えなかった。ざわざわする気持ちが一向に収まらない。

その後もツタは考えつづけた。

考えざるをえなかった。

再従兄の押し出しのよい、いかにも成功者といった姿を思い浮かべながら、その裏側、内側をツタは凝視する。彼の選択、それを彼に選ばせたものとはなんだったのか。彼の実家と縁つづきである、ツタの母や、その周辺で苦労している者たち。琉球王国の滅亡。同郷の者にしかわからぬ、屈折や、いざこざ。キヨ子の兄が、新聞記者として同郷の者たちに会いに行って聞いてきたという赤裸々な告白や苦労話も思い出した。キヨ子はしかし、そんな兄を厳しく非難するのである。兄ったら、ずるいのよ、うちは、父親は沖縄だけど母親が東京の人でしょう、だからって、その時々で都合良く沖縄の人間のふりをしたり、東京の人間のふりをしたり、じょうずに使い分けてるの。ちゃっかりしてるんだから。そういうキヨ子だって似たようなものだとツタは知っている。いや、それをいうなら、キヨ子だけではない。ツタだって、そうだ。多かれ少なかれ、沖縄から出てきた者は皆、そうやって小賢《こざか》しく立ち回って生きているのではないか。

ツタは台湾で付き合いのあった奥様方を思い出す。

あからさまではなくともうっすらと見下すような目でツタを見ていた、あの上品ぶった女たち。一見、親切で、礼儀正しく、いつもやさしくツタに接してくれてはいたが、あの人たちは、ツタを対等に見ていなかった。ツタはそれに気づいていたし、それを決して忘れてはいない。

あの時にかぎらず、沖縄を一歩出れば、そんな人たちは至る所にいた。気づかぬふりをしてやりすごすのが習い性となってはいたが、ツタはひそかに傷ついていたのだった。だってそうだろう。いったいどうしてそんな目で見られなくてはならないのだ。どこがどう、彼らより劣っているというのだ。辺境の地に生まれたからか？　冗談じゃない。中心が変われば辺境は変わる。琉球王国の中心は首里だった。ツタは首里の生まれだ。琉球王国が倒れたから、首里は中心でなくなった。それだけのことではないか。そんな流動的な、中心だの辺境だのに縛られて、優越感だの劣等感だの、まったくおかしな話だ。

充、とツタは思う。

充はツタがどこの生まれだろうとまるで気にしなかった。へえ、奥さん、沖縄ですか、とこだわりなく口にし、大らかに受け入れていた。

幼稚といえば幼稚だが、細かいことにこだわらぬ、開けた無邪気さがツタには眩しかった。そういう人に、滅多に出会えなかったから余計。

だからこそ、ツタは充に心を奪われたのだ。

主義や思想に根ざしたものではなく、ごく自然に、当たり前の人間としてそんなふうに振る舞える彼の態度に、ツタは新しい世の中を予感したのかもしれない。世界を変えていくのはいつだって、旧《ふる》い人間ではなく新しい人間なのだから。

恋に理由などないと思っていたが、恋にも案外、理由があるのだろうか。

充が輝いて見えたのには、きっと、ツタのこの心持ちが大いに関係していたのだろう。ツタ自身でさえよくわかっていなかったけれど、奥深くに、そんな理由が隠されていたのだとしたら——。

みんな繋がっているのだ。

これとあれ、あれとそれ。それとこれ。これとそれ。目に見えぬ糸できちんと結びついている。どの結び目を辿るかによって、見えてくるものはがらりと変わる。どれとどれを繋ぐかで、現れる物語がちがってくる。だから、そう、つまり、物語はツタのなかにすでにあるのだ！

書こうとツタは思った。

これを、しっかり摑まえて書いてみよう。

【正月號懸賞募集】

その文字が雑誌の中に躍ったのは、ツタの原稿がだいぶ進んだ頃だった。

またしても、ツタの背中を押す偶然に驚く。

なにしろ、今度は、実話を募っているのではない。

【短篇小説を募る】

短編小説を募っているのである。

これは大層珍しいことだった。この婦人雑誌は、毎月職業作家の小説を何本か掲載してはいるものの、あくまで総合誌。なので読者に募るのは毎度実話原稿のみで小説を募集したことはない。しかも今回はずいぶん大胆な、派手な募集記事だった。

この時宜に、これを見てしまったからには、応募するしかないではないか。

書き上げたらどこかの同人誌の集まりにでも持参して、誰かに読んでもらおうとぼんやり考えていたツタだったが、急遽《きゅうきょ》こちらに送ることにした。

【賞金一等二百圓二等百圓三等五十圓各一篇】

当選したら、目も眩《くら》むような高額の稿料がもらえて、しかも雑誌に掲載される。こちらを選ぶのは当然だろう。小説が専門である文芸誌に送るとなれば、さすがに気後れするが、愛読している婦人雑誌、しかも、この雑誌はついこの間、ツタの文章を載せてくれたところだ。小説を送るといってもそう気負わずにすむ。

またしても〆切までにいくらもないが、幸い、原稿は完成に近づいている。急げばどうにか間に合うだろう。ただし、募集要項にある規定枚数をとうに超えてしまっているという障害が一つあった。推敲しつつ削っていったとして、規定の三十枚に収まるだろうか。これぱかりはやってみなくてはわからない。いや、やってみるしかない。

ところが、素人の悲しさ、削ろうとしても、なかなか思うように削れないのだった。

結局、書き終えると、原稿はおよそ六十枚ほどにもなっていた。

はてさて、どうしたものか。

もう一度推敲し直して規定枚数まで、削りに削るか。それにしても、ちょっとやそっとの分量ではない。約半分だ。そんなこと、可能なのだろうか。

原稿用紙の束をツタは眺めた。

この厚み。

六十枚ほどにぎっしり書かれた文字。

まっさらだった原稿用紙を埋めていった、その一文字、一文字がツタには愛おしくてならない。どの文章も、疎《おろそ》かに書いてはいない。一つ一つ、丁寧に、大事に紡いでいった文章だ。いったいこれの、どこをどう、削ったらいいというのだろう。どこに無駄があるというのだろう。

つらつらと思い悩みながら眺めているうちに、ツタは、なぜだか徐々に、満ち足りた気持ちになっていったのだった。毎日毎日、少しずつ書き進めていったこの原稿。

よくぞ書き上げたものではないか。曲がりなりにも小説というものを、ツタはついに書いたのだ。その喜びを、束ねられた原稿用紙の厚みとして、ツタは指先でゆっくりと味わった。ぱらぱらと角を捲れば、ほのかに立ち上るインクの匂い。ここには、今のツタのすべてがこもっている。ツタの魂がここにある。

削るのはよそう、とツタは決めた。

削ったら、だいじなものを失ってしまう。

このまま送ろう。

なにが規定枚数だ。

これはわたしの小説だ。

そんなものに粛々と従うわけにはいかない。

べつに入選なんてしなくたっていい。

ただ、あの人たち——この間の原稿を読んで認めてくれた、編集部のどなたか——に、ともかく、これを読んでもらいたかった。この作品を書き上げたことを、ひとまず彼らに報告したい。一見そうは見えなくとも、ツタのなかで、あの原稿とこの原稿は、たしかに繋がっている。だからこそ、ツタはその軌跡を彼らに見てもらいたかったのだった。規定枚数を超えているのだから、入選することはないし、おそらく感想を聞くことすら叶わないだろう。それでもよかった。仮に編集部の誰にも読まれなくとも、それすら、ツタは、実はどうでもいいと思っている節があった。そういう意味では、もはや、編集部に宛てて送るというより、どこか遠くの神様にでも送るつもりでいたのかもしれない。海の向こうとか、空の彼方とか、そういう宛先のない宛先へ原稿を送り出すような気持ち、とでもいったらいいか。野心も野望も何もなかった。そもそも、それほど良い出来だとも思っていなかったし、結果を求めてもいなかった。ツタにはこれが始まりだったのだ。これから始まるのだ。ようやくツタは書いたのだ。

久路千紗子。

はじめて書いた小説に添えるべき名前はただ一つ。これしかない。

日常生活ではすでに久路千紗子として暮らしていたツタだったけれど、この原稿にこの名を記して、やっと、正真正銘、久路千紗子になれたのだとわかった。大袈裟なことをいえば、久路千紗子の存在する世界がついに姿を現した、とツタは感じたのだった。世界はなにも変わっていないはずなのに、世界の手触りがどことなく変化したと思えてならない。その世界にツタは、久路千紗子として、今、しっかりと立つ。さあ、これから、わたしはこの舞台で、どんなふうに生きていこう。

原稿を送ってしまうと、すがすがしかった。憑《つ》き物《もの》が落ちたように、きれいさっぱり、気持ちが新しくなっていた。あー、やれやれと一息ついた心地で、ほっとしたせいか、体調を少し崩したほどだった。病気というほどではないにせよ、いくらか熱っぼくもあり、結局、ぐずぐずと二、三日、寝たり起きたりして過ごしてしまった。家事もろくにせず、本を読んだり、ぼんやり雑誌を捲ったり、おやつを食べたり、ツタは自分を甘やかし放題だった。こんな具合に、気が緩むとつい怠惰に流れるところがツタにはあった。遊んで暮らせる身分でもないのに、まったく呑気なものだ。とはいえ、それも致し方ない。

送った原稿がその後とんでもない騒動を引き起こすなど、この時のツタはまるで知らなかったのだから。

四千百八十二編という、凄まじい数の応募があったことも、むろんツタは知る由もない。

それらのたくさんの応募作とは異なる道筋を辿ってツタの原稿は掲載されることになるのだが、その運命を引き寄せたのは、紛れもなく、ツタが規定枚数を無視して送ったからなのだった。

五月、婦人雑誌の次号予告が小さく夕刊に載った。

【滅びゆく琉球女の手記】

例の短編小説の入選作の発表は、応募作多数につき、予定よりも大幅に遅れ、漸う先頃、一席、二席とつづけて発表、掲載されたばかりだったのだが、残念ながらツタの作品は予選すら通過できなかったと、それは、少し前の誌面で確認済みだった。送ったところが、唐突に目の前に現れた、琉球、という単語にツタは反応してしまう。送ったタイトルとはまるでちがっていたし、作者名も記されていないのに、ツタは一瞬、あれ？　と目を瞠り、さすがに、よもやそんなことがあるはずはない、とすぐに打ち消し、だがそれでも少しばかり気になるので、惹句《じやつく》を嚙みしめるようにして読んだのだった。

【あはれ孤島に民族の叫びはあがる】

ずいぶんと刺激的な文言である。

広告特有の大袈裟な煽り文句に過ぎないと、いくらか不愉快にさえ感じるほどだったが、ツタの書いたものだって、当たらずといえども遠からず、そんな言葉で表せなくもない。あれやこれやで、気持ちが粟立《あわだ》ってくる。

あの時、ツタは、どんなことを思っていたのだろう。へえ、他にもそういう題材で書いた人がいるのか、しかもそれが雑誌に載るのかと、見知らぬ誰かを少しばかり羨む気持ちになっていたのだったか。あるいは、心のどこかで、ひょっとしてこれは自分が送った原稿ではないだろうか、とかすかな予感めいたものを持っていたのだったか。どちらにせよ、ツタは、夕刊を握りしめ、半年ほど前に送った原稿のことをぼんやりと思い返していたのだった。

　あれから後もツタは書いていた。

　あの原稿の続きというようなものを、じわりじわりと、書き進めていた。あの時はあそこで物語が終わったとばかり思っていたが、数日もすると、続きを書かねばならないような気がして、しきりと心がざわめきだした。まだあの小説は終わっちゃいないんじゃないか。終わりにしてはいけなかったんじゃないか。幸い、送った原稿の下書きが残っていたから、それをもう一度じっくりと読み返し、推敲しがてら清書してみた。そうして、あらためてじっくり読んでみた。繰り返し読んでみた。すると、ますます、その先があるような気がしてならなくなったのだった。ここでやめるな――。小説そのものがツタにそう訴えかけてくるようだった。嘘ではない。ほんとうに、終わったはずの物語が、じわりじわり、ツタの方へ躙《にじ》り寄ってくるのである。

　とはいうものの、なにぶん、小説を書いたのも初めてなら、これほどの分量を書いたこともないツタである。このようなわけのわからない現象をどう扱ったらいいのかわからない。そもそも、こんな原稿にいつまでもかかずらっているより、新しい作品を書いて同人誌に参加するなり、どこかに応募するなりした方が建設的ではないかという考えも頭をかすめる。

　そうしてそんな己の考えを笑う。

フン、莫迦莫迦しい。建設的？　そんなみみっちい理由で書いてなにが面白い。それよりも、この、わけのわからない、居ても立ってもいられぬ衝動に従って書く方が断然、性に合っている。

いったん区切りをつけた小説に、これ以上、何を書き加えたらいいのか皆目わからないツタではあったが、書けばきっとわかるのだろうと筆を執った。

そうして書いてみて驚いた。

あっさりと筆が進むのである。

終わったと思っていた物語の先に、まだ物語があった！

原稿用紙のうえにふたたび現れた女――ツタが書かねば決して現れなかったはずの女――は妙に生き生きとして、待ってましたとばかりに、颯爽と先へ歩いていく。悩むまでもない。手を動かせば動かしただけ、物語が進んでいく。あれあれあれあれ、とツタはあわてて女を追いかける。ツタは追う。ひたすら追う。書くこととは、すなわち、追いかけること。

この女はいったいどこへ行こうとしているのだろう？

知っているようで知らない女、知らないようで知っている女。この女をツタは追う。この女はわたしのようでわたしではない。わたしでないようで、やはりわたしだ。尋常ならざる親しみとともにこの女のことを思う。かといって、知っているつもりで侮ってかかれば、手ひどく裏切られもする。一筋縄ではいかないのだ。

この女の行く末を見届けねばならぬ、とツタは思った。〝義務〟だとも感じていた。生みだしてしまったからにはわたしが始末をつけねばならない。それが、生みだしたものの〝義務〟。反面、そんな大層なことではなく、単なる娯楽、道楽のように思えなくもなかった。応募原稿が予選すら通らなかったことは、この頃すでに知っていたし、そのつづきを書いたところで一銭の金にもならないと理解していたのに、外へ働きにも行かず、この原稿のために、日々時間を浪費しているのだから、道楽と呼ばずになんと言おう。手切れ金は尽きつつあり、経済的にはあまり猶予がないところまで追いつめられていた。それでもツタは、心の中で言い訳し、まともに向き合おうとしない。まあ、いいではないか。これを書いたら、その後、ゆっくり考えよう。働きに出よう。その前に、あと少し、猶予をもらおう。

ツタの頭には、ぼんやりとキヨ子の姿があった。キヨ子に泣きついたら、なにか手頃な仕事を紹介してくれるのではなかろうかと甘く考えていた。この小説を手土産代わりに持っていき、これを一所懸命書いていたから素寒貧になったといえば、キヨ子のことだ、呆れつつも、同情してくれるはずだ。

加えて、キヨ子がこの小説を読むと想像するのは、いくらか楽しみでもあった。同郷のキヨ子はこれをどんなふうに読むのだろう。

ツタの手元の原稿は日毎に増え、送ったものと合わせたらすでに百枚近くになっていた。

広告を見た翌朝、一人の青年がツタを訪ねてきた。

充が出掛けるのと入れ違いに現れたその青年は、蔵安次《くらやすじ》と名乗った。あの婦人雑誌の編集者見習いだという。

「あなたが久路千紗子さんですか」

うなずくと、充よりは年上だろうがツタよりはおそらく若いであろう蔵青年は身体を前のめりにし、鉄砲水のごとくしゃべりだした。「今月号」「小説」「掲載」「編集部」そんな言葉が次々ツタに浴びせられる。「琉球」「広告」「校了」「〆切」。しかしながら、あまりに早口なのと、ツタのいる世界とはあまりにもかけ離れた内容なので、ちっとも頭に入ってこない。

ぽかんとしていたら、じりじりした顔で、じゃ、とにかく、まいりましょうと青年が馴《な》れ馴《な》れしくツタの腕を摑んだ。あそこに車を待たせてますから、さあ、早く。

なにがどうなっているのかさっぱりわからないのに、うかうかついていくわけにはいかない。身を硬くして踏ん張っていると、青年が、促した。

「編集部で編集長が待ってます。ご足労ですが、今からいっしょに来ていただきたい」

有無を言わさぬ強い口調だった。

尚も、動かないでいると、ついに叱責が飛んだ。

「久路さん、すいませんが急いでもらえませんかね。悠長なこと、してられないんです。今日が校了日なんです。時間がないんです。頼みますよ。間に合わなかったら、ぼくのせいにされちまう」

ましな着物に替える暇も与えられず、急いで髪を整え、紅を引くので精一杯——その間も玄関先から蔵の急かす声が聞こえ続けた——、大通りまで引っぱっていかれ、車に押し込められる。がたごとと揺れる車内で、ツタは終始無言だった。怖ろしくて口をきく気になれない。運転手と蔵は時折なにやら小声で言葉を交わしているが、ツタにはよく聞き取れなかった。だまされたんじゃないだろうかとツタは怯えていた。どこかへ売り飛ばされるんじゃないだろうか。妄想逞《たくま》しき女、ツタは身震いする。やがて見覚えのある、丸ビルが見えてきた。ああよかった、丸ビルだ、丸ビルだ、とツタは窓に額をくっつけて外を眺める。丸ビルならば大丈夫だ、ここにはあの雑誌の編集部があるはずだ。どうやらだまされたわけではなさそうだ、とツタは少しだけ安堵する。

車から降ろされると、編集部のある五階へと連れて行かれた。そうして、命令されるまま、ツタは壁際に立たされ、パシャパシャと写真を撮られてしまう。はい、もう少し右に寄って。はい、顔をこちらに向けて。はい、そこで止まって！　動かない！　四の五の言う間もなかった。撮り終わると写真技師はカメラを手に矢の如く室を飛び出していく。見送る蔵が、よかった、間に合った、とほくそ笑んだ。

「なんなんです」

抗議口調で蔵を質す。「なんだってまた、わたしの写真なんぞ撮るんです」

「差し替えるんですよ」

と蔵がさらりとこたえた。「写真があった方が読者の受けがいいですからね」

この時、漸うツタは状況が吞み込めつつあった。

（では、やはりあれはわたしの書いたものだったのか。そうなのかもしれない。うん、きっとそうなのだろう。そうでなければ合点がゆかぬ）

あの写真のツタが、微笑むでもなく、やけに硬い表情で、戸惑っているような、あるいは不審なものでも見るような、おかしな目つきをしているのは、つまりは、こういうわけなのだった。

めくるめく一日だった。

予想だにしなかった事態に巻き込まれたせいもあるけれど、あまりにも突如、日常からかけ離れた場所へ抛り込まれたため、すべてが夢の中の出来事のようで、ツタはずっとふわふわしていた。

長らく憧れていた愛読誌の編集部で、ツタは何人かの編集者に引き合わされた。誰も彼もひどく忙しそうではあったものの、ツタの前では皆一様に礼儀正しく、且《か》つ丁寧だった。自分がどういう立場なのかよくわかっていないツタなので、彼らの前でいくらかのぼせあがり、ぺちゃくちゃと余計なことをしゃべってしまう。それでも彼らはふたことみこと、心安く言葉を交わしてくれるのだった。怒号が飛び交い、人が忙《せわ》しなく出入りする編集部内で、へえ、この人たちがあの雑誌を作っているのか、まるで戦場のような場所ではないか、などと思いながら、ぼんやり眺めているだけで、感慨もひとしおだ。

そのあとツタは、衝立《ついたて》で仕切られた部屋の隅に連れて行かれ、来月から編集長に就任する——と蔵青年に紹介された——八重垣《やえがき》という男と面談した。来客用と思《おぼ》しき布張りの椅子にすわらされ、ツタは、不躾《ぶしつけ》な八重垣の視線に身を竦ませながら耐える。ただでさえ慣れない場所に抛り込まれているうえ、突然偉そうな男と二人きりにされたものだから、ツタは否応なく緊張していく。八重垣は背が高く颯爽とした、いかにも遣り手《やりて》といった感じの、なかなかハンサムな男だった。

「ふうん、あなたがねえ」

じろじろと八重垣はツタを見る。

ツタは心臓をばくばくと高鳴らせながら、何食わぬ顔で見つめ返す。いやあ、なかなかよく書けていた」

「久路さん、読みましたよ、あなたの小説、『片隅の悲哀』。いやあ、なかなかよく書けていた」

ツタは目をぱちくりさせるだけでなにも言葉を返せない。ようやく一言、はあ、と気の抜けた声を出した。

「いやいや、びっくりしましたよ。とくに導入部の語り。あそこはよい。おや、これは、なんだ？　と興味をそそられる。そうしてそのままうまく、叔父の物語へと繋がっていく。こういった書き方を素人はなかなかしないものです。……久路さん、あなた、どこかで小説の勉強をされてますか？」

「いいえ。滅相もない」

ぶるぶると首を振る。「わたしなんぞ、ただの主婦です」

「ほう。そうですか。それにしては、慣れた手つきだ。徐々に語られる、出自を隠して生きざるをえない男の有り様が醜くもあり、切なくもあり。一種のプロレタリア文学だとぼくは思ったんだがなあ」

「小説は好きですから、そりゃ、そういうものも読みはいたしますけれども」

ふんふん、と八重垣は頷き、マッチを擦って煙草《たばこ》に火をつけた。ゆったりとした動作で煙草を呑む。ふうっと盛大な煙が吐き出された。

「それじゃ、やはり、才能なのかなあ」

「才能」

「この小説を読むとね、そこまで追いつめているのは我々の社会なんだ、って、どうしたって意識させられるんですよ。そう。どうしたって読者は胸に手を当てたくなる。あからさまに糾弾されているわけでもないのに、決して他人事《ひとごと》で済まされない現実味、凄味《すごみ》があるんだなあ」

そういうものか、とツタは聴き入っている。自分がどういうものを書いたのか、じつはツタはまだよくわかっていない。無我夢中で書いたものが、いったいなんだったのか、一番知りたいと思っているのはもしかしたら、ツタ自身なのかもしれなかった。

八重垣は褒めるだけではなく、ずけずけと欠点も指摘した。読みにくい点、わかりにくい点。だがしかし、欠点とは案外、美点と裏腹なので、一概に直せばいいというものでもない、とわざわざ付け加える。親身になって、批評してくれているのが伝わってきた。

「とはいえ、初歩的な〝てにをは〟のまちがいや、明らかな誤字、脱字は訂正しておきましたがね」

明るく言われ、ツタは赤面する。

「しかし、まあ、そんなのは、ささいなことです。直せば済む。それよりも久路さん、あなたという人は、まったく困った人だ」

八重垣は、ツタを翻弄するように上げたり下げたりする。ツタはもう、気持ちが揉みくちゃになっていて、ろくに反応できない。

「あなたね、三十枚という規定を守らなかったでしょう。なので、せっかく応募してきても、そら、あなたの原稿は、あそこに、打ち捨てられていたんですよ」

八重垣が指し示す衝立の隙間から、黒い大きな箱が見えていた。

「通常ならば、あの小説は即刻焼却炉行きだった。だけれども、久路さん、あなたは運がいい。幾重にも運がいい。皆あまりにも忙しかったんでね、あの箱はあそこにずうっと置きっ放しになっていた。そうして、さあ、いよいよ捨てるという段になって、珍しくぼく自身があの箱を検分したんだ」

「検分」

「そう。なぜだか知らんが、今回ばかりはそうしなくちゃならない気がしたんでね。するとどうだ、そこにあなたの原稿があった。いやはや、驚いた。こんなこともあるんだなあ。一読して、これはいい、これでいこうとぼくは決めた。久路さん、今回の応募作は四千余編もあったのですよ。膨大な数だ。来る日も来る日も、我々はこの四千余編と格闘しつづけなくてはならなかった。いいですか、久路さん。規定を守らなかったあなたの原稿なんざ本来、論外なんだ。その論外からぼくが拾い上げたんだ。

さらに運のいいことに、ぼくは来月から編集長だ。ぼくが載せると言えば載せられる。これを幸運と呼ばず、なんと呼びます。捨てる神あれば引き上げる神あり、だ」

ぽかんと、ツタは八重垣を見る。八重垣は晴れ晴れとした顔をツタに向けていた。

ツタは何も言わなかった。

礼を述べるべきだとはわかっていたが、喉元まで出かかった言葉を、ツタはなぜか呑み込んでしまう。

八重垣が発した〝神〟という言葉がツタの気持ちをややこしくしていたのかもしれない。〝神〟とはだれだ？　八重垣のことか？　ここでは八重垣が神なのか？

編集長とはそんなに偉いのだろうか？

偉いのだろう。よくは知らないが、いかにも偉そうだ。

とはいえ、そんなのはたんにことわざ的な慣用表現に過ぎないのだし、目くじらを立てるほどではない。こういうところでいちいち引っかかるのがツタの悪い癖だった。偏屈さゆえだろうか。いや、それだけではない。自らの権力を無邪気にひけらかす八重垣への違和感、もっといえば反撥がおそらく根底にはあったのだろう。

ツタだって望外な幸運を喜ぶ気持ちはあったし、感謝の気持ちを〝神〟に伝えるのに吝《やぶさ》かではない。けれどもそれは、軽々しくここで述べるようなものではないと思っていた。朝から続く、強引さ、押しつけがましさへの反感もあっただろう。根は同じだ、とツタは思う。権力を持つ者は、それを無自覚に行使する。

険しい顔つきになっていったツタに、八重垣の笑みが消えた。

「なにか気に障りましたか」

八重垣が訊く。

「いいえ」

短くツタはこたえる。

いきなり、がばり、と八重垣が頭を下げた。

「久路さんへの連絡が遅くなったことをお詫びします」

右手に吸いかけの煙草を持った腕をかざしているから、ずいぶん滑稽な恰好だ。八重垣はちらりとツタの反応をうかがい、すぐに顔を上げて、忙しなくつづけた。

「けれども、ここ数日こちらも極めて大変だったんだ。次から次へと予期せぬ事態が持ち上がりましてね、二進も三進も行かなくなって急遽この作品の掲載が決まったんです。あなたに事前にお知らせしようにもその暇がなかった。後手後手の対応でお恥ずかしいかぎりですが、どうか勘弁してください」

「掲載……。では、本当に載るんですか」

「載りますよ」

快活に八重垣が言う。「今頃、印刷所で刷ってますよ。嬉しいことに、このところ部数は上り調子なんでね。印刷所も大忙しだ」

「載る……。わたしの小説が、載る……」

「六十枚一挙掲載というわけにはまいりませんので、三度に分けて。今月号がその第一回になります。ああしかし、これが応募作だったことは伏せさせてもらいます。そうでなくっちゃ、不公平だ。よろしいですね」

ツタは頷いた。

うすうす気づいていたとはいえ、こうしてあらためて明言されると、どうしていいのかわからなくなる。

「きっと評判になりますよ」

「そうでしょうか」

「なりますとも。ぼくの目に狂いはない。なんなら久路さん、ここで終わりにしないで、このまま先を書いてもらってもいいですよ」

「は？」

「この話にはまだ、つづきがあるような気がします。書けるものなら、腕試しだと思って、好きなだけ書いてごらんなさい。なに、少々長くなったってかまやしません。七回でも八回でも、こちらは喜んで載せさせてもらいます」

八重垣の慧眼《けいがん》にツタは驚く。つづきがあると、なぜわかったのだろう。本職の人はそんなことまでお見通しなのか。

「書いております」

おずおずとツタはこたえた。

けれども八重垣は驚かない。

「やはりね」

軽くいなす。もしや、八重垣にはそれもわかっていたのだろうか。

ゆっくりと灰皿に、煙草が押しつけられた。

「それで、久路さん、この小説は、最終的に、何枚くらいになります」

ツタは首を傾げる。

「わかりませんか」

ツタは頷く。

「では目鼻がついたら知らせてください。こちらにも段取りがありますから」

「はあ」

「そうだなあ、区切りのよいところで、一度ここへ持ってきてもらった方がいいかもしれないなあ。うん、是非そうしてください」

「はあ」

「あなただって我々の意見を聞きたいでしょう」

「はあ」

「そうでもないですか？」

「さあ……」

八重垣が苦笑いを浮かべる。ツタは戸惑うしかない。つい先程まで、この世の中に存在することすら誰も知らなかったはずの小説、たった一人でこつこつと書き綴っていた小説をいきなり所望されるのだから、不思議でならない。

八重垣がやや前のめりになった。顔が近づく。四角く広い額に、太い眉、やや垂れ気味のくりくりした目。端正だが、近くで見ると、存外可愛らしく見えなくもない。

「あのね、久路さん、よく聞いてくださいよ」

「はい」

「我々はあなたを、これっきりにするつもりはないんです」

「……と仰いますと？」

「出来うるものなら、我々の手で、あなたを生え抜きの作家として育ててみたいと思っています」

「え？」

「既存の小説家の書く小説でもなく、読者が送ってくるおなじみの実話でもない、その中間あたりの……なんといったらいいのかなあ、そう、つまり、読者に近い書き手による新しい小説です。そういうものをうちの読者に向けて随時載せていきたいと思っています。どうです。これはいい刺激になりますよ。読者にとっても、雑誌にとっても。我が雑誌も二百号を超えましたからね、そろそろそんな試みをしてもいい頃だ。今後ご婦人の書き手はますます増えていくでしょう。我々もその一翼を担うのだと思っています。この時機に編集長を仰せつかったからには、僭越《せんえつ》ながら、我々の手でそこらあたりを大きく前進させたいと、そんな心意気でおります」

つづけて八重垣は、今回の短編小説の募集もその計画の一環だったと明かした。この雑誌の読者の質がすこぶる高いこと、書く力のある読者がたくさんいること、だから決して無謀な試みではないことなどを諄々《じゅんじゅん》と諭すようにツタに語る。そういう読者を擁していることを誇りに思っているし、そういう雑誌だからこそ、読者はきっとそこから生まれた作り手を育てるはずだ、と八重垣は言う。その一人がツタであり、ツタに期待しているのだ。彼はそう鼓舞した。

〝作家として立つ〟

ツタの脳裏にはその言葉が浮かんでいる。

それが夢でなくなる日がついに来たのだろうか。

わたしは作家として立てるのだろうか。

望んでいたこととはいえ、いざとなると、喜びよりも気が動顚《どうてん》してしまう。

同時に、疑いや迷いも頭を擡《もた》げる。こんな夢みたいな話、真に受けていいのだろうか。そもそもわたしは本当に認められたのだろうか。この先、この雑誌の中だけで通用する書き手として重宝されていくだけではないのか。彼らは扱い易く、都合のよい駒を欲しがっているだけではないのか。八重垣の言葉の端々からどうしてもそんな気配を察してしまう。

その一方で、なにもそんなに窮屈に考えなくったっていいじゃないか、この幸運を手放しで喜ぼう、という声もする。ここでしか通用しなくとも、書いて暮らしていけるようになるなら、御の字だ。発表の場を与えられて喜ばぬ者がどこにいる。それにやがてここから飛び出すことだって出来るかもしれない。大きく羽ばたける可能性がないわけじゃない。

ふたつの気持ちがせめぎ合う。

「では、久路さん、今後ともどうかよろしくお願いいたします。掲載誌が刷り上がりましたら、すぐにお届けにあがりますので、楽しみにお待ちください。あなたの写真入りですよ。こう言ってはなんだが、入選作以上の扱いだ」

八重垣がそう威勢良く言ってひょいと立ち上がった。「それでは、今日のところはこれで」

ツタは立ち上がらない。じっとすわったまま、八重垣を見上げている。

怪訝な顔になった八重垣と目が合う。

「あの……」

ツタは小さく声を上げた。

八重垣がかすかに首を動かす。

「どうかしましたか？」

「ひとつ、うかがってもよろしいでしょうか」

「どうぞ。なんなりと」

八重垣はまだ立ったまま、ツタを見下ろしている。

「題名のことなのですが」

「題名？」

「はい」

「題名？」

「はい。あのう……題名が変わったのはなぜなんでしょう」

「題名……ああ、題名。タイトルね」

八重垣がゆっくりと腰を下ろした。足を組んで、左手で顎を摩《さす》る。

「そうか、あなたには、まだそのことを説明していませんでしたね。まあ、よくあることといえばよくあることなんですが」

「はあ」

「あなたのつけたタイトルは、どうにもこうにも地味だったんです」

「地味」

「地味というか、ぼんやりしている。あれでは読者の気をそそらない」

「そうなんですか」

「それで変えました。むろん、時間があればあなたに相談しましたが、なにぶん今回は急だったんで、こちらで」

ツタは黙っている。こういう世界のことをよく知らないので、よくあることだと言われたらそういうものなのかと思って聞いているしかない。

「『滅びゆく琉球女の手記』。率直ないいタイトルですよ。なんといってもわかりやすい。手記物はうちの読者に受けがいいんです。何号か前にもあったでしょう、『一印刷女工の手記』。あれも、こちらでつけました。あの方も職業作家ではありません。力作でしたが、読まれましたか？」

「はい、読みました。でも、わたしが書いたものとは少し、ちがうように思うのですが」

「うん、まあ、たしかに、そうですね。あなたが書かれたものは、ああいう独白的な手記物とはちがう。それは認めます。だがね、そんな細かいことを言ってちゃ、読者がつかない。ね、久路さん、あなたのような見ず知らずの新進作家の続き物に読者を誘うためには、時に企ても必要なんです」

「でも……」

「そりゃあ、あなたにも拘りはおありでしょう。じつをいえば、琉球、沖縄を前面に出すのはやめた方がいいんじゃないか、という意見もなくはなかったんです。だが、ぼくは押し切ったんだ。なんでもかんでも当たらず障らず、無難にいくんじゃおもしろくない。ぱっといくときは、ぱっといかなきゃ。皆、びくびくしすぎだ。問題なんてそうそう起きやしませんよ。堂々といきましょうや。ばんと派手な広告を打ちますよ。力を入れてしっかりあなたを売りだします。それにつけても題名は大事だ。大きな扱いに見合うだけの派手さがほしい」

あの時、ツタがあくまでも抵抗していたら、その後の展開は大きくちがっていたのだろうか。

そうだとしたら、ツタの人生航路も大きく変化したにちがいない。

だけれどもツタはそれをしなかった。

八重垣に押し切られた。

なにしろ、原稿はすでに印刷所へ回され、輪転機で刷られているのだ。どうしてツタにそれが止められよう。抵抗するとはそういうことだ。吹けば飛ぶような立場のツタにそんな大それたこと、出来るはずもない。ならば八重垣に従うしかないではないか。滑らかな彼の弁舌に丸め込まれたといえなくもないが、だとすれば、ツタはすすんで丸め込まれたのだと思う。その方が楽だから。おまかせします、と彼に投げてしまえば、ツタの小説が雑誌に載るのだから。

ようするにツタは負けたのだ。己の欲望に。

〝作家として立つ〟

あの言葉にツタは縛られていた。そんなチャンスを棒に振るわけにはいかないと、心のどこかで思ってしまっていた。

〝作家として立つ〟

心の底からツタがそれを願っていたのなら、尚のこと、抵抗すべきだったたし、抵抗したはずだ、と後々ツタは思ったものだ。

でもわたしはそれをしなかった。

わたしはそれをしなかったのだ。

抵抗したところで所詮無駄だったかもしれない。それでも抵抗する。それが作家として立つということだったのではないか。

約束通り、八重垣はツタの写真が入った広告を打った。どこの馬の骨とも知れぬ素人作家の処女作とは思えぬ大層な扱いだった。

惹句はますます派手に、扇情的になっていた。

【西日本の一孤島に今ぞ民族の眞實《しんじつ》の叫びはあがる】

さすがにツタはぎょっとする。

【かよわき一女性が悲慘なる生活のどん底より立上つて、大空に炙がいた呪咀《じゆそ》はこれだ!!滅びゆく琉球人を拉《らつ》し來つて稀《まれ》に見るの傑作。當今《とうこん》女流文壇の沈衰を思ふ者は開いて清新の香にふれたまへ!!】

呪咀。

それはちがう、とツタはつぶやく。

わたしの書いたものは呪咀などではない。決してない。

稀に見るの傑作。

それもちがう。

それだったらどんなにいいか。そう思いはするが、自分の書いたものがそれほどのものでないことくらい、ツタ自身よくわかっている。

ツタは困惑する。

これはいくらなんでもやりすぎではないか。

嬉しいどころか、苦い悲しみがひたひたと押し寄せてくる。

ごくりとツタは唾《つば》を呑み込んだ。

八重垣が言っていたのはこういうことだったのか。

売りだすとは、こういうことか。

知らなかったとはいえない。ツタだってこんな煽り文句に釣られて、頁を繰ったことが何度もあったし、八重垣の発言からだって十分予測はできたはずだ。先だって打たれた広告に鑑みれば、このくらいのやり口は目に見えていた。

嫌な汗が額に滲む。

多くの人に読んで貰いたいのならこの程度の煽り文句に怯んでいてはだめなのだろう。売りだしてもらう新人の立場なら、ありがたいと感謝し、喜ぶべきなのだろう。

わかっていてもツタには苦しい。

華々しいだけの言葉の連なりが、ツタの心に虚しく響く。

丸く囲われた写真のツタが、冷ややかにツタを見つめていた。


「ツタさん、見ましたよー！　すごいわねえ！　あら、いけない。もうツタさんではなかったのね、千紗子さん、千紗子さんね。んもう、千紗子さんたら、あなた、どうして教えてくれなかったのよ。新聞を見て、驚いたのなんの。久路千紗子って、顔写真入りで載っているんですもの、驚くに決まってる」

キヨ子は昂奮した面持ちで、掲載誌を差しだした。

「駅前の本屋で二冊、買ってきましたよー。一冊は、母に送るつもり。ツタさん、お母さんに送りましたか？　なんならわたしが送っておきますよー」

ぐふふふ、とキヨ子は堪《こら》えきれないように肩を揺らして笑いだす。

「わたし、誇らしいわ。誇らしくてならないわ。母もきっと驚くわ。驚いて喜ぶわ。ツタさんが、こんなに立派になって！　ツタさんのお母さんだって、きっと大喜びね。これでずいぶん安心なさるんじゃない？　一人娘が大出世したんだもの」

やめてちょうだい、と手を振りながらも、ツタは次第に晴れがましい気持ちになってくる。キヨ子の喜びが伝染するのだろうか。

ツタの小説が載っている頁を開きキヨ子が言った。

「ほら、ここにも写真が載っている。たいしたものねえ」

扉絵には守礼《しゅれい》の門。内容とは関係ないが沖縄らしさで選ばれたのだろう。

そして新たに付けられた惹句が躍る。

【――地球の隅っこに押しやられた民族の歎《なげ》きをきいて頂きたい――】

ついに沖縄は地球の隅にまで押しやられてしまった。どういう理屈でそうなったのやら、目にするたびに溜息が出る。

キヨ子はしかし、そんなことはおかまいなしだ。

「ま、わたしにはわかっていましたけどねー。ツタさんはいずれこうなるって。母もよく言っていましたよ。ツタさんは賢いって。それでわたしの勉強を見てくれるように頼んだんですからねー。先見の明があるって、きっと母は大威張りしますよ。だってツタさん、あなた、女流作家よ。女流作家になったのよ。すごいことよ」

「からかうのはおよしなさい」

「からかってなんてないわ。わたしはうれしいの。うれしくてならないの。うれしくてうれしくて、あんまりうれしすぎて涙が出てくるほどよ。よかったわねえ、ツタさん。ほんとうによかったわねえ」

そう言ってキヨ子はハンケチで涙を拭うのだった。

女流作家になれたわけではない、一見、派手な扱いではあるものの、そんな大層なものではない。だが、キヨ子にそう言ったところで無駄だろう。言えばおそらくむきになって、雑誌を指さし、ここに載っているじゃないか、と言い返してくるだけだ。ツタは黙っていた。こんなに喜んでくれるなら、その喜びに水を差すのは止そうと思って。キヨ子の度を越した感激ぶりにやや面食らっていたところもあった。

とはいえ、充はこうではなかった。ツタが報告すると、人並みに喜んでくれたものの、どこかに小さな棘《とげ》があった。よかったね、と言いながら、でもどうするんだい、こんなに目立ってしまってこれから先やりにくくなるんじゃないかい、と不安げな声を出す。おめでとう、と言いながら、してやられたよ、と付け加える。いつのまにこんな写真を撮ったんだい、と眺めつつ、写真うつりはあまりよくないね、とけちをつける。

口では祝福してくれても腹の底では面白くないんだな、というのがツタには丸見えだった。といって、まったく喜んでいないわけでもない。お祝いだ、と唐突に、なけなしの金をはたいて尾頭付きの鯛《たい》を買ってきたりもする。稿料をあてにしているのかもしれないが、二人で祝杯をあげればツタだってうれしい。飲み慣れぬ酒に酔い、頬を染める。

ツタも自分で思っている以上に舞い上がっていたのだろうか。

ようやく何者かになれた、もしくは、何者かになれそうな気がして昂揚していたのかもしれない。

これまで味わった数々の不幸、苦難、辛いこと、悲しいこと、それらが多少なりとも報われたと感じていたようにも思う。曲がりくねった道がようやくまっすぐになった。わたしの人生はこれからだ――。これからはじまるのだ――。

風向きが変わったのは、雑誌が出て四日後。

いきなりツタは冷や水を浴びせられた。沖縄県学生会の会長と前会長が編集部へ乗り込んできて、ツタの書いたものに猛烈な抗議を唱えたのだった。

驚いたのは編集部に居合わせた面々である。突然の訪問者に戸惑いつつも、作者に会わせろという彼らの要求を呑み、ツタはすぐさま呼び出された。この間と同じように迎えに来た蔵に連れられ、五階の、編集部とは別の、応接用の狭い個室に入れられてしまったのだった。

彼らは怒りで顔を赤くしていた。ずいぶん待ったのか、ツタの顔を見た途端、野太い声でまくしたてた。

「あなたですか！　あなたが久路さんですか！　あなた、どういう料簡《りょうけん》でこんなもの、書いたんです！」

「久路さん、察するに、あなたも我々と同じ、沖縄の人間でしょう。ならばなぜ、こんなものを発表したんだ。同郷の者を陥れて、なにが面白い。あなたは我々を差別し、侮辱したんです。それがわからないか！」

どん、どん、と拳で机を叩く。

「ここに出てくる男はなんだ。みっともない。我々をこんな軟弱者と一緒にされてははなはだ迷惑だ」

「出自を隠すような情けない生き方を我々がしていると思われるのは心外だ」

「何でも彼《か》でも洗いざらい書けばいいってものではないだろう。久路さん、あなた、我々を貶《おとし》めるにもほどがある」

「こんなものは屑《くず》だ。なにが小説だ。たんなる売名行為じゃないか」

ツタの小説を非難するというより、罵《ののし》る、叩きのめすといった方が近いような勢いだ。

「我々は日々、必死に、真面目に、頑張っているんだ」

「こちらへ出てきている者は皆、そうだ」

「あなただってそうでしょう。我々の苦労をよくご存じでしょう。それなのに、なにゆえこんな余計なことを書く」

「あなたのせいで、我々の就職にも結婚にも悪影響が出るんです。それがわからないんですか」

「あなたのペンは我々の前途を邪魔だてするんだ」

眉の太いがっちりした体つきの男と、丸顔の背の高い男。

どちらかがなにか言えば、言い終わるのを待たず、すぐにもう一方が被せるように口を開く。我先にと飛びかかる様は獲物を見つけた虎かなにかのようだ。

若さゆえか、最高学府に通う誇りゆえか、中でも学生会を率いている優秀な人たちなのだから弁も立つのだろう、ツタなど一捻りだと舐めてかかっている。

居合わせた蔵青年は、二人を宥《なだ》めるつもりか、仲立ちするつもりか、適当な相槌《あいづち》を打ち、まあともかく落ち着きましょう、そのように居丈高になられては話し合いになりませんよ、と諭した。ついでに冗談めかして、生憎《あいにく》こんな小さな部屋ですから大声ではかえって聞こえにくいんです、小声でいきましょう、小声で、などと言っておどけた笑顔を彼らに向ける。

蔵の軽さに二人はいきり立った。なんだその態度は！　と二人同時に机を叩き、蔵に詰め寄る。我々を莫迦にしているのか！　真摯な抗議をなんだと思っているんだ！　詰め寄られた蔵はみるみるうちに青ざめた。しゅんと頭を垂れ、思い余って、詫びらしきことをぐずぐず述べる。彼らはいっそういきり立った。

「なんだ、その口先だけの詫びごとは」

「それで済むと思っているのか」

「納得がいかない。きちんと謝罪しろ」

「あなた個人の謝罪では済みませんよ。我々はあなた方に誠実なる謝罪を要求します」

「口先だけでなく、文章を掲載していただきたい」

「そうだ、あなた方は我々に釈明すべきだ」

「それを載せると今、我々に約束していただきたい」

蔵が、もぞもぞと、自分はまだそのようなお約束のできる立場にないと返した。それならその立場にある者を出せと彼らが迫る。編集長なら本日、当地におりませんと蔵が言う。どこへ行った、と彼らが問う。関西方面に。関西？　はい、関西です、関西のどこだ。ええと、大阪でしたか。いつ戻る？　さあ、わかりません。先程の攻撃に懲りたのか、蔵は無表情な顔つきで彼らに最小限の、曖昧な言葉しか返さない。なにしに行った、出張に、出張とは？　さあ、内容までは。あなたじゃ話にならない、誰かいないのか、責任者は誰だ、申し訳ありません、おまえじゃだめだ、もっと上のやつを出せ、ですから編集長は只今《ただいま》当地におりません、遅々として会話がすすまない。といって、編集長以外の誰かを連れてこようともしない。あんたはいったい、なんのためにここにいるんだ、役立たず、と詰《なじ》られても、蔵は、申し訳なさそうに顔を曇らせるだけで、これといった言葉を返さない。当然ながら、彼らは苛立ち、怒りの矛先をツタに向けた。

「なぜあんなものを書いた」

「なんとかいえ」

「責任をとれ」

「釈明しろ」

「釈明文を書いて発表しろ」

そんな言葉がツタの耳に届く。

ツタは彼らがいったい何にこれほど憤っているのか、よくわからなかった。ツタが書いたものは小説、つまり虚構の物語であって告発記事などではまったくない。禁忌に触れたおぼえもない。同胞を貶めたつもりもないし、侮辱もしていない。彼らがいうような類いのものではないと、少なくともツタはそのように認識している。

「おい！　聞いてるのか！」

「黙ってないでなんとか言え！」

だが彼らは容赦しない。ツタを糾弾しつづける。

「あなたのような人がいるから我々は迷惑するんだ」

「沖縄特有の風俗習慣は改良されつつあり、女たちの手の甲の入れ墨も今は行われていない」

「我々は民族呼ばわりされる謂《い》われはない。それではアイヌや朝鮮民族と同じになってしまう」

「即刻取り消してもらいたい」

おとなしく聞いていたツタの胸のうちにふつふつと違和感が湧き起こった。言うに事欠いて、この人たちはなにを言いだしたのだ。アイヌや朝鮮とはちがう？　そうだろうか。ちがうだろうか？　この人たちはなんの疑いもなく、アイヌや朝鮮を下に見て憤っているが、民族に上も下もあるものか。民族呼ばわりが不満らしいが、そんなところにちまちま拘る態度にも呆れかえる。よく考えてみたらいい。大和民族だって民族だろう。そういう頭にはなれないのだろうか。きいきいと喚くばかりで、沖縄を差別し侮辱しているのはどっちだろう。そんなつまらぬ考えに囚われているかぎり、新しい世の中になどなりはしない。そんなことにも気づかないのか。

かっとなったツタが口を開こうとすると、蔵が目くばせで制した。とん、とツタの足元を蹴りさえする。びくりとしてツタが口を噤むと、代わりにまた蔵が、先程と同じ内容をのらりくらりと述べだした。編集長はただいま関西におりますので、あいにく同席が叶いません、戻りましたら善処いたしまして、すぐにご連絡いたします、日頃早口でならしている蔵とは思えないゆっくりとした口調だ。不自然なくらい愚鈍な態度を貫いているところをみると、どうやらこれは、蔵の作戦らしい。

ひとしきり言いたいことを言って、多少なりともすっきりしたのか、次回こそは編集長との面談を求めると要望を残して彼らは帰っていった。

「いやあ、久路さん、まいりましたね」

彼らを見送ると、いつもの口調で、蔵が言った。「やっかいなことになった」

蔵の目が今しがた彼らが出ていったドアを向く。

「やはり沖縄を前面に出してはいけなかった。あの調子じゃ、またすぐ押し掛けてきますよ」

「そうでしょうか」

「ずいぶん熱くなってますから、ちっとやそっとでは冷めないでしょう。こじれそうな嫌な予感がするなあ」

そう言いつつも、蔵は解放されてほっとしたのか、さばさばとした顔で、若干面白がっているようにも見える。そうしていつもの調子で滔々《とうとう》としゃべりだした。

「しかし、沖縄のインテリ諸君ときたら、血気盛んだなあ。こんなところにまで押し掛けてきて、頭から湯気を出す勢いで猛《たけ》り狂ってましたが、なんだってああも向こう見ずなんですかね。正義感にかられているんですかね？　にしても、どうにも的はずれだ。久路さんはそう思われませんでしたか？　ぼくは思いましたよ。こいつら何を言ってる、って腹の中じゃ思ってました。口に出したら火に油を注ぐだけなので黙ってましたが。この小説を、彼ら、ちゃんと読んだんですかね。ぼくにはどうもそうは思えなかったな。たとえば久路さんはたしかに、女たちの手の甲に彫られた入れ墨のことを書いてはおられますが、あれは上の世代の女たちのことです。今もつづいてる習俗とは書いていません。その世代の人たちがそのために辛酸を嘗《な》めた、現に嘗めている、というのは真実だし、久路さんはそれこそを悲哀だと感じ、書いておられる。

そのくらい、読めばわかるじゃないですか。糾弾しているわけでも卑下しているわけでもない。そう、あなたが書かれたのは、まさしく片隅の悲哀なんだ」

その通り、と思いはすれど、『片隅の悲哀』という題名はとうにどこかに消えてしまった。代わりにつけられたのが、『滅びゆく琉球女の手記』なのである。こうなってみると、誤解されやすい題名への変更だった、と今更ながら気づく。加えて広告や掲載頁で目にした惹句もおそらく彼らの気持ちを大いに逆なでしたことだろう。彼らのこだわる〝民族〟という言葉もたびたび惹句で謳《うた》っていたし、おまけに呪咀だ。地球の隅だ。どうしたって要らぬ先入観を植えつけてしまう。虚心坦懐《きょしんたんかい》に小説を読んでほしいと願っても難しいかもしれない。

「どうなるんでしょう」

ツタは訊ねた。

「ま、八重垣さんがどうにかしてくれるでしょう」

蔵は気楽に言った。「就任早々ご苦労なことですが、編集長ってのはそのためにいるんだから、彼に任せておいたらいいんですよ。久路さんは、どうぞあまりくよくよなさらず、これまで通り、ご執筆に励んでください」

そう励まされて帰ってきたものの、事態はそう簡単に収まらなかった。

学生会の面々だけではなく、じきに県人会も騒ぎだしたからである。

編集部からの知らせより一足早く、ツタはそれをキヨ子から聞いた。キヨ子は県人会の動向を兄から聞いて、急ぎ知らせに来てくれたのだった。県人会のお偉いさん方は、同胞にあるまじき裏切り行為だと、激怒しているらしい。激怒されるようなことは書いてませんよとツタが言うと、キヨ子は、わかってる、と返した。だけどね、ツタさん、騒ぎが大きくなって愈々《いよいよ》収まりがつかなくなってるのよ、ツタさんにはかわいそうだけど、と神妙な面持ちで言う。

「一度火がついてしまうと燃え広がるのは早いものよ。こうなってくるとこちらがなにをいっても無駄。振りかざした拳をどこへ下ろせばいいかわからないから、みんな、大声をだすばかり。しかもその人数は増える一方」

当初、説得を試みてくれたキヨ子の兄も、騒ぎの大きさに匙《さじ》を投げたのだという。勤め先の新聞社に火の粉がかかるのを危惧したらしい。久路千紗子の正体も暴かれ、登場人物のモデル捜しも始まったそうだ。

この話が沖縄に伝わるのも時間の問題、とキヨ子は怖ろしいことをいう。

では母に知られるかもしれない。

また迷惑をかけてしまう……。

母の顔を思い浮かべただけでツタは暗澹《あんたん》たる気持ちになった。

ようやく少し親孝行できるかと思っていたのに、またしても良からぬ結果になってしまった。なんとか母の耳に入らぬうちに事態を収拾したいが、どうしたらそれが可能なのか、ツタには皆目わからない。彼らの主張に首肯できないのにただ謝るというのも癪《しゃく》だ。許して貰うためだけに闇雲に謝るなんて、おかしいとも思う。それに、そもそも謝れといわれても、何を、どう謝るべきかがツタにはわからない。釈明しようにも、どう釈明したら彼らの意に添えるのか。

彼らはツタに何を求めているのだろう? 確かにツタは悲惨な沖縄の現実を書いた。貧しい暮らしに落ちていった人々を書いた。絵空事ではない。どん底で暮らす者はあの島に掃いて捨てるほどいる。再従兄からイメージを膨らませ、造形した登場人物を書いた。沖縄に生まれ育った出自を隠して生きる、あれだって一つの生き方だ。そこまで世間に追いつめられた人間が現にいると彼らだって認めねばなるまい。成功者には成功者なりの哀《かな》しみがある。ツタはそれを掬い上げたかったのだ。むろん底辺で這いつくばるように生きる者にも哀しみはある。それはツタのよく知る哀しみであり、ツタ自身、奥底に持っている哀しみだ。それを書いたからといって、なにが困るのだろう。現実をあからさまにしたことを彼らは怒っているのだろうか? 覆いつくせば現実が消えるとでも思っているのだろうか?

考えれば考えるほど、わからなくなる。

影響力のある偉大な作家が影響力のある文芸誌に書いたというならまだしも、素人に毛が生えた程度のツタが、婦人雑誌に処女作の、それも冒頭部分を僅かに載せただけでこの騒ぎだ。

彼らの狼狽《うろた》えぶりは、常軌を逸していると思わざるを得ない。ようするにこれは自信のなさの表れなのだろう。

まったく情けなくなるではないか。

いったいこの連中は、なにをそう、怯えているのだろう。

結婚だの就職だのに悪影響が出ると文句をいうが、仮にそうであるなら、怒るべき相手はツタではなく、結婚や就職で差別する側ではないか。

その一方で、彼らはアイヌや朝鮮を下に見ている。とんだお笑いぐさだ。克服すべきはまず己に巣くう差別感情ではないか。

彼らの主張はかく矛盾だらけで、ツタとしては歩み寄りようがない。

頼みの綱は八重垣編集長だったのだが、ここまで大事《おおごと》になると彼も無力だったようだ。

「連載は中止します」

数日後、ツタは八重垣に告げられた。

県人会の面々につるし上げられ、連載中止を約束させられたのだという。

強張る顔で、八重垣は自らの非力を詫びた。

「沖縄を甘くみたつもりはなかったんだが、思っていた以上に手強かった」

いつぞやの威勢が良かった時とは別人のような暗い顔で、すっかり萎《しお》れている。ツタは苦笑せざるをえない。まあ、そうだろう。こういう品のいい、貴公子然としたお人は、大概打たれ弱いと相場は決まっている。怒号飛び交う修羅場で丁々発止とやりあうような人間ではないのだ。おそらく、さっさと落としどころを見極め、早々に白旗を掲げたにちがいない。盾になってくれるかと淡い期待を抱いていたが、この人が盾になって守るのはツタではなく、雑誌そのものだった。雑誌を守るためならツタを切り捨てるくらいなんともないのである。

冷たい仕打ちと思わなくもないが、そう腹は立たなかった。

そんなものだろうとツタはどこか達観していた。

この人の強引な手法がこの騒動を招いた一因と思いはすれど、ツタは彼を責める気にはなれない。彼にしたって、これは災難としかいいようがない。すべてはツタなんぞを売りだそうとしたばっかりに起こったことなのだ。就任早々、同情したくもなる。

「釈明文とやらは書くべきなんでしょうか」

ツタが訊く。

「無理にとは申しません」

「あちらは書けと言っているのですか」

「言っていますが、そこは俎上《そじょう》に載せませんでした。ですから約束はしていません」

「でも書けとは言っているんですね」

「書きますか」

「わたしが思うように書いてもいいのでしたら書かせていただきたい」

「いいでしょう。書いてください」

「なにを書いても載せてくださいよ」

きっと睨むと、八重垣は、

「載せますとも」

とこたえた。

釈明文は、一気呵成《いっきかせい》に書いた。彼らの矛盾、誤解を指摘し、卑屈さを非難し、差別されていると憤りながら差別している彼らの無自覚な差別意識を糾弾し、ツタが小説に込めた思いを語った。謝罪できぬことはできぬといい、同感できぬことはできぬと、はっきり書いた。

八重垣は原稿を受け取ると、ざっと目を通し、なるほど、とつぶやいた。

「あなたが書くとこうなるわけだ」

「はい」

「編集部の告知として載せるつもりの原稿はこれです」

ぺらりと紙を差しだされる。

【六月號掲載「滅びゆく琉球女の手記」は現實問題として、同地方人に迷惑を及ぼすところあるを認め、深く遺憾の意を表すると共に、同縣人會《けんじんかい》並びに學生會《がくせい》の申し出に依《よ》り茲《ここ》にその掲載を中止す。】

「謝罪してませんね」

ツタが言うと八重垣はにやりと笑い、

「あなたもね」

と言った。

「しましたよ」

「うん、まあたしかに最後の〆《しめ》のところでそれらしきことを書いてはありますが、よく読めばしていない」

「そうですか」

「そうですよ。わたしの目は節穴ではない。読みましょうか。〝妾《わたし》は、故郷の事をあしざまに書いたつもりはなくて、文化に毒されない琉球の人間が、どんなに純情であるかを書いたつもりですから、どうぞ、さうあわてずに、よく考へて頂き度《た》いと思ひます。でも、妾のあけすけの文章が、社會的地位を獲得しておいでになる皆様《みなさま》には、そんなにも強く響いたのかと、今更乍《なが》ら、恐れ入つて居ります。さう云《い》ふ點《てん》、深くお詫び申し上げます。〃」

八重垣が笑う。「これ、お詫びですかね。皮肉かと思いましたよ」

「そうですかね」

「おやおや。あなた、たいしたお人だ。ええと、その後は……なになに。〃地位ある方々許《ばか》りが叫びわめき、下々の者や無學者は、何によらず御尤《ごもつと》もと承つてゐる沖縄の常として、妾のやうな無教養な女が、一人前の口を利いたりして、さぞかし心外でございませうけれど上に立つ方達の御都合次第で、我々迄うまく丸め込まれて引張り廻《まわ》されたんでは浮ばれません。〃……ほらね、やはり詫びてない」

くすくすと八重垣が笑う。

「載せてもらえませんか」

「載せますよ。載せますが、あなた、これを載せて、また抗議されたらどうします」

「さあ。その時はその時です」

破れかぶれになっていたわけでもないのだが、ツタは言いたいことも言わず、ただ連載中止というだけでは気持ちに始末がつけられなかった。騒ぎが大きくなろうとも言いたいことを言って幕を引きたい。八重垣がツタを切って雑誌を守ったのなら、ツタはツタなりにいくらかでも小説を守りたかった。切り捨てられ、闇に葬られると決まった運命に一矢報いたかったのかもしれない。

八重垣は、ほとぼりが冷めたら、またいずれ、ツタの小説を載せようじゃないか、と言ってくれてはいたが、そんな日はもう来ない気がしてならない。八重垣がそう短い期間で載せてくれるとは思えないし、いつまで彼が編集長の座にいられるのかもわからない。これほどの騒ぎを起こしたからには、別の雑誌や同人誌だって、ツタの書いたものを載せるのは二の足を踏むだろう。扉は閉じたも同然だ。

ツタは現状を冷静に理解していたし、受け入れてもいた。

だからこそ、釈明文を載せてもらいたかったのだ。

騒ぎになるならなればいい。

今更そんなもの、恐くない。

書けというなら書いてやる。ただし、彼らを喜ばせるために書くのではない。赦《ゆる》しを乞うつもりも、媚びるつもりもない。偽りの謝罪などわたしはしない。

その心をツタは書いた。

釈明文は、翌月号、見開き二頁に、編集部告知とともに掲載された。

すぐにでもまた呼び出されるだろうと腹を括って待っていたのだが、不思議なことに、今度はなんの騒ぎにもならなかった。

狐《きつね》につままれたような気分で、ツタは首を傾げる。

これはいったいどういうことだろう？　小説よりも釈明文の方が余程過激で、余程挑発的なのに、なぜ彼らは無反応なのだろう？

彼らはちゃんと読んだのだろうか。読めば――八重垣があっさり看破したように――ツタが謝罪していないとすぐにわかるはずなのに、なぜ彼らは憤慨しないのだろう？

一連の騒動はそれきり、収束していく。

ようするに彼らにとって重要なのは、内容よりも、それが載ったという事実なのだ、とツタは気づいた。釈明文と称するものが掲載され、連載が中止になれば、それで彼らの面目は立つ。内容など、どうでもいいのだ。ツタをやりこめ、闘いに勝ったと、誰もが納得できれば、それで矛をおさめられる。

まともに議論するつもりなど彼らには端からなかったのだった。己の利益に水を差す莫迦女が現れたから、一刻も早く叩き潰したかっただけなのだ。このまま野放しにしておけないと本能的に感じたから叩いただけなのだ。ひょっとしたらツタが女だったというのもあったかもしれない。従順であるべき女の分際で、物を書き、沖縄を背負った――と彼らは感じた――。そんな女は今まで一人もいなかったから、彼らはあわてふためいたのかもしれない。そういえば、抗議の声をあげたのは、ことごとく男たちだった。しかも学があり、社会的にも成功している者たちばかりだった。虚しさが込み上げる。

騒動の余波は時を置いて沖縄に及び、ついに母の耳にも届いたらしい。悲しみのあまり寝付いたという報《しら》せが来た。親戚一同が激怒しているという噂も聞こえてきた。母はその怒りの渦に抛り込まれてしまったようだった。親戚たちもまた、周囲の好奇の目と悪意の視線に晒《さら》されているらしい。

再従兄からも呼び出された。勝手なことを書きやがって、と詰られた。再従兄がモデルであることは、隠し通せていたし、特定されるような書き方はしていないので、詫びる必要はないと思っていたが、本人にしてみたら、これだけ騒ぎになった小説に自分らしき言動をする登場人物を認めるのは薄気味悪く、なにがきっかけで周囲に露呈するかと思うと肝を冷やしたそうで、そう聞けばツタとしては詫びるしかない。またモデル捜しでは、ツタのあずかり知らぬところで再従兄とはまったく別人に濡れ衣が着せられ、迷惑を蒙《こうむ》った人がいるらしいとも聞いた。申し訳ないと思いつつ、ツタが訪ねていけば余計に迷惑がかかると思い、その人たちには遠くから手を合わせて詫びるだけにした。

その後も非難や中傷の残り火は、だらだらと長く尾を引いた。

ツタは身を屈《かが》め、嵐が去りゆくのを待つ。

いったい自分は何をしているのだろう、とツタは思った。

なぜこんなことになったのだろう。

ただ書きたくて、ただ懸命に書いただけなのに、なぜこんな騒動になってしまったのだろう。あちらこちらに多大な迷惑をかけてしまった。

これが書くということなのだろうか。

書いて世に出すということなのだろうか。

わたしが求めていたものはこれだったのか。

釈然としない気持ちでツタは思う。

どうせなら、もっとちがうものを書けばよかったのだ。こういう騒ぎとは無縁でいられる、清く正しく美しい小説を書いたらよかったのだ。あるいは心が洗われるような、穏やかな物語を書けばよかったのだ。人の心をざわつかせず、追いつめず、不穏にさせず、誰もがうっとりと、自己肯定できる話ならばよかったのだ。

けれども、わたしの中から生まれてきたものは、そういうものではなかった。

〝あれ〟だった。

なぜ〝あれ〟だったのだろう。

〝あれ〟はどこから生まれてきたのだろう。

もちろんわたしの中に熱く滾《たぎ》るものがあったからこそだが、それでも、〝あれ〟が噴きだしてきた時、噴きだしている時、どこかで、たしかに、わたしはわたしの意思を超えたなにかに触れていたような気がする。

わたしは筆に導かれていた。

あの感触はいったいなんだったのだろう。

わたしは何に触れていたのだろう。

ツタはぼんやりと、その淡い記憶を思い返してみる。するりと逃げていくそれを、ツタはどうしても摑まえることができない。

六

騒ぎの余波は翌年になってもまだつづいていた。

皮肉なことに、この騒ぎによって、東京在住の沖縄県人との繋がりが出来、有志が立ち上げる小さな県人会紙に寄稿を頼まれたり、その流れで集まりによばれたりするようになった。断れば波風が立ち、沖縄の母や親戚たちにいっそう迷惑がかかる。ツタは彼らと関わらざるを得ない。沖縄でのツタの評価を変えるためにも彼らとはうまくやっていく必要があった。参加してみると、あれほど怒り狂っていた当事者の幾人かがそこにはいたのだったが、案ずるまでもなく、顔を合わせても彼らは話を蒸し返したり、釈明文についてあらためて意見を求めてきたりはしなかった。あくまで紳士的にツタに接し、それどころか、へんに馴れ馴れしく、親しげにツタをかまうのだ。温かくツタを迎え入れる寛大な沖縄の輪……。もしかしたら、連載を中止に追い込んだという負い目が彼らをそうさせていたのだろうか。いくらかでも罪滅ぼしのつもりがあったのか。揚げ句の果て、ツタを励ます会まで開かれた。糾弾した側が糾弾されたツタを励ます不思議……。

当然ながら、嬉しくもなんともなかった。

それはそうだろう。選りに選ってなぜ彼らに励まされなくてはならないのだ。

かといって腹を立てたり、拒絶したりもしなかった。

ああ、そうですか、はいはい、ありがとうございますと参加した。

会は盛況だった。

皆お義理で参加しただけかと思ったが、思いがけず、たくさんの人から激励された。くじけずがんばりなさい。立派な作家におなりなさい。応援してますよ。作家は貧乏、苦悩、不遇がつきものです、これにへこたれずに、チバイミソーリヨー。乾杯の後、にこにこと笑顔でそんなことを言われると、なにやら奇妙な気持ちになってくる。

沖縄の純情、なのかもしれなかった。すれっからしになりきれない、情の濃さ、素朴さを彼らはまだ持ちつづけている。顔を合わせれば言わずと知れた親しみが湧き、身内意識が高まり、つい贔屓したくなる。沖縄口で島の思い出を語り合い、そこに沖縄の食べ物や飲み物がひとつふたつあれば、すっかり打ち解けてしまう。あけっぴろげで気のいい人たち。苦労を分かち合えると信じている。——たとえ苦労を背負わせたのが自分たちだったとしても。

孤独ではないと、皆、思いたいのかもしれない。

虐げられてきた島ゆえの寂しさを皆、抱えている。

この大海原《おおうなばら》で助け合えるのは同郷の者だけだときっと信じたいのだろう。

ツタは沖縄から伸びてくる蔓《つる》のような手に搦《から》め捕られていく気がしてならなかった。搦め捕られてこの輪の中に溶けていったらさぞかし気持ちいいだろう。でもツタにはそれができない。

小さな欺瞞《ぎまん》を嗅《か》ぎ取ってしまう。

彼らに請われて、短い文章を何度か寄稿したが、彼らからは、ただの一度も、あの小説のつづきが読みたいとは言われなかった。あれはどうやって終わるのか、完結しているのかと訊ねられもしなかった。県人会紙に雑文は求められてもツタの小説を読みたい者はどこにもいないのだった。百枚と少し、騒動を経て、最後まで書き終えた原稿はツタの家の押し入れに眠っていたが、誰からも求められはしなかった。

ツタはべつにそれを彼らに読ませたいとか、彼らに許されたなら、あらためて世に出したいとか、そんな図々しい願いを持っていたわけではない。そうではないのだけれども、彼らに近づけば近づくほど、ツタの虚しさは弥増《いやま》していくのだった。彼らはどこかで怯えている。ツタがまた余計なことを書くんじゃないか、面倒を起こすんじゃないかと警戒している。

考えすぎだろうか。

たとえ、ツタが今後なにか書いたとしても、親しくなっていれば、災いはもたらさないと、いくらなんでも、そのくらいの気配りはするだろうと思っている節があった。ツタだって、親しくなった後で角突き合わす状況になど陥りたくはない。

そこにつけ込まれているのではないか。

ああいう面倒なものを書くのでなければいくらでも応援しようというのが、彼らの本音なのではないか、とツタは思った。少女小説を書いてみようかしら、ふとそんな構想を語った時、彼らは本当に嬉しそうだった。心から、楽しみにしてくれた。やり切れなさでいっぱいになる。

わたしは彼らに懐柔されつつあるのではないか。

彼らに喜ばれ、楽しみにされるものを知らず知らず書こうとしているのではないか。

少女小説？　わたしはそれを本当に書きたいのだろうか？

ツタは混乱した。

書きたかった気もするし、そうでもなかったようにも思えてくる。

わたしが書きたいものとはいったいなんだったんだろう。読む人のことなど考えたこともなかったのに、彼らと接するうち、俄然それが気になってくる。どこからともなく現れた、読む人の目が次第に大きくなり、ツタの意識をかき乱す。期待に添うために書いているつもりはないのに、いつのまにやらそうなっている気がしてならない……。被害妄想だったのだろうか。次第にツタはその目に追いつめられていく。書きたいものがなんなのか、わからなくなっていく。

夢中になって書いていた時はあれほど楽しかったのに、夢中になれない。

机に向かっていてもさほど楽しくない。

意識から消せない無数の目に邪魔され、筆と一体になれない。

その頃、沖縄では、母の唯一の生き甲斐だった孫——ツタの生き別れた息子——が、ついに別れた夫のもとへ引き取られて行った。どういう事情があったのかわからないが、それはあまりにも突然の出来事だった。もちろん、ツタには何も知らされなかった。再婚後の彼が今も名古屋にいるのか、別の地に移ったのか、ツタはそれすら知らない。連絡も取れない。だから、息子がどこへ引き取られて行ったのか、これでもうわからなくなってしまった。つまり、その報せは、ツタにとっても、二度と子に会えないかもしれないという絶望を突きつけたのである。

ツタの母は唯一の生き甲斐だった孫を失い、何日も泣き暮らした。ツタの騒動の頃から悪くしていた身体の具合はこれで一気に崩れ、そのまま床に臥《ふ》してしまったらしい。その母の面倒を伯母《おば》が見ているという便りが届いた。伯母の手紙は淡々と母の病状とあちらの事情を伝える。沖縄でのツタの評判は相変わらず芳しくなく、沖縄を虚仮《こけ》にしたの、家名に泥を塗った不肖の娘だのと言われているらしい。作家として立つと大口叩いて幼子を捨て、後足で砂をかけるように家を出ていった、ろくでもない女だという噂まで広まっているそうだ。あるいは夫の実家が、そんな噂に恐れをなし、ツタの子を沖縄から早く連れ出すよう命じたのかもしれない。あの子に難が及ぶ前に——。

わたしはそれほど忌み嫌われているのか。

ツタの胸に痛みが走る。

母にも息子にも、合わせる顔がない。

東京で県人会に受け入れられ、励ます会を開いてもらうほどには関係を修復できたと楽観していたが、遠い沖縄にまだ影響はまったく及んでいなかった。むしろ、遠くにいる分、噂する側に容赦がない。顔が見えなければ人はここまで残酷になれるということか。どうしたらこの汚名を返上できるのか、方法がわからぬまま、時間ばかりが過ぎていく。

手切れ金は底をつき、稿料も貰えなくなったが、この頃になると、充も新入生の頃とちがっていくつか掛け持ちでアルバイトをするようになったし、ツタもちょっとした内職などをして助け、暮らしはぎりぎり成り立っていた。貧乏は貧乏だが、少し増やしてもらった仕送りと合わせてどうにかやっていける。だがしかし、医科大学は予科を出た後、本科にあと四年、通わなければならない。綱渡りはつづく。

ある晩、「ハハキトク、スグカヘレ」という電報が来た。三晩続けてそれと同じ夢を見た後に届いた電報にツタはぎくりとする。一刻の猶予もないと悟り、急遽キョ子に借金して、ツタは帰郷した。

何年ぶりかで沖縄の地を踏んだツタ。

なんともいえない懐かしさに心が充《み》たされたのも束の間、桟橋まで迎えに来てくれた伯母は、ツタを人目から隠すようにして、そそくさと自宅へ連れ帰ったのだった。まるで犯罪者のような扱いに、ツタは衝撃を受けた。ある程度、覚悟していたとはいえ、まさか、これほどとは思わなかった。伯母は心苦しそうに目を伏せるが、彼女に悪気はない。そうさせているのはツタなのだ。母を見捨てないで面倒を見つづけてくれている伯母に、ツタは感謝の気持ちしかない。

母の意識はすでにほとんどなく、昏々《こんこん》と眠りつづけていた。時折うっすら目覚めるものの、こちらのことがわかっているのかいないのか定かでない。それでもツタは母に詫びた。老いて痩《や》せ細り、小さくなった母を見ているだけで涙がこぼれる。どれだけ詫びても詫び足りない。ごめんなさい、ごめんなさいとツタは母に縋りつく。

「そんなに謝らなくてもいいですよ」

と伯母は言った。

ツタの手をしっかり握り、ハンケチで涙を拭いてくれる。

「お母さんは、あなたを信じてましたよ」

伯母はじっとツタの目を見る。ツタもじっと伯母の目を見た。

「あなたのことを悪く言う人がいても、お母さんは相手にしなかった。この人はそういう人ですよ」

伯母は、母がずっとツタの味方だったと教えてくれた。親戚中が怒り狂い、即刻東京からツタを呼び戻せ、おとなしくさせろ、と迫っても動じなかったそうだ。こちらで教員にでもして養ってもらえ、という声もあったらしいが、それも無視した。わたしは野垂れ死にしたってかまわない、あの子の好きにさせる、というのが母の口癖だったという。

「だからって、野垂れ死にさせるわけにもいかないから、わたしがここへ連れてきたんですけどね」

と伯母は笑った。ツタはありがとうございますありがとうございますと涙を拭いながら伯母に抱きついた。

伯母の身体も、昔よりうんと小さくなっていた。

「あの子にはあの子の道がある、って、ずっとそう言ってましたよ。邪魔しちゃいけないって。こうして会いにきてくれて、きっと、喜んでますよ。間にあってよかった」

母の葬儀でも、ツタはひっそりと息をひそめ、隠れるようにしていた。

激しく泣くことさえ、ままならぬツタ。

ただ影のようにそこにいるツタ。

葬儀の手伝いもさせてもらえなかった。静かに送ってあげましょう、あなたはここにいなさい、と伯母に言われたら逆らえない。

これが小説を書いた代償かと思うとやりきれなかった。

ツタがそれを払うのならまだいい。けれども、なぜ母までもが払わねばならなかったのか。人々から白い目で見られ、母は悲しみのうちに死んでいった。わたしのせいで……。

悔しさもあった。

遠く離れていたとはいえ、なにかもう少し、してあげられることがあったのではないか。

親孝行の一つくらい出来なかったか。

こんな仕打ちをされて、母はここにいて幸せだったのだろうか。

ツタは考える。

もう母には訊けないけれど、ツタはそれが知りたい。

ツタは、ずっと母はここにいるものと思い込んでいた。沖縄からは決して出ない人だと思っていた。だが、本当にそうだったのだろうか。引っ張り出せば、出てきたのではないか。今更そんなことを考えたって詮無いことだし、そもそも母を引き取る経済力などなかったくせに、ツタはそんな夢想をする。もしかしたら、母もそれを望んでいたのではないか。そんな呼びかけを待っていたのではないか。

せめて一度、一緒に住もうと声をかけていたら……。

ツタは沖縄を離れるにあたって、伯母と相談し、戸籍を東京へ移すことにした。母が亡くなり、ツタだけになった戸籍をこのまま沖縄に置いておく意味はない。東京で暮らすツタと関わりを持ち続けたいと思っている親戚もいない。それどころか、悲しいかな、ツタとの関わりを断ちたがっている親戚ばかりになってしまった。おそらく、ツタがここへ来ることはもうないだろう。

墓のことや今後の供養のことなどは伯母に頼み、ツタはトートーメーだけ持って沖縄を出た。トートーメーというのは位牌だが、たんなる位牌というより、家を継ぐ象徴というべきものである。本来は女のツタが持つわけにはいかないものだが、男兄弟がいないのでツタがとりあえず預かるしかない。

風呂敷に包んだトートーメーとともに、沖縄を離れる船に乗り、ツタは、自分は沖縄と決別したのだ、と感じていた。

そんな日が来ようとは思ってもみなかったが、ツタの気持ちもまた、船とともに沖縄から離れようとしていた。

ふしぎな因縁だ、とツタは思う。

沖縄との繋がりを断つために戸籍を移した再従兄のことをツタは小説に書いたのだったが、巡り巡って、ツタもまた同じ事をしている。誰に指図されたわけでもないのに、あやつられるかのようにそうしている。実際、あれを書いたがために、親戚中から疎まれ、沖縄に居場所をなくしたのだから、あの小説にそう仕向けられたといってもかまわないだろう。

生みだしたものは、生き物のように、蠢き、世界に働きかけるのだ。生みだしたツタが無関係ではいられない。

恐い、と本能的にツタは思う。単純な恐さだけでなく畏《おそ》れのようなものをツタは感じた。

書きつづけたら、やがて呑み込まれるんじゃないか。

幻の世界に触れ、幻の世界を紙に書くとは、そういうことなのではないか。

もっと気楽に書けばいいのか。

でもそれは出来ない。たぶん、ツタにはそれは出来ないだろう。

はっとツタは目を閉じた。

閉じたはずの目は開いていた。はっとツタは目を開いた。

開いたはずの目は閉じていた。

呑み込まれる。

咄嗟にツタは手で頭を覆った。

久しぶりに、ずきずきと激しい頭痛がしていた。

世界の曖昧さに、ツタは呑み込まれようとしている。ここはどこだろう。世界の曖昧さが、ツタを呑み込もうとする、ここは、はて、どこなのだろう。しっかり立っていなければ、こうして呑み込まれていく。

沖縄との決別は、ツタの場合、沖縄だけに止《とど》まらなかったようだ。沖縄との決別が、ツタにとっては、書くこととの決別にも繋がっていた。この時のツタはまだそのことに気づいていなかったが、人生を俯瞰《ふかん》してみれば、つまりはそういうことだったのだろう。

根っこを断たれた植物が時を置かず静かに萎れていくように、沖縄という土壌を失ったツタは、根っこを断たれたも同然だった。豊饒《ほうじょう》な土を失って、どう伸びていけばいいのかわからなくなってしまったのだった。思っていた以上に、ツタは沖縄という土壌に育てられていたのかもしれない。

しぶとい植物ならそれでも伸びていくはずだ。

書きつづけようとするならば、どうにかして、新たな土壌に根を張ろうとするものだ。そうして踏ん張って書きつづければやがて芽吹く種もあったろう。書きつづけねば生きていけない者に決別はない。

けれどもツタは、それをするには、あの時、あまりにも傷ついていた。打ちひしがれていた。七転八倒してでも書きつづけよう、なにがなんでも書きつづけたい、とはどうしても思えなかった。

だからだろうか、書かなくなり、書けなくなったツタは、どこかせいせいしていた。

ああ、もうこれで、人生が煩わされることもない。

書くことから離れれば、書くことに翻弄され、人生を狂わされることもない。疲労困憊《こんぱい》することもない。誰かに迷惑をかけることもない。傷つかないし、傷つけることもない。

もういい。

これでもういいのだ。

書けなければ書かなければよい。

芽吹かなくともよい。花など開かなくともよい。

萎れたら、萎れてしまえばいい。

道はそれだけではない。

……ほんとうにそうだったんだろうか。

沖縄から決別したツタは、ぷつんと糸の切れた凧《たこ》のように寄る辺なかった。

筆という確かな杖《つえ》を失い、足取りも弱々しかった。

なんだかもう、死んでもいいような気もしていた。

死んだら歩かなくともよい。

それは楽だ。

杖をなくして歩けなくなったから死んだ、それでいいじゃないか。風のように死ねばいい。誰にも知られず、すっと消えてなくなればいい。おそらく、そんな誘惑にとりつかれていたのだろう。

ただツタには充がいた。

充との暮らしがあった。

ツタ一人だったら死んでいたかもしれないが、充がいるから死ねなかった。死ななかった。そこに、まだ、生きる場所があったから。

それだけはなんとしても守りたかったのだ。

充が本科の研修で病院で働きはじめると、ツタたちは充の勤め先に近い借家へ引っ越した。それを機に、沖縄や、編集部の人々との関わりを絶った。かろうじてキヨ子とは繋がっていたが、キヨ子にも口止めし、キヨ子の兄や母を始め、誰にも消息は知らせないよう、頼んだ。そこまでする必要があったのか、なかったのか、本当のところはよくわからない。けれどもその時はそうすることが正しいようにツタは感じたのだった。生き延びるために、そうしたのかもしれない。だとすれば、死んでもいいという気持ちとは裏腹に、生きたいという気持ちも少なからずあったのだろう。危ういバランスで、ツタは生き延びた。

それからすぐに身籠もり、女の子が生まれた。

充はまだ医科大学を卒業していなかったのだけれども、堕《お》ろすことなど考えられなかった。なにがなんでもこの子を産もうとツタは思った。今度こそ、この手で育てよう。

翌年には男の子が生まれた。子供たちがツタに力をくれた。

と同時に、充が大病をし、死線を彷徨《さまよ》ったり、それゆえ、またしても極貧状態に陥ったりと息つく暇もなかった。背に腹はかえられず充の実家に泣きついて助けてもらったこともある。この頃、充の実家とはひと悶着もふた悶着もあった。子が生まれたとあっては隠しつづけられないので恐る恐るあちらに知らせたのだったが、当然、上を下への大騒ぎになった。じき医者になって戻ってくるはずの息子が、医者になるよりも前に、学生の分際で七つも年上の女と同棲し、子まで生《な》したのだ。彼らが仰天するのも無理はない。ツタは充の両親に、うぶな息子を誑《たぶら》かしたあばずれ女と蔑まれ、嫁として認められるどころか、入籍も拒まれた。一方的に責められ、罵られても、ツタは耐えた。理不尽とは思わなかった。田舎の親にしてみたら、可愛い息子を責めるより、息子を誑かした女を責める方が心安かっただろう。世間体もあるだろうし、ツタが息子の嫁にふさわしくないことは一目瞭然だ。それでも、彼らは、なにはともあれ、ツタの子を認知するのを許してくれた。孫として認めてくれただけでもツタにはありがたかった。誤解はいつか解けると信じて生きていくしかない。尤も、彼らは孫のためとあらば援助を惜しまなかったから、おかげで暮らしはなんとか成り立つようになった。決して順風満帆とはいえない道のりだったけれど、ツタは必死で生きた。そうせざるをえなかったからそうした。それから後も、ツタの人生はめまぐるしく浮沈した。充は医者になった後もたびたび病床に臥すことがあったし、子供は次々生まれたし、戦争もあった。神にも縋った。何があろうと時は流れていく。粛々と大河のごとく――。

筆を執ることはあっても、ああいうものは二度と書けなかった。書けなかったから、書かなかった。それだけだ。それでよかった。

そんなツタが、やがて〝幻の女流作家〟と呼ばれる日が来ようなどと、あの頃、誰が思ったろう。

沖縄返還の翌年、初秋。

夕刻、一本の電話があった。

沖縄の月刊誌の記者と名乗る女性からだった。

彼女が捜していたのは〝幻の女流作家、久路千紗子〟。

ツタは七十歳になっていた。

七

電話の向こうの声が、前世からの、あるいはあの世からの声のように聞こえる。

〝あのう、そちら久路さんですよね。久路千紗子さんですよね。『滅びゆく琉球女の手記』の。ああ、やっと見つかった！　あなたを捜してたんです。どうしても消息がつかめなくて、一度は諦めかけたんです。こんなに見つからないんだから、もしかしたら、もうお亡くなりになっているんじゃないかとさえ思いました。でも先日、ひょんなことから、人づてにこちらがその久路さんじゃないかと教えてくれる方がありまして。まさか名古屋にお住まいだったとは。ああ、でも、よかった。おかげで苦労が報われました。幻の女流作家、ついに発見です！〟

ツタはふしぎでならない。

いったい誰の話をしているのだろう。

幻の女流作家？　だれが？　わたしが？　そんな莫迦な。

なにかのまちがいです、とツタは小気味よく否定する。よくお調べになってください。誰かとお間違いになっておられますよ。

からからと笑う声。

〃間違えてなんぞおりません。調べましたとも。調べたからこそ、久路さんの存在に行き当たったんです。そうして、忽然と消えてしまったあなたを、我々、必死で捜したんです。縁のある人々を辿り、あちこち手を尽くしました。ほんとうに、ずいぶん時間がかかってしまいました。〃

沖縄郷土月刊誌の記者であるその人は、前号で《近代沖縄文学と差別》という特集を組むにあたって、久路千紗子の存在に行きあたり、何ヶ月も前からツタを捜していたのだそうだ。残念ながら、前号には間に合わなかったが、引き続き特集を組むので、今号でぜひ取り上げさせてほしいと言った。

〃久路千紗子さんでまちがいないですよね？〃

ツタは身震いした。

またただ。

また蠢きだした。

またしても蠢き、ツタに働きかけてくる。一度生みだしたものは、これほどまでに執拗に、長く生きつづけるものなのか。

まさか四十年も経って亡霊のようにまたあの小説がツタの前に現れるとは思わなかった。

握りしめた受話器の向こうから張りのある声が聞こえてくる。

〝久路さん、あの時、あなたになにがあったのか、我々に語っていただけませんか。沖縄が本土復帰を果たした今だからこそ、差別について、あらためて考えなくてはならないと思うんです。今もって解決されてはいない差別。外からだけではない、内なる差別問題。一筋縄ではいかない、ヤマトとの関わり。久路さんは四十年前に、すでにこの問題に取り組んでおられますよね。その久路さんにご登場いただけたら、我々も大変光栄です。今号の目玉として大きく誌面を割きます。なぜといって、久路さん。あなたがお書きになったあの釈明文、あれは少しも古びていないからです。古びていないというより、あの時代によくあれをお書きになったと驚くほどです。今なお沖縄の内面に深く切り込んでくる名文ではないでしょうか。私はあれを読んで感激いたしました。戦前にあれを書かれた久路さんにぜひともお目にかかってお話をうかがいたい。今こそ、あの釈明文に光を当てるべきです。『滅びゆく琉球女の手記』ともども、きちんと背景を探り、記録すべきだと感じました。〟

釈明文。

あれを書いた日のことが脳裏に去来する。

東京のあの狭い部屋。充と暮らした、北向きの日当たりの悪い四畳半。暗く湿っていて、硝子戸《ガラスど》からはいつも隙間風が流れ込んでいた。黴臭《かびくさ》い匂い。擦り切れた畳、傷だらけの柱。医学専門書を脇にどけて広げた原稿用紙。安物の万年筆。胸に詰まった苦々しさや憤りとともに一気に吐き出された文字。

あんなもの、とうに忘れていたのに──。

遠い遠い昔の話です、どうかそっとしておいてください、とツタは慇懃《いんぎん》に返した。わたしはもう七十です。身体の具合もそう良くありません。ここで静かに暮らしたいのです。どうかわたしのことなど抛っておいてください。表に出る気は毫《ごう》もございません。

〝そこをなんとか、お願いできませんか。〟

電話の向こうの声が一段と大きくなる。

〝ともかく一度、お目にかかってお話しさせてください。短い時間でかまいません。いくつか、質問にこたえていただくだけでいいんです。なんとかお引き受け願えないでしょうか。お願いします。〟

ツタは何もこたえない。沈黙がツタのこたえだ。

だがしかし、彼女は引き下がらなかった。

〝久路さんがどこへ消えてしまわれたのか、あれからどうしていたのか。ぷっつりと、いきなり消えてしまわれたのですから、気になっている方は多いと思うんです。いや、実際、そんなふうに仰っている方もおられました。久路さんはあのまま筆を折ってしまわれたのか、それとも、まだ何か書いておられるのか。ご存命の方の中には忸怩《じくじ》たる思いを、いまだに抱えている方も、おそらくいらっしゃるでしょう。むろん、久路さんには久路さんの言い分があるはずです。そのあたりを、久路さんご自身の口で語られてはいかがでしょう。何を語ってくださってもいいんです。どうかお願いします。こんな機会、もう二度とありません。うちの雑誌は歴史こそまだ浅いですが沖縄の文化人には知られた存在です。インパクトは絶大です。久路さんが四十年ぶりに語るのであれば、うちが最もふさわしい。皆、注目するでしょう。語る価値は大いにあると思うんです。どうか是非、お引き受けください。〃

粘り強い、というだけでなく、少しばかり甘えも透けて見えていた。拝み倒せばこの婆《ばあ》さんはきっと承諾してくれる、そう思っているのだろう。断られるという経験をあまりしたことがない優秀な記者なのかもしれない。ぐいぐいと躊躇《ちゅうちょ》なく押してくる。雑誌に載せてもらえるだけでもありがたかろうと、なにやらそんな押しつけがましさまで漂わせている。こういう職業の人ならではの強引さだとツタは感じた。久方ぶりに蔵や八重垣を思い出す。時代は変われど、そこら辺りの感性は同じらしい。

〃お時間を作っていただけましたら、こちらから、ご指定の場所へうかがいます。もちろん、名古屋まで馳せ参じます。どうか私にインタビューさせてください。ようやく見つかった幻の女流作家、久路千紗子さんに是非ともお目にかかりたいのです。どうぞよろしくお願いいたします！〟

いったいこの人は、わたしに何を訊きたいのだろう、とツタは考える。

とくに語るべきことなど、何かあるだろうか？

今となってはあんな小賢しい釈明文の話などしたくはないというのがツタの本音だった。筆の赴くまま、たかだか数分で書いた文章について、四十年も経った今、何を語れというのだろう？　徒に詮索されるのも不愉快だった。久路千紗子が筆を折ろうと、折るまいと、こちらの勝手ではないか。誰がそれを気にするというのだ。

そもそもわたしは女流作家などと呼ばれる者ではない。そんな者であったことは一度たりともない。正確にいえば、わたしは、そこから弾き出された人間ではなかったか。

なにが幻の女流作家だ。

そんな言葉にだまされるものか。

ツタの沈黙の意味を理解しているのかいないのか、彼女はひたすら熱心だった。『滅びゆく琉球女の手記』をめぐる筆禍事件――と彼女は言った――について、当時のいきさつ、作者の意図をどうしても聞かせてもらいたいとしつこくねだる。

たったそれだけのために、わざわざ沖縄から訪ねてくるという。

やめておきなさい、とツタは言う。わたしはあなたの期待を裏切るだけです。

記者は一瞬息を呑み、かまいません、と返した。それでも私はあなたにお目にかかりたい。

若い人の熱意にほだされたわけでもあるまいが、最後には、断りきれず——少しばかり相手をするのが面倒にもなって——、ツタは、えいやっと引き受けてしまった。所在地など現在の状況は伏せることを条件に、近々彼女と会うこととなった。先んじて送られてきた見本誌の表紙は、沖縄の青い海。

遠い彼方の青い海、だった。


ぼんやりとツタは茶の間のテーブルに置いた雑誌の表紙を眺める。

生まれ育った島の青い海。

決別した青い海。

美しい写真だった。

輝く光がまぶしく反射している。じっと見ていると、沖縄の風や空気まで感じられそうだ。

濃い青。そう、この鮮やかな青こそが沖縄の海の色。

そうして、その海の上には、かっと肌を突き刺すように照らす、強烈な太陽がある。

表紙には写っていないが、その容赦ない太陽の光と熱を思い出すだけでツタはくらくらと眩暈がした。

沖縄。

ああ……沖縄。

ツタは目を閉じた。

あれから四十年。

四十年だ。

長い長い四十年が瞬く間に過ぎていった。

そうして、今、ツタは、ここにいる。

ここに辿りついた。

いつのまにやら、薄暗くなった室内に、古びた柱時計の振り子の音が規則正しく聞こえている。耳慣れたはずの音がやけに耳に付くのはどうしてだろう。そろそろ夕餉の支度をする時刻だと気づいたけれども動けない。ひとり、茶の間にすわって、歳月を噛みしめている。

あちらとこちら。

二つの人生の狭間にひょいと抛り込まれた心地だった。

四十年の重みに攫《さら》われ、それ以前の人生などすっかり消え去ったと思っていても、過去はいつでも、いきなり姿を現し、ツタに襲いかかる。

〈筆禍事件〉。

あれがそんな名前で呼ばれていたなんて、ツタは電話で記者に教えられるまで、まったく知らなかった。

じつに奇怪なことだと思う。

漱石《そうせき》や鷗外《おうがい》ならいざ知らず、無名の女の、それも連載第一回のみしか発表されなかった小説を発端とする、あんな莫迦げた騒ぎが、なぜ、今になって注目されるのだろう？ 釈明文に至っては文学作品ですらない。売り言葉に買い言葉の、勢い余って書き散らかした拙い文章がなぜ今わざわざ取り上げられなければならないのか。古びていないというけれど、四十年も経過して古びていない方がむしろおかしいではないか。ようするに、四十年、この世界はなにも変わらなかったということか。宇宙船は月にまで飛んでいったというのに、地球上の人間は同じところをひたすらぐるぐる回っている。情けないが、きっとそういうことなのだろう。

ツタは老いた。

四男二女を育て上げ、すでに孫が十一人もいる。どこからどう見ても、立派なお婆さんだ。

子は次々独立していき、また充と二人暮らしになった。

自宅のつづきにある診療所で充は今も現役の医師として働いている。朝から晩まで、診療のある日は、ほとんどの時間をあちらで過ごす。ツタは滅多に顔を出さない。手は足りているし、あそこは充の聖域だからだ。

この四十年、ツタは〝久路千紗子〟として生きてきた。子も孫も、友人知人も、診療所で働く看護婦さんたちも皆、ツタの名は〝千紗子〟だと思っている。充もツタを〝千紗子〟としか呼ばないし、ツタでさえ、ツタという名は遠いものとなった。役所の書類などで、たまに〝ツタ〟と記されたものを目にするとツタ自身、ぎょっとしてしまう。そんなものが他人の目に触れたらやっかいだから、郵便物の管理などはツタが一人でやっている。沖縄の伯母も、あの酷い戦禍に巻き込まれる前に亡くなり、沖縄との関わりもなくなった。沖縄のことを誰かに話す機会はほとんどない。屈託なくそれが出来るのは、東京に住むキヨ子くらいだ。今や、ツタをツタと躊躇いなく呼ぶのもキヨ子だけになった。とはいえ、キヨ子とは何年かに一度、東京で会う程度。

キヨ子は言う。

ツタさんは一度死んだのかもしれないわね。

なぜ？　とツタは訊く。

だってツタさん、すっかり千紗子さんになってしまったじゃないの。

ほほほほほ、とキヨ子は笑う。それにあなた、名前と一緒くたに、沖縄まで捨ててしまったでしょう。

それはだって、とツタは言いかけ、言い淀《よど》む。ツタは何を語ればいいのだろう？

ぱくぱくと開いたり閉じたりする口が、なんとも間抜けな姿をさらしている。

いいのよ、とキヨ子は言う。もう昔の沖縄なんてどこにもありゃしないんだから。首里城もなくなったし、わたしの家もなくなった。なつかしい町並が丸ごと消えてなくなってしまった。復興された町は、あれは、わたしたちのよく知る町とは似ても似つかぬ、別の町。ほんとうに、向こうに行って、げんなりした。なつかしいのは、あの青い海ばかり。戦争で、女学校のお友達も、親戚も、何人も死んだ。大勢の人が死んでしまった。でもツタさんは生きている。千紗子さんになって生きている。だからいいのよ。それでいいの。死んだんだけど生きてるんだから。生きるためだったんだから、それでいいの。

キヨ子は死んだツタに寄り添うように、名古屋に来ようとしない。電話をかけてきても、ツタさんいらっしゃいますか、とは決して言わない。キヨ子なりに気を遣ってくれているのだろう。電話の向こうで、キヨ子は言う。〝奥様いらっしゃいますか。〟

もしかしたら、キヨ子の言うとおりなのかもしれない。

ツタは一度死んだのかもしれない。

なぜならツタという女の過去は千紗子の過去ではないからだ。

たとえば、ツタが、前夫と別れ、七つも年下の受験生だった充と駆け落ち同然で上京し、極貧のなか、物書きの真似事をし、騒ぎを起こし、充がまだ学生のうちに二人の子持ちになったという事実を知る者は、充以外、ここにはいない。子供たちや周囲には、いっさい話していない。元はといえば、そんな世間体の悪い、みっともない話は口外するな、と充の両親に厳命されたからだったが、それでいいと、当時、ツタも思っていた。そんな話、わざわざ子供に聞かせるものではないし、あの頃煮えたぎっていた、充の両親の憤りを少しでもしずめられるのなら、それがいちばんだとも思っていた。ツタは、彼らが期待をかけた息子の人生を狂わせた女。ゆえに、毛嫌いされても仕方なかった。東京の医科大学にまでやり、いずれ立身出世して故郷に錦を飾るはずだった息子がつまらぬ町医者で終わってしまったのは、あの女にひっかかったせいだ。口に出さずとも、彼らの腹の中の声はいつも聞こえていた。ツタはそれに黙って耐えた。彼らの気にくわないツタではなく、彼らが少しでも気に入る千紗子であろう。ツタなりに努力したつもりだったけれど、彼らは終生、本音のところではツタを嫁として認めてはくれなかった。

そんな彼らもすでに鬼籍に入った。彼らとはついに一度も同居しなかった。充が開業したのも実家から十数キロ離れた名古屋の町の中。近からず、遠からず、それが互いに歩み寄れる、精一杯の距離だったのだろう。ツタが正式に充の籍に入ったのは、つい十五年ほど前のことである。

ついでながら、千紗子の年齢は、充と同じということになっている。つまり、実年齢より七つ若い。鯖《さば》を読んだというより、ある時から、ツタは、自分でもそう信じ込むようになっていたのだった。千紗子はツタより七つ若い。それでいい。それの何がいけない。ツタだって、好きこのんで、七年早く生まれたわけではない。充と一緒になった時から付き纏っていた年齢差への後ろめたさから、いいかげん解放されたかったのだ。

むろん初婚。

長女が初産。

これが千紗子の人生だ。

嘘を生きたわけではない。これが千紗子という女の人生なのだ。

一つめの舞台から、二つめの舞台へするりと移行し、ツタは千紗子の人生を生きてきた。この舞台にいるのはツタではなく、千紗子という人物だ。

物語を書く人生ではなく、なにやら物語のなかに入り込むかのように生きてしまったのはどうしてなのだろう。

千紗子の人生がするすると幕を開け、ツタの前半生は、次第に見えなくなっていった。子が次々生まれ、目の前の子育てに翻弄されているうち、それがすべてになる。

とはいうものの、完全に消えてしまったわけではない。

不意打ちのように、時折、それは突きつけられた。そのたびに、ツタは戸惑う。狼狽《うろた》える。

今回もまた。

沖縄の記者の声が耳に蘇る。

〝久路千紗子さんでまちがいないですよね？〟

『滅びゆく琉球女の手記』の。〟

久路千紗子。

そう、それはわたしだ。

久路千紗子。

けれども、それは誰だろう？　久路千紗子という、それはあの頃、たんなる筆名だった。でも今は？

四十年後の今、わたしは誰なのだろう？

あの記者と対面した時、わたしはどんな顔をしていたらいいのだろう。おそらく彼女は落胆するだろう。ツタにはそれがわかる。

彼女が求めている久路千紗子と、今ここにいる久路千紗子には四十年分の隔たりがあった。彼女の想像以上に、深い、大きな隔たりだろう。筆という杖をなくした久路千紗子。子を六人育て上げ、孫が十一人もいるお婆さん。沖縄との関わりを絶ち、名古屋でひっそり暮らす、平凡な町医者の奥さん。もはや余生といってもいいような、静かで穏やかな日々を淡々と暮らしている。いや、それだけではない。

——これを知れば、彼女の落胆は、あるいは困惑へと変わるだろう——。

この老女には、宗教家としての顔もあった。

充の大病をきっかけに信仰した宗教の支部で久路千紗子は今も活動をつづけている。月に一度か二度、法話というべきか、なんというべきか、支部に集う会員たちを前に、徒然《つれづれ》と話をする。そうして、時間の許す限り、彼ら彼女らの悩みを聞き、相談に乗る。会報に短い文を書く。

いつしか、これが、久路千紗子の人生の一つの柱となった。

のめりこんでいる、やりすぎだ、と充は言うが、ツタはそれほどとは思っていない。いいかげんにしろと言われても、どこ吹く風だ。

ツタを必要とする人がいるかぎり、この活動をやめるつもりはない。

すでに後進に支部長の座は譲っていたが、この支部の礎を築いたのもツタだったし、発展させたのもツタなのだった。ツタには責任がある。

ツタの話を聞くために、支部に人々が集まってくる。

ツタは語る。

この宗教の教えの根本である、お詫びとお礼、先祖供養、感謝と奉仕から始まって、日々の暮らしに纏《まつ》わる宗教的な事柄から時事的な話題、子供たちの話、その時々に気づいたこと、考えたことに至るまで、思いつくまま、気の向くまま。

もうよくは憶えていないのだけれども、ある日、ツタは導かれるように、彼らの前に押し出され、話をするようになった。

あらためて考えてみれば、じつに不思議な成り行きだった。

人前で話したことなどないツタが、望んだわけでも、準備していたわけでもないのに、ある日突然、大勢の人に向かって、話をする。どうしてそんなことが可能だったのか、ツタにもわからない。言い淀むこともなく、支離滅裂になることもなく、すらすらとツタは話せた。ずいぶん人を惹きつける話だったらしい。もっと話してくれと所望され、機会あるごとに話すようになった。それを目当てに集まる人が増えていき、いつしか恒例となった。聞き手の人数が増え、人々の期待が大きくなっても、ツタはひるまなかった。どこかで、これは定めなのだろうと感じていたようにも思う。難しく考える必要はなかった。とくに意識せずとも、話しだせば、いつでも言葉が勝手に出てくる。これはもう、ツタの意思を超えているとしか思えなかった。止めたくとも止められない、止めてはいけない。たとえ気が滅入《めい》って話すのが億劫《おっくう》な時でも、皆の前に立ち、口を開いた途端、言葉があふれ出てくる。まるで文章を綴っていたあの頃のようだと思うこともあった。その言葉が善男善女の信仰に、ささやかながらでも役に立つのであればこんな嬉しいことはない。毎度ぶつけられる個々の悩みや苦しみを聞いていると、時にその重みに押しつぶされそうにもなるし、そのせいでこちらの身体までおかしくなることもままあったが、それこそが自分の役目なのだろうとすっかり割り切っている。身体の不調くらい、甘んじて受けよう。痛みも苦しみも、あなたと共にあると実感する、それが久路千紗子の人生なのだった。

彼らの抱える悩みや苦しみに手を差し延べる言葉がどこから湧いてくるのかツタにもよくわからない。どこからともなく勝手に出てくる、としかいいようがない。実のところ、自分がなにを信じているのか、なにを拠り所にしているのかすら、ツタにはもうよくわからなくなっていた。亡き教祖なのか、それとも教祖が教えてくれた大いなる神なのか。むろんツタはそのつもりでいるけれど、心の奥底ではだんだんはっきりしなくなっているというのが正直なところだ。それでもツタは語る。泉のように湧く霊感が、ツタの口を借りて、なにごとか語っている。ツタはぽかんと考える。あの泉はどこにあるのだろう。あれは教祖が用意したものではないような気がする。あれはツタの奥底から湧きだしたもの。ではそれが神なのか？　それを神と呼べばいいのだろうか？　ツタはずいぶん昔から、それを知っている気がしてならなかった。いつかの昔、ツタはそれに触れていたような気がする……。とはいうものの、ツタにはそれがなんなのか、確かなところはわからなかった。ツタは思う。あの頃ツタに物を書かせていたのも、もしかして、これなんだろうか？　そして今度はツタに語らせているのだろうか？　だからといって、ツタはそれを、それほど崇《あが》めてはいないし、やみくもにひれ伏してもいない。ツタはただ、そういうものの存在に触れて、不思議に思っているだけだ。なにしろそれの湧き出る意図もわからないし、姿形も見えない。摑まえようもない。だから詳しく知りようがない。

ひょっとして自分はユタになってしまったのだろうかと思うこともあった。ユタの修行などしたことはなかったし、ユタの知り合いもいないが、やっていることは、どこかしら似てやしないか。ユタと成りし者は、突如力を覚醒《かくせい》させるというが、ツタに流れる沖縄の血がツタをユタとして覚醒させたのだろうか。目に見えぬ、あちらの世界と、ツタはうっかり繋がってしまったのだろうか。

充が嫌がるのも、あるいは、そのせいかもしれなかった。

大病から生還し、はじめ熱心な信者だった充が、急激に醒めた顔をするようになったのは、ツタがそのように振る舞いだしてからだった。ツタの信仰が得体の知れないものに変化したと、気づいたのだろう。といって、充にツタは止められなかった。ツタの信仰のきっかけは教祖に充の命が助けられたことなのだから、当の充が信仰を離れる、離れようなどとツタに言えたものではない。ツタがそれを許さないことくらい、充もよくわかっている。充にしたって、命を救われたことへの感謝を忘れたわけではなかった。ただ、曲がりなりにも医者である充にとって、信仰のみで病が治ったと信じつづけるのはやはり難しかったのだろう。そんな悩みや不安をツタにこぼしたこともあった。これを信じきってしまったら医師としての己の役割が成立しなくなってしまう気がする。矛盾にやがて押しつぶされてしまうのではないか。充の訴えに、ツタは耳を貸さなかった。医学と奇蹟《きせき》はべつものだと簡潔にツタは述べた。充は黙る。口論になっても言い負かされると思うと充は黙ってしまう。この頃の充はまだ静かに黙るだけだった。黙って裡に溜め込んでいくだけだった。そうやって鬱積していくばかりの感情の重みにツタは気づかない。

充は、いやいやながら、かろうじて信者のふりだけはしつづけた。ひどい話だ。神をあざむくその態度を、ツタには隠そうともしなかった。充の怒りと、反抗と甘えがツタに向けられる。おれはこんなもの信じちゃいない、とツタに見せつけ、溜飲《りゅういん》を下げる。単純で不器用で、愛すべき男なのだ、充は。可愛い男だったのだ、充は。自分がそういう態度で臨んでいれば、いずれきっと、ツタも充同様、信仰から少しずつ距離を置くようになるだろうと信じていたようだ。けれどもツタは充の思い通りにはならなかった。むしろ当てつけるように突っ走っていった。だって、そうだろう。ほんとうに、あの時、充は命を助けられたのだ。充の生還を誰もが奇蹟だといっていたのだ。それなのに、なぜけろりと忘れられるのだ。主治医や充の恩師の医師たちでさえ、大きく首を傾げていたほどだったのに。生還した充は泣いていた。泣いて感謝していた。喉元過ぎれば熱さを忘れる。感謝は口先だけになっていく。それが人間の性《さが》なのか。それとも充の性なのか。愚かというより、ツタはそれを傲慢《ごうまん》と思わずにはいられなかった。医学はそんなに上なのか。医者はそんなに偉いのか。せめてツタだけは感謝を忘れてはならない。忘れるものか。充の分も感謝しつづけるとツタは決めた。

充の苛立ちは募る。

いったいツタはどこへ向かっているのかと腹を立てる。

いつ頃からか充は、この女はいったいなんなんだろうという冷たい目でツタを見るようになっていた。充の心が流れ込む。なぜこの女はもっと従順に、やさしい妻として自分を支えないのだ。なぜもっと夫を守り立てないのだ。おとなしく夫の言うことを聞け。夫の気持ちをもっと慮《おもんばか》れ。もっとおれを大事にしろ。もっと敬え。もっと、もっと、もっと。充はいつまで経っても子供みたいなところがあった。子供のように愛されたい、許されたいと心の奥底で願っていた。もしかしたら、無限の母の愛のようなものを求めていたのかもしれない。田舎の旧家の長男として過剰なまでの期待をかけられ、厳しく律せられる子供時代を送ったせいか、もしくは家を出た途端、七つ年上のツタに甘えられる環境にいつづけたせいか、いくつになってもお坊ちゃん気質が抜けなかった。いや、ひょっとしたら、充のお坊ちゃん気質を花開かせ、増長させ、強固にしたのは若かりし頃の、恋に目が眩んでいたツタなのかもしれなかった。充、充、充とツタはあの頃充をずいぶん甘やかした。だってツタには充しかいなかったから。充がいなくなったら暗闇に墜《お》ちていきそうで、恐くて堪《たま》らなくて、ツタは充に縋ったのだった。充が病に臥した時、ツタは自分の身体が毀《こわ》れるまで看病した。自分の身体より、充の身体が大切だったのは、なにより充を失うことを恐れていたからだった。この人が助かるのならなんだってする。この人を死なせはしない。充、充、充。死なないで。お願いだから死なないで。あの時は充のどんな我が儘でも聞いたものだ。我が儘がいえるほどに恢復《かいふく》したと思えば、どうということはなかった。充のためなら、なんでもできた。下僕のように充に尽くした。充が喜べば、それがツタの喜びだった。充のはにかむような笑顔。それを見られるだけでツタは幸せだった。あんなふうに充を、ずっと可愛いと思えたらよかったのに。出会ったばかりの頃のように、どこまでも慈しめればよかったのに。月日は、時間は、わたしたちから何を奪っていくのだろう？

充は後悔しているのだろう、とツタは思う。どうしてツタを妻にしてしまったのか。どうしてもっとふさわしい女を娶《めと》らなかったのか。運命といってしまえばそれまでだけど、ツタと出会わなければ、充にも別の人生があっただろうと思うと胸が痛む。充の望む人生を与えられる妻でなかったことを、ほんとうに申し訳なく思う。夫唱婦随を理想とする充なのに、ツタが妻であるかぎり、それは叶わない。ツタは充に従わない。それどころか、充はツタの人生に引きずられ、巻き込まれ、いつもツタに翻弄される。

ツタはいつまで経っても面倒な女だった。そこまでわかっていてもなお、生来の頑固さが充に従うことを良しとしない。ツタはツタ。そこは譲らない。譲れない。充にはツタが見ているものが見えないし、ツタを理解できない。充にとって、ツタそのものが得体の知れないものに、いつしかなっていたのだろう。鬱屈が時折、暴発した。声を荒らげ、ツタに当たり散らすようになった。

怒りの矛先はツタだけでなく、子供たちに及ぶこともあった。癇癪を起こし、喚き、自分の考えを押しつけようとする。王様気取りで家族に君臨したがる。

もともとツタが物を書くことにも興味のなかった充だ。したり顔で宗教家のように人前で語るツタがいっそう不気味に思えたのだろう。人々に頼りにされ、奔走するツタを充は決して認めなかった。

大声でツタを詰る時、充は子供のように赤い顔をしていた。急に不機嫌になる時、充の身の内にはどす黒い焔《ほのお》が燃えさかっていた。吐き出さないと火傷《やけど》する。けれども思うがままに吐き出されれば、ツタや子供たちが火傷する。

充の癇癪、充の不機嫌がどこかに去るまで、ツタは生きた心地がしなかった。いつそれが起きるかわからないから、家庭内はいつもぴりぴりと緊張していた。どんなに注意を払っていても、唐突にそれは起きたし、なにが理由で怒り出したのか、咄嗟にわからないこともしょっちゅうだった。虫の居所が悪ければ、理由などなくとも充はいきなり怒鳴り散らす。

そんな時、決まって思い出すのは亡き母のことだった。

父に怒鳴られ、怯えていた母。

観音様の前でひたすら祈っていた母。

短気な人は恐ろしい、だからあなたは気長で心穏やかな人に嫁ぎなさい、この人ならば大丈夫。母にそう太鼓判を押されて嫁いだのに、ツタは早々に逃げだし、短気な充と一緒になった。因果は巡る。

といってツタは充の気持ちがわからなくもなかった。

充はツタに、家庭のことのみに専念する、ありきたりの妻でいて欲しかったのだろう。夫や子供たちのためだけに生きて欲しかったのだろう。敬うならば、どこにいるのかわからぬ神ではなく、一家の大黒柱として、目の前で妻のため子のために必死で働く自分こそを、敬って欲しかったのだろう。神より現実。形而上《けいじじょう》よりも形而下。天上よりも地上。それが充だった。

別れましょう、と充に持ちかけたこともあった。二人で拵えた——拵えるつもりもなかったのに拵えてしまった——窮屈な檻から解き放てば、また昔のような、大らかな男に戻ってくれるのではないかと考えたのだった。充もまた苦しんでいた。思い通りにならない人生に悶《もだ》えていた。だから怒鳴るのだ。だから喚くのだ。けれども充は承諾しなかった。六人も子供がいてなにを寝ぼけたことを言っている、と一喝した。そういうことはやるべきことをやってから言え！　神より現実。形而上よりも形而下。天上よりも地上。充は、いつでも、どんな時でも、なによりも、目の前の暮らしを優先した。

あっとツタは声をあげる。

その通りだ。

充の怒りによって、ツタは気づく。

わたしはいつも同じ過ちを繰り返す。わたしは、時に、目の前の現実がよくわからなくなる。あの時、充が承諾していたら、危うくまた、子を失うところだった。ツタは心に誓う。たとえ別れるにしても、それは子をきちんと育て上げてからだ。今度こそ、この子らを、この手で育てる。

充とツタはその後も、すったもんだありながら、結局、子育てを終えてもなお、まだ別れずにいる。

ここに至るまで、喧嘩だけでは済まず、ついに我慢しきれなくなって、家出したこともあった。家出先は、東京にいる息子の家だったり、キヨ子の家だったり。関西へ嫁いだ長女は、お母さん、あんなわからずやのお父さんなんかとはとっとと別れちまいなさいよ、わたしたち兄弟姉妹がいくらでも面倒みてあげるわ、と言ってくれる。妻だからって、いつまでも泣いて堪え忍ぶことはないの、もうそんな時代じゃないのよ、と言う。ツタは、それもそうだと思いつつ、二度目の離婚――娘はそれを知らない――には踏み切れないでいる。それが正しい選択だと思えなくなったのだ。一度目の結婚を投げだし、二度目の結婚も投げだす。それでいいのだろうか。

一度目の離婚で生き別れた息子とは数年前に会った。

出生の秘密を知ったあの子が、生みの母については忘れろ、波風を立てるな、と父親に諭されたにもかかわらず、ひそかにツタをさがしだしてくれたのだった。そうして、こちらの家族にもあちらの家族にも気づかれぬよう、ふたりきりで会った。会ってすぐにツタはわかった。あの子の苦労は並大抵ではなかった。想像してはいたけれど、想像していたのとは別の苦労を息子はしていた。無事成人し、立派な職に就き、伴侶を得、この世界で幸せに暮らしているようではあるけれども、それだけでは収まりきれない、荒ぶる魂があの子の内にも確かにあった。こんな魂の持ち主は、安穏と暮らせやしない。ツタにはそれがよくわかる。大事に育ててもらったとはいえ、なさぬ仲の母と、腹違いの妹たち。そして、気難しい、あの子の父。あの子はどんなにか気を遣い、遠慮してきたことだろう。家族と足並みを揃え、己を抑圧し、それでも噴きだす熱いものを抱えて、右往左往しながらあの子は生きていた。側にいたらわかってやれただろうに、この手で育てられたら悩みを分かち合えただろうに、ツタにはそれができなかった……。

後悔、とひとくちで言い切れない思いが、後から後から湧き出てきたものだ。今更だけれど、悔やんでも悔やみきれない。継母は、やさしく、賢く、とても出来た人だという。何不自由なく、実子同然に育ててくれたのだそうだ。それでもあの子の魂は鎮まらなかった。それはきっとツタから受け継いだものだからだろう。渡すだけ渡してツタはいなくなった。そんな無責任な母があろうか。それでもあの子はツタを責めなかった。ただ会いたかったと、その言葉だけを言ってくれた。ツタは詫びては泣き、詫びては泣きし、あの子に赦しを乞うた。言い訳など出来ない。ツタに出来るのはただ詫びることだけ。あの子も泣いた。大きななりをして、お母さん、お母さん、とすがりついてくれた。可愛い子。可愛いわたしの息子。

あの子の理知的で落ち着いた顔立ちには、明らかに別れた夫の面影があった。そうだった、あの人はこんな目をしていた、と久しぶりに思い出した。そう思って見れば、顔かたちだけでなく、すんなり伸びた指や爪《つめ》、ふとした時に見せる神経質そうな仕草、口癖や話しぶりもどことなくあの人を髣髴《ほうふつ》とさせた。何十年も経過してみれば、それはなつかしく、なじみ深く、なかなかに愛おしいものだった。まったくおかしなものだ。憎しみや屈託はさらさらと流れて、知らぬ間に消えてなくなっている――。

月日は、時間は、わたしたちから何を奪っていくのだろう？

テーブルの上の青い海を見つめながら、ツタは思う。

これがわたしだ。

久路千紗子の正体だ。

久路千紗子。

だれだろう、それは。

くすくすとツタは笑う。

筆名でありながら筆とは無縁に、名のみ残して、ただただ導かれるまま、面向くまま、流れ流れてこうなった。今となっては、ツタを導いたのは、この名なのではないかという気さえする。久路千紗子。ツタは昔、この名とともに飛翔《ひしょう》するつもりだったのだ。高く遠く、ツタは、ツタを超えて、天翔《あまか》けるつもりだったのだ。たしかにそんな予感に震えたこともあったのに。けれども、どうだ。わたしは今どこにいる？天翔けるどころか、柱時計の振り子の音が耳に付く小さな部屋で、夕餉の支度をするためにそろそろ立ち上がらねばと思いつつ、雑誌の表紙を見つめながら、ちんまりとただすわりつづけているだけの存在。年のせいか、近頃では、動きまわるのが、大儀になった。それでも動かねばならぬ。営みをつづけねばならぬ。これが四十年後のわたしだ、久路千紗子だ。

ようするに、のたうちまわって日々、刹那、刹那を生きるだけの、ほんにつまらぬ人間なのだ。それでもツタは、そんなつまらぬ人間に過ぎないことをすすんで受け入れ、あるがままの己を認められるようにはなってきている。もしかしたら、それこそが、ツタにとっての四十年の歳月そのものだとはいえないだろうか。

だからこそ、この期に及んで幻の女流作家などと持ち上げられても浮かれやしないのだった。そんな甘言に惑わされ、調子にのって一家言ある思想家のふりをするつもりなど毛頭なかった。自分を大きく見せる必要などない。賢《さか》しらな口をきいて、恥をさらすなんて真っ平御免。ツタは少しばかり警戒もしていた。ああいう類いの人々の思惑に二度と巻き込まれてはならないと強く思っていたし、やすやすと利用されてはならぬと冷静に見極めていた。記者だって、ツタに会えば、ツタが期待にこたえられない人間だと、すぐに気づくだろう。

差別についても、沖縄についても、ツタにはもう語るべき芯がない。沖縄に関していえば、期待に添うどころか、むしろ期待をうち砕くような冷たい発言をしてしまいそうだ。

どうしたものか、とツタは考えこむ。

ツタのなかに、うっすらと、けれども思いの外、根強く残っていた沖縄への慕情は、昨年、団体旅行に紛れ込んで、何十年ぶりかで訪れた際に霧散していた。首里も那覇も、キヨ子が言っていた通り、見ず知らずの町へとすっかり姿を変えていた。どこを歩いても、どこを眺めても、幼き日の記憶は蘇らず、懐かしさはひとかけらもなく、観光ガイドに連れられ、ここはどこだろうと浦島太郎のような気持ちでうろうろと見て回るうち、ツタは腹立たしいような、うら悲しいような気持ちになっていったのだった。戦後の焼野から復興された町は、日本の田舎なのか、田舎のような都会なのか、はたまたアメリカなのか、よくわからない無粋な有り様だった。根無し草のような景色がどこまでもつづく沖縄の町を目の当たりにして、ツタはひどく落胆した。ここはみじめなほどに汚《けが》されてしまっている。島の人々は、なんとも思わないのだろうか。屈辱だと感じないのだろうか。復帰を喜び、空前の旅行ブームに沸いているが、はたしてそれでいいのだろうか。かつての琉球はどこへ行ってしまったのだろう？　あの頃の、優雅で気高き、琉球人の魂はどこへ消えてしまったのだろう？　踏みにじられ、踏みつけられ、焼き尽くされてもなお、日本への復帰を求めたその心とはいったいなんなのか、ツタにはさっぱりわからない。数日間の旅において、懐かしく心を動かされたのは昔ながらの美しい青い海、ただそれだけだったが、こんな調子では、早晩、この海も消えてなくなるのではないか、とツタは危惧した。経済だの、発展だの、そんなものばかりに気を取られ、ありがたがっているうちに、あの島は、大切なものを失っていくのだ――。

この思いは正直に記者に伝えるしかないだろう、とツタは思った。わざわざ沖縄からやって来る記者には嫌がられるかもしれないが、少なくとも沖縄のことを訊ねられたら、きれいごとでごまかしたりせず、あるがままの気持ちを嘘偽りなく、伝えねばなるまい。沖縄や沖縄の人々に阿《おもね》るつもりはない。久路千紗子という人間は、相も変わらず、そういう面倒な人間なのだった。言わずもがなの批判的な発言をして雑誌に載ったら、また袋叩きにあうかな？　ちらりとそんな考えが頭を過《よ》ぎるが、じきにツタは頭《かぶり》を振る。なに、かまうものか。たとえそうなったとしても、ツタにはもう、沖縄に近しい縁者はいない。みんな死んでしまった。迷惑をかける人がいないのだから、どんな騒ぎになろうと、痛くも痒《かゆ》くもない。

ツタはようやく、どっこいしょ、と声を出して立ち上がった。

もうじき充が仕事を終えて戻ってくる。

雑誌を片づけ、夕餉の支度を整えねばならない。

訪ねてきた記者は、三十歳そこそこのきびきびした小柄な女性だった。ツタの下の娘とそう変わらぬ年頃だろう。大きな黒い鞄を提げ、十月だというのに、半袖のシャツブラウスを着て、額にはうっすらと汗を滲ませている。髪も短くしていたし、白い運動靴を履いていたし、記者というよりなにやら学校の体操の先生のようなお人だ、とツタは思った。

玄関先で簡単な挨拶を交わし、さっそく中へ招じ入れる。ツタとしては、充が診療所で働いている間にこんなインタビューなどすっかり終わらせてしまいたかったのだった。

座敷に通すと、

「立派なお宅ですねえ」

記者はしきりに感心している。

お茶の支度をする間、彼女は広縁に行き、興味深そうに庭を眺めていた。

「惚《ほ》れ惚《ぼ》れする、素晴らしいお庭ですね」

つと振り返り、ツタにそう話しかける。

「そうですか?」

座卓に茶や菓子を並べながら、素っ気なくツタは返す。「たいしたことありませんよ」

記者は少し首を傾げ、「こんなに立派なのに?」とつぶやいた。

あっけらかんとした素朴な反応が、知らず知らず力んでいたツタの気持ちを和らげる。

「それはまあ、沖縄ではあまり見かけない類いの庭ではありましょうけれども」

「まるで老舗《しにせ》旅館に来たみたいです。この下は、ぜんぶ苔《こけ》、ですね。手が込んでますね」

「主人の道楽ですよ。なんですか、熱心に、あれこれ工夫して、大きな盆栽でも拵えているつもりなんでしょうかね」

枝振りのよい松や梅、高野槙《こうやまき》。充自慢の庭だった。造園からして名うての職人に頼み、剪定《せんてい》は腕の確かな庭師に任せている。そのせいか歳月を経て、近頃ますます趣を増していた。かと思えば、植木を一切廃した、枯山水《かれさんすい》仕立てのところもある。渡り廊下を挟んだ先は小さな池を持つ坪庭だ。手水鉢《ちょうずばち》や吊《つ》り灯籠《どうろう》が要所要所に配置され、庭の中央に立つのは、知り合いを拝み倒して譲り受けたという、凝った細工の石灯籠。どれもこれも充が吟味して選んだ逸品ばかりだった。置き石も飛び石も、見てくれはただの石だが、じつはそうでもないらしい。

「苔の濃淡が綺麗ですね。なめらかで、まるで天鵞絨《ビロード》のよう」

膝立ちになり、身を乗り出すようにして眺めている。

「まあたしかに綺麗は綺麗ですけどね、苔というのは存外神経を遣うんですよ。遊びに来た孫が庭に下りてうっかり踏み散らかしてごらんなさい、主人ときたら、たいへんな勢いで怒鳴り散らしておりますよ。幼い子供にも容赦しないので、孫たちは震え上がっております」

「おやまあ、剣呑《けんのん》。苔様々ですね」

からからと楽しそうに、記者が笑う。冗談だと思ったのかもしれない。ツタもいっしょになって笑みを浮かべてみたが、それは本当のことだった。叱《しか》られて泣き叫ぶ孫を見たくないから、ツタはいつでも孫たちが来ると先回りして庭に下りぬよう注意せねばならない。天気がどれほど良かろうと、退屈しようと、室内に閉じこめられてしまうのだから孫たちは脹《ふく》れっ面だ。いったいそこまでして苔を守る必要がどこにあるのだろうと疑問に思わなくもないけれど、充にしてみたら、この庭こそがこの家で唯一、思い通りに仕上がった、かけがえのない宝物なのだ。一緒になって守ってやるしかない。

「こんなお庭を毎日眺められるなんて羨ましいかぎりです」

大真面目にそんなことを言われてツタは苦笑する。

「そんなことを仰るお客さんもたまにいらっしゃいますけどね、毎日そこにあると思うと、案外眺めないものですよ」

「そうなんですか」

「そうですよ」

とくにこの庭はそうだ。四季折々に花が咲き乱れる花壇があるわけでなし、いつ眺めても同じ景色だから、だんだん気に留めなくなる。日本庭園ならではの端正さはあるものの、潤いや柔らかさには欠けるので、そう親しみも湧かない。

ツタはもっと開放的で明るい庭が好きだった。眺めて楽しむのではなく、木陰で本を読んだり、うとうとと微睡《まどろ》んだり、花に誘われ、歩き回ったり。そうやって気楽にくつろげる庭なら、どんなによかったろうといつも思う。それなら家族みんなで楽しめたものを。

「さあ、いつまでもそんなところにいないで、どうぞこちらへ」

「あ、はい。恐れ入ります」

畳にすとんと正座した記者が今度はぐるりと室内を眺め回した。床の間の掛け軸や、襖絵などに、いちいち目を留めている。古い日本家屋なので、沖縄から来た人の目には、物珍しく映るのだろう。

「久路さんはこんな立派なお屋敷の奥様になられていたんですね」

しみじみとした口調で記者が言った。

「止してくださいよ」

即座にツタは否定する。「ただ古いってだけですよ。移築して大事に使っているんです。あちらの離れなんて、主人の実家から移したものですから、相当年季が入ってますよ」

記者の目が庭の向こうに注がれる。

素早い反応、きらきらした瞳。彼女の旺盛《おうせい》な好奇心には、溌剌《はつらつ》とした、健康的な匂いがあった。鼻の先がちょっと上を向いた、すばしっこそうな横顔。男の子のようにさらけ出された、けれども女性的ななめらかな首筋をツタは無遠慮に眺める。

再び記者がこちらを向く。ツタと目が合った。

座卓の上をすべらすように原稿を差しだした。

記者がじっとそれを見る。

「これは?」

「昨晩急に思い立って、明け方までかかって書いたものです」

目を見開いた記者が二つ折りの紙の束をすぐさま手に取る。

「原稿、ですか」

ツタは黙っている。彼女は返事を待たず、開いて中を見た。

「手紙？　これは手紙ですか？」

「手紙、というんでもないんですが、あなたの質問にこたえるだけでは伝えきれないことがあるような気がして編集長さんに宛てて、という形にして書いてみました」

呆然とした顔で記者がツタを見る。

「私が読んでも……？」

「どうぞ」
十四、五枚はあるそれに彼女が目を通す間、ツタは黙っていた。思いつくまま、遮二無二書いたものだから、作品でもなんでもない。中途半端な手紙形式なのも、鈍《なま》った腕にはその方が書きやすかったからだ。あちこち訂正してあったし、乱れた崩し字のまま、時間がなくて清書もできなかったので、さぞかし読みにくかろうと思うが、活字慣れしている記者はかなりの速さで読み進めていく。その姿を眺めながら、ツタはなぜあんなものを書いたのだろうと半ば他人事のように考えていた。
昨晩、一度は床に就いたものの、明日いよいよ記者に会うのだと思ったら突如息苦しくなり、眠れなくなった。へんな緊張、いや、不安、いや、妙な焦りのようなものが膨れあがりツタを襲う。圧迫してくる。明日の客人に備えて眠らねばと身構えれば身構えるほど目が冴《さ》える。根っこにはインタビューというものへの不信感があったように思う。引き受けてしまったからには記者の質問にこたえなければならないが、それで真意は伝わるだろうか。発言をねじ曲げられたり、都合良く、省略されたりはしないだろうか。そのくらいのことは、多かれ少なかれ覚悟しておかねばならないだろうが、あまりに無茶な書かれ方はしたくない。納得のいく形で載せて欲しい。しかしながら、どうすればそんなことが可能なのか、ツタにはわからなかった。見ず知らずの記者がどんな人物かもわからないし、信頼関係が結べるかどうかも不明だ。そうして、暗闇のなか、よく見えない天井をじっと見つめ、悶々とするうち、書こうか、とふいに思い立ったのだった。

書こうか。

そんな気持ちになったのは久しぶりのことだった。

そんな感覚がまだ残っていたことにツタは驚く。

自分が何を書こうとしているのか、その時のツタにわかっていたわけではない。書いたからといってどうなるものでもないとも思っている。そんなことより、とにかく早く眠って明日に備えた方がよほどいい。けれども、ぽんと、書く、という気持ちが出てきたら、なにがなんでも書かずにはいられなくなってしまったのだった。

静かに布団を抜けだした。

台所で一杯の水を飲み、茶の間にすわった。

原稿用紙を広げる。

たまに請われて、支部の会報に短文を書く時のために常時用意してある安物の原稿用紙だ。

ざわざわと騒がしかった気持ちが、万年筆を握った途端、しんと落ち着いていく。冷たい水に足を浸したような心地だった。

すーっと胸がすく。

雑誌の表紙の青い海を見つめて考えていた時から、書きたい気持ちが、じつはあったのだろう。書きだしてみれば、気負いなく、すらすらと筆は進んだ。何十年ぶりかの沖縄訪問で感じたこと、沖縄への苦言、あの雑文を書いた日のこと、それについてあらためて思うこと、信仰のこと、今の心境や近況。

雑誌の表紙の青い海を見つめていた時、自分が何を考え、何を思っていたか、鏡にでも映して見せつけられているようだった。書くことによって、頭の中が整理され、掃除されていく。ここに久路千紗子がいるんだな、とツタは思う。ここには、たしかに久路千紗子がいる。

書き終える頃には白々と夜が明けていた。

よろよろと立ち上がり、雨戸を開ける。

ちちちち、と鳥の声がする。

朝の澄んだ空気が、室内にこもる淀んだ夜の空気を洗い流していった。朝露に湿った草木の匂いを、ツタは嗅ぐ。

ふーっと大きく息を吐き出し、インクで汚れた手や指先をツタは見た。万年筆が食い込んで、中指の先がへこんでいる。

こんな長文を書いたのは何年ぶりだろうとツタは思った。ひょっとして、あの時以来だろうか。

少し痺れた腕を振ってみると関節がぎくしゃくした。肩も痛いし背中も痛い。いい年をして、徹夜で文章を書くなんて、ずいぶん無茶をしたものだと自嘲《じちょう》する。年寄りの冷や水としかいいようがないが、気持ちはすこぶる充実していた。

あの記者はツタが書いた四十年前の雑文を再び雑誌に載せると言っていたが、仮にあれを載せるのであれば、これも一緒に載せてもらえないだろうかとツタは思う。せっかく書いたのだから、というよりも、あの雑文だけを掲載するのでは不十分だと確信したからだった。書いているうちにツタははっきり気づいたのだ。

あれを書いたのは幻の女流作家などではない。そんな夢のような人物ではない。あれを書いたのも、これを書いたのも、ただのツタだ。あの時のツタには深遠な思想の裏付けなどなかったし、高邁《こうまい》な理想や主義もなかった。そんな高尚で上等な人間ではなかったのだ。あの時も今とまったく同じ、じたばた生きるそのままに、じたばた書いただけだった。わけのわからない勢いに身を委ねただけだった。そこのところをうやむやには出来ない。誤解のうえにたって奉られ、記憶されてはいけない。それを防ぐためにも、今のツタをさらけだすことだ。今のツタともども、併せて見てもらうことだ。

ツタは踵《きびす》を返して再び原稿用紙の前にすわると、万年筆を握った。

【若《も》しもあの雑文を掲載なさるならば、これも同時にお願いしたいのです。でなかったら、何卒《なにとぞ》お取り止《や》め下さるよう願い上げます。もしこの原稿を失《な》くされた場合は、又書いてお送りしますから、ぜひ同時御掲載を。】

そう結んで、ツタは筆を擱《お》いた。

些か脅迫じみた終わり方だと思えなくもないが、このくらいしなければ、ツタの希望は通らないだろう。

一睡もしていないのに、眠くはなかった。そのくらいの駆け引きを思いつけるほどには、頭はすっきりと冴え渡っていた。

読み終えたらしい記者の口から小さな溜息が洩《も》れた。原稿をとんとんと几帳面《きちようめん》に揃えて、座卓の上に置き、ツタを見る。

「あのう」

おずおずと記者が口を開く。

「なんでしょう」

「まず私は久路さんにお詫びをせねばなりません」

記者が申し訳なさそうに目を伏せている。

「お詫び？　と仰いますと？」

「私が至りませんでした」

記者は傍らの革鞄から、雑誌を取りだし、ツタに差しだした。

「最新号です。前回お送りした雑誌の次の号です。これが、電話でお話しした《近代沖縄文学と差別》特集号なのですが、この特集には久路千紗子さんの〈滅びゆく琉球女の手記〉と〈釈明文〉がすでに載っています。ですから、このお原稿との同時掲載を望む、久路さんのご希望には添えないのです。私の説明不足でした」

「もう載っている？」

「ええ。版元に許可を貰い再録させていただきました。久路さんの許可を取ろうにも、この時点では久路さんの所在が確認できなかったので」

ツタは無言で雑誌を開く。栞《しおり》が挟んであった。

〈滅びゆく琉球女の手記〉

すぐにその文字が目に飛び込んでくる。

つづけて、

〈『滅びゆく琉球女の手記』についての釈明文〉

どちらも何十年ぶりかの対面だ。

愕然としながら、ツタの目は雑誌から離れない。

「先日見本誌をお送りした際に、本来ならば、一緒にお送りすべきでした。ですが、生憎、あの時はまだ、編集部にこの号がなかったんです。追っつけ送ればよかったものを、じきにお会いすることだし、直接お渡ししようと、そのままにしてしまいました」

勝手な言い分にツタはうんざりする。この人たちはいつもこうだ。ツタのことなど、微塵も真剣に考えてはいない。

心中の不機嫌を隠さず、むすっとしていると、申し訳なさそうに記者は原稿に目を落とした。

「まさかこんなことになるとは思っていなくて」

だからなんだ、と詰め寄りたくなるが黙っている。

ツタが手にする雑誌へと、記者が視線を動かした。

「言い訳になってしまいますが、そこには、他の方々の久路さんの作品への評価が載っています。良い点も悪い点も。久路さんがそれをお読みになったら久路さんなりの反論や意見などが先に立って、インタビューの質が変わってしまうんじゃないかとも思ったんです。それで躊躇した面もありました。出来れば、まっさらな状態で当時のことをおうかがいしたかったので」

　ぱらぱらとツタは頁を繰る。

「久路さんのご希望通りにはまいりませんが、今回のインタビュー原稿との同時掲載なら可能です。それでいかがでしょう。それでお許しいただけないでしょうか」

「載せてくれるんですか、これを」

「もちろんです。作家、久路千紗子を知るうえで、貴重な資料の一つになると思います」

「あなた、ほんとうにそう思っていますか。あなた方にとって、そう載せたい原稿ではないように思いますが」

　はっとした顔で記者が大きく瞬《まばた》きをする。それからいったん口元を引き締め、頷いた。肯定しているのだろう。

「たしかに、ずいぶん大胆な、と申しますか、少しばかり戸惑うような内容ではありましたが」

　控えめに記者が言う。

「そうでしょう。それでもいいんですか」

「だからといって掲載しないという選択肢はありません。久路さんがそれを望んでいらっしゃるんですから」

ふうん、とツタは記者を見る。なかなか骨のある娘ではないかと少し見直す。

「だけど、あなたがそうおっしゃっても、編集長さんが駄目とおっしゃいませんか？」

「そんなことはないと思います」

「そうですか？」

「ええ。この原稿を読んだらたしかに少しは吃驚《びっくり》するでしょうけど、駄目とは言わないんじゃないでしょうか」

ふふふと記者が笑う。「もし仮に言ったとしても、私が説得します。ちゃんと載せます」

「そんな約束を、あなたが勝手にして、いいんですか」

記者が頷く。それからちらりと原稿に目を落として言う。

「たしかに、この原稿は、いろいろな意味で人々の期待にこたえない原稿、とはいえるでしょう。編集長の期待にも、ひょっとしたらこたえていないかもしれない」

記者がツタの反応を見る。ツタは頷いた。

「私も読んで驚きましたけど、久路さんは、過去の作品や釈明文について、はっきりと否定的、というか、自己批判的なんですね。まさかご本人がこんなふうに思っていらっしゃるとは想像していませんでした。沖縄の現状についても好意的なところが一つもない。復帰に関する考えも、島の人間の気持ちを逆なでするようなところがないわけではない。こんなふうに言われたら、ひょっとしたら莫迦にされたと思う人もいるでしょう。島のことをなにもわかっていないと腹を立てる人もいるでしょう。ですが、それが掲載不可の理由にはならないはずです。そんなことをしたら、四十年前と同じになってしまう。それではいけない。万一反対されたとしても、私はこれを載せます。誰がなんと言おうと屈しません。どんな手を使ってでも載せてみせます」

思いがけない記者の申し出にツタの心が揺れた。

喜び、とひとことで言ってしまっていいものかどうか。じわじわと胸に込み上げてくるものを、嬉しさ、とあっさり決めつけてしまっていいものかどうか。

ツタは少し混乱していた。

誰がなんと言おうと載せるという記者の強い意志。それに触れただけで、気持ちが昂揚することへの戸惑い。苛立ち。不満。それらの感情がいったい何に起因するのかと考え、もしかしたら、わたしはこの記者を試したのだろうかという、思いもよらない疑念が頭を擡《もた》げた。この記者が困惑し、掲載を拒みたくなるような原稿をわざわざ書いて載せろと迫ったのは、もしや、そのためだろうか。

そんなはずはないと思いつつ、その可能性を否定しきれないツタは、しばらくぼんやりしていた。ツタの心の奥の奥の奥、誰にも気づかれない、自分でも感知できないくらいの暗がりに、もしかしたら、そんな気持ちが隠れてはいなかったか。

そんな莫迦な。でも、もしかして。

思っている以上に、自分は四十年前、深く傷ついていたのだろうか。癒《いや》されないいま、まだ痛む傷を抱えていたのだろうか。それとも、いったんは閉じていた傷口が、唐突に開いたのだろうか。いや、それはない。それはないと思うが、しかし……。

「正直申しまして、私はもっと、久路さんは沖縄への愛情をお持ちかと思っておりました」

記者が言う。「どこで暮らしておられようと、どれだけ年月が経っていようと、久路さんが沖縄の人間であることに変わりはない。そう思ってました。かくいう私がそうなんです。一度は沖縄を離れましたが、沖縄の人間であるという気持ちに変わりはなかったし、離れれば離れるほど、それを意識してしまうのを止められなかった。拘りも強くなる一方です。そうしてついにはこんな仕事に就いてしまいました。僭越ながら、久路さんもそうだろうと思い込んでいました。ああいう小説を書かれた方なのですから沖縄のことを忘れるはずがない。でもこれを読むと久路さんは、沖縄の内側からではなく、あえて外に立って物を申されているように感じます。内側にはいない」

「そりゃそうですよ」

ツタは笑う。「私は十八で沖縄を離れたんですよ」

「けれども、四十年前は、本土にいながら、まだ内側にいた。そうですよね」

「そうでしたかね」

「ちがいますか」

手のひらで、雑誌の表紙を撫《な》でる。四十年前も、そんなふうに、雑誌の表紙を撫でたことがあったように思う。すごいわ、ツタさん！　キヨ子の弾んだ声が聞こえる。

「あの頃はまだ母も沖縄にいましたからね。親戚もありましたし」

息子もいた。

ハハキトク。スグカヘレ。

あの頃のことを思い出そうとすると、紗《しゃ》がかかったように記憶が曖昧になっていく。

「沖縄は、久路さんにとってすでに遠い過去なんですね」

「そうかもしれませんね」

「思い出すことはあまりないですか」

「そこに書いた通りです」

記者が、原稿の束に目を落とす。つまみ食いでもするみたいに、紙を繰って、ちらちらと斜め読みをする。

「過去の作品や釈明文に関しても、久路さんはもっと誇らしく思っておいでかと思ってました」

「誇らしくなんて思っちゃいませんよ」

「ええ、久路さんはそんなことを思ってはいらっしゃらなかった。だからつまり、誇らしく思っていたのは、むしろ、私達の方なんです。四十年も前に、これほど差別の本質に迫り、本土と沖縄の関係に迫り、差別される側にある卑屈さを高らかに否定した、気骨の人、久路千紗子を知った時、私達はとても誇らしく思いました。くどいようですが、私は本当に感じ入ったのです。先達に、こんな広い視野を持つ人がいた、と大層嬉しくなりました。県人会や学生会に糾弾されても、違うことは違うと、はっきり物を言った久路さんを尊敬しました。あなた達のここがおかしいと、沖縄のエリート達に久路さんは勇気を持っておっしゃった。あの時代に、凄いことだと思います」

「大袈裟ですよ」

「そんなことありません」

勢いづいた記者が脇の鞄からノートと筆記具を取りだした。

「当時のことを詳しくうかがってもよろしいでしょうか」

そのようにごく自然な形でインタビューは始まり、進行していった。

どういう動機であの小説が書かれたのか。当時、どのような暮らしをしていたのか。読書傾向。発表までの経緯。編集部のこと。騒動のこと。その後のこと。

丁寧に記者は質問を重ねる。

ツタの言葉を、さらさらと記者がノートに書き付けていく。

綺麗事だとツタは思う。

事の次第はもっとややこしかったし、気持ちはもっと複雑だった。けれども、質問にこたえる形でしゃべっていくと、すべてがずいぶん簡単で、愚にもつかない間抜けな話になっていく。あの時のことだけではない、その後の人生に関わる質問にしてもそうだ。こんな単純なものではないと反撥しつつも、しゃべればしゃべるほど、単純化され、嘘臭くなっていく。

久路千紗子。

この人たちが期待する久路千紗子像がうっすらと見えてくる。

聡明で、確固とした思想の持ち主。高い問題意識で創作に励んだ女。豊かな才能を叩きつぶされた悲劇の人。それきり筆を折り、姿を隠し、世に出ることのなかった不遇の作家。

彼らが想像し、想定し、無意識に求めてくるそれを、ツタは知らん顔で裏切る。

それは久路千紗子ではない。

それもちがう。

それもちがう。

それもちがう。

久路千紗子の物語はわたしが作ってきた。筆で書いた物語ではないが、物語はすでにここにある。

この人たちが作ろうとしている物語にうっかり搦め捕られてはならないとツタは強く思う。だから慎重にツタはこたえる。言葉を選ぶ。そのせいで、いくらか天の邪鬼、もしくは挑発的とも取れるこたえかたをしてしまうが、ツタは気にしない。時折、記者が苦笑いを浮かべる。

それでもどうにかこうにかインタビューが続けられたのは、今朝方までかかって書いた原稿を先に読んでもらっていたからだろう。核心を先に摑んでいる記者は、じりじりと食い違っていくやり取りにも苛立ちはまったくみせず、落胆せず、冷静に軌道修正を図り、きちんとついてくる。

最後に言いたいことはないか、と問われた。

そっとしておいてほしい、とツタはこたえた。とにかく、もう久路千紗子について、かかわりをもたないでほしい。かまわないでほしい。願いはそれだけです。静かに余生を過ごしていきたい。

記者は頷いた。

「では、インタビューはこれでおしまいにします。このあと、あちらの庭で、写真を一枚だけ、お願いしてもいいでしょうか」

「写真」

「キャメラを持ってきています。現在の久路さんを撮らせてください」

「勘弁してください」

「すみません、写真がないと、せっかくのインタビューに説得力が出ないんです。お手間は取らせません。ほんの一枚だけです」

有無を言わせぬ調子で、すでに記者は鞄から写真機を取りだし、立ち上がっている。ツタの側に回り込んだ彼女に手を取られ、ツタも立ち上がった。広縁からそのまま庭へ出て――記者はそこに置きっぱなしのサンダル履き、ツタはくたくたの草履《ぞうり》履き――、記者に指示された場所に立つ。苔を踏まないよう注意して記者は動く。光の加減を確かめ、距離を測り、立ち位置を決め、写真機を構える。ツタは溜息を一つ吐《つ》いていやいやながらレンズを見つめた。昔、初めて丸ビルの編集部へ行った時も、そういえば、こんなふうに強引に写真を撮られたではないか、とツタは思い出した。右を向けだの、前を向けだの、動くな止まれだの、ツタへの配慮など一切なく、立て続けに命令されたと記憶するが、あの写真技師は、今、どこでどうしているのだろう。ずいぶん横柄な態度だったが、あの人はもう死んでしまったのだろうか。ツタよりだいぶ年上だったし、戦争もあったし、すでに死んでしまったのではないかとツタは想像する。たとえそうであったとしても、あの時写したあの写真はまだ残っている――

この女性記者もあの写真を見て、久路千紗子の容貌を知ったと言った——のだから不思議なものだな、とツタは思う。あの時の、あの一瞬——なんの気なしにふいに訪れた一瞬——が、人の命よりも長く残っているなんて、あの時少しでもツタは思っていただろうか。まさか！　この先、ツタが死んでも、それは同じだ。そうか、それは同じか。

惚《ほう》けた気持ちで、ツタはレンズの向こうを見た。

この一瞬が、命よりも長く生きながらえる。

そんな場合もある。

そう思うと、レンズの向こうに、何かが——誰かが——見える気がして、目を凝らしたくなる。向こうから見つめる目が見える気がする。

この一瞬と、いつか誰かが出会う。

そんな日がやがて訪れるのだろうか。

そんなことを思ううち、いつのまにやら、ツタは、今世《こんせ》との別れを意識しだしていた。

こんなふうに雑誌に掲載される写真を撮られるのもこれが最後だろう。もうこれっきりだ。

若い女性記者がシャッターを切る。ぱしゃ、ぱしゃ、と軽快な音がする。念のためです、念のためにもう一枚だけお願いします。そう言いながら、彼女は一歩踏み出し、ぱしゃ、一歩後ろに下がり、ぱしゃ。もう一枚だけ、もう一枚だけ、を繰り返す。いつかの写真技師と比べて、なんと気楽に撮っていくことだろう。まるで家族写真でも撮るかのように記者はシャッターを切る。

ツタは思う。

ここから先は、本当に余生なのだろう。

先程、記者に問われて思わず口をついて出た〝余生〟という言葉が、俄《にわか》に現実味を帯びてきたとツタは感じていた。それまでもなにげなく使っていた言葉ではあったが、突如、たんなる言葉としてだけでは収まりきれない重みと質感を持ったことに、ツタは気づいた。霊感、だろうか。ある種の切実さを持って、この言葉がひたひたとツタの心の襞《ひだ》に沁《し》み入ってくる。

レンズの向こうに続く未来の時間を見据えながら、ツタは考える。

わたしの余生は、あと、どうだろう、十年ほどだろうか。

それとも、もっと短いだろうか。もっと長いだろうか。どちらにせよ、ゆっくりと坂を下るようにこの命は閉じていくはずだ。

人生の大半は終わった。終わっている。

この時、ツタはそれを悟った。

八

ツタよ、ツタ。

その後の十年余りは、あなたにとって長かったのか、短かったのか。

長かったようにも短かったようにも思われる。

するするとゆるやかに、穏やかに流れて終わっていくのかと思っていたらそうでもなかった。

簡単には終わらせてもらえなかった。呑気な余生とは、とてもいえない。

往復ビンタでもくらったかのような意地の悪いやり方で、無理矢理はっと目を覚まさせられる。そして、これでもかと打ちのめされる。

このインタビューから二年後、ツタはまたしても子を喪うという辛い憂き目に遭わねばならなかった。

訃報《ふほう》が飛び込んできた時の驚き。

すでに医師として大きな病院で働き、いずれ充の医院を継ぐはずだった息子。人々から頼りにされ、将来を嘱望されていた優秀な息子。身体も丈夫だったし、死の影などひとつも感じさせなかった息子が、あっけなく事故で逝ってしまったのだった。報せを受けて、ツタは気を失いそうになった。

そんなことがあっていいものか。

妻も子もある働き盛りで。

三十八歳という若さで。

寝耳に水の訃報としかいいようがなかった。

どうしてそんなことになったのだ――。

なぜだ――。

ツタは天を仰ぐ。

皆、嘆き悲しんでいた。訃報を聞いて駆けつけてくる者は皆、一様に動揺し、泣き濡れていた。

代われるものなら代わってやりたいとツタは思った。

人生半ば、これからという時に、小さな子供を三人も遺して死んでいく無念を思うとやりきれない。息子の心残りに思いを馳せれば馳せるだけ哀れで不憫《ふびん》でたまらなくなる。我が命と交換してやりたくなる。それが出来ぬなら、せめてツタに残された命を息子に使わせてやりたい。

叶わぬこととわかっていてもツタはそう願わずにいられなかった。

——と同時に、ツタはすでに、このことを知っていたような奇妙な感覚にも陥っていたのだった。

無常で非情なこの世で、また息子がいなくなると、ツタはどこかで確かに察知していたのではなかったか。

あの子のいない世界をすでに見ていたのではなかったか。

心の準備は静かに始まっていたように思う。

だからツタ。あわてふためいてはならない。怒りの渦に巻き込まれてはならない。絶望の淵に沈んではならない。泣いても喚いても怒っても嘆いても息子は生き返らない。気をしっかり持ってこの試練を受け入れ、乗り越えていけ。

ツタは耐えた。

なにがなんでも耐えなければならない。

遺された嫁や孫たちをツタが支えてやらねばならない。跡継ぎを喪って、半ば呆けたようになっている充を支えねばならない。悲しみに沈む家族の支柱にツタがならねばならない。老骨に鞭打って、ツタはしっかりと立つ。

どんな悲しみも苦しみも引き受けるしかないと、ツタはもうよくわかっている。それが生きることだとツタはすでに理解している。油断したらぽきりと折れてしまいそうな弱い心を叱咤し、息子を荼毘《だび》に付すまで取り乱さないようつとめた。泣いたのは一度きり。遺影の中の息子の瞳に見つめられ、ついに我慢できなくなり泣いた。泣き崩れた。その時まぶたに浮かんでいたのは、幼い頃の息子の姿だった。

台湾で、子を喪った時の、狂気のような日々が思い出された。

あの時に比べれば、ツタはじゅうぶんに毅然《きぜん》としていた。すくなくとも魂《まぶい》は落としていない。

長く生きるとこんなふうになるのか、とツタは思った。

あの時には出来なかった、静かに悲しむということ。

あの時には不可能だった、静かに悲しみを受け止めるということ。

悲しみは表に出さない。

奥深くにそっと隠しておく。そう強く自分に課したら、演技しているようにうまくいった。

立派な奥様だ、さすが千紗子さんだ、とツタを称賛する声が聞こえてきた。気丈な人だ、まるで聖人だと言っている人までいると聞いた。

そうか、外からはそんなふうに見えるのか、とツタは思った。

なんとまあ、あてにならないものばかりで、この世は出来ていることだろう。

あてにならないものに翻弄されるのはもうたくさんだ。

梅酒を作るつもりで準備していた、坪庭で採れた青い梅の実を、みんな駄目にしてしまったと気づいたのは、それからしばらく経ってからだった。

腐った実を、ツタはじっと見つめる。

あの子が生きていれば、来年の夏にはいっしょに楽しく飲めただろうに。

氷を入れたグラスについで。

浴衣《ゆかた》姿でくつろいで。

周囲を孫たちがはしゃぎまわって。

あの子が生きていれば。

訪れなかった未来を嚙みしめながら、ツタはそれをぜんぶ捨てた。

それからじきにキヨ子が亡くなった。

ツタをツタと呼び続けた、ただ一人のひと、キヨ子。

「わたしたちも、もうじきお別れね」

いみじくもキヨ子は最後に会った時、ツタにそう言った。

「そうですね」

とツタはこたえた。なんとなく、ツタにもそんな予感があった。

どちらがどうというのではなく、漠然とした、もう会えなくなるのではないかという思いを、ツタもかすかに抱えていたのだった。

キヨ子の家の応接間の椅子にすわって、二人でぼんやりと互いの顔を眺めていた。キヨ子の髪はしばらく会わないうちに、ほぼ真っ白になっていた。ひどい風邪《かぜ》でひと月も寝込んでいたとかで、顔色は悪く、頬が少しこけていた。皺も深くなっているし、首筋の血管がぷくりとへんな具合に浮き出ている。これがあのキヨ子か、と思うとやるせなくなるが、向こうから見たらツタだって似たようなものだろう。互いの老いは隠しようもなく、どちらの動きもめっきり緩慢になっていた。とうぜん会話も弾まない。

そのうちに、気まぐれを起こしたキヨ子が応接間の隅に置かれたピアノをちらりと見て、ツタさん、弾いてごらんなさいよ、と言ったのだった。なに？　とツタが訊く。ピアノ、とキヨ子が言う。ピアノ？　ほら、あれ。沈んだ室内の空気が、いっぺんにかき混ぜられる。拒む理由もないから、ツタはピアノの前に行く。丸い椅子にすわり、黒光りする蓋を開けて、鍵盤の上の赤いフェルトの布を巻き取った。ぽん。指を鍵盤にのせると、いい音がした。適当に、おぼえている童謡を、つっかえつっかえ弾く。娘に習わせていたから、ツタの家にもピアノはあったが、嫁入り道具に持たせてしまったため、ここ何十年もピアノには触れていない。指は思うように動かなくなっていた。キヨ子がふんふんと鼻をならすように歌う。歌詞を忘れてしまったから歌いたくても歌えないわ、とキヨ子が悲しげにいい、ツタもうなずいた。ツタの耳には、読谷山村の子供たちの歌声がうっすらと聞こえているような気がするのだが、耳をすましてみても、歌詞ははっきりしない。ただあの子らの無邪気な笑い声だけが頭の中に響いている。応接間から出ていったキヨ子がヴァイオリンのケースを抱えて戻ってきた。つっかえつっかえ弾くツタのピアノに合わせて、キヨ子がヴァイオリンを鳴らしだす。お世辞にもうまいとはいえないけれど、たしかにツタのピアノに寄り添っているとわかる。すっかり腕がなまってしまったわ、とキヨ子がいい、今度はツタがヴァイオリンを弾き、キヨ子がピアノを弾いた。多少ましになってきた、いやまだまだ、と軽口をたたきあいながら、思い出し、思い出し、あれこれ弾いてみる。今度はあれにしましょう、あの曲ね、そうあの曲、以心伝心で曲を変え、ピアノとヴァイオリンを交替する。愉快だった。こんなお婆さんになっても、キヨ子と合奏するのがこんなに楽しいとは思わなかった。女学校を出てから、一度もこういうことをしなかったのが悔やまれる。ツタがそう言うと、それどころじゃなかったのだから仕方がないでしょう、とキヨ子が言った。いつでも出来ると思っていたけどそうはいきませんでしたね、とつづけて言う。いつでも出来ると思っていたらこんなお婆さんになっているんだから驚きますね、とツタが言うと、キヨ子が、知らぬ間に年を取ってしまいました、と笑った。

「ツタさん、トートーメーはどうしました」

キヨ子が訊ねた。

「もう諦めました」

ツタが言う。キヨ子が顔を曇らせた。

「いいんですか」

「いいもなにも」

この懸案だけは、キヨ子にしか相談できないから、会うたび悩みを打ち明けてきたものだったが、それもこれでおしまいにしようとツタは思う。いつまでも、他人様《ひとさま》を煩わせてはいけない。これは久路家の問題なのだ。

「ご先祖様にはお詫びしますよ。ごめんなさい、許してくださいって。一生懸命お詫びしますよ。ご先祖様はきっとわかってくださるでしょう」

充が抵抗しなければ、四人いる息子のうちの誰かに久路家を継いでもらい、トートーメーを渡すつもりだった。それこそが唯一の解決策だと、いつ頃からか、ツタは思い詰めていた。けれども充は、ツタがどれほど必死に説得しても、頑としてそれを許してはくれなかったのだった。信念なのか、意地なのか、理由はわからない。どうしても叶わぬと悟った時、ならばいずれ、孫の一人に継いでもらおうと、ツタは未来に一縷《いちる》の望みをかけた。幸い、孫は次々誕生し、男の子も幾人か生まれたから、頃合いをみて——夫には内緒で——、娘たちや息子たちに頼んでみたのだったが、残念ながらこちらもだめだった。誰一人として色好《いろよ》い返事をくれない。何度試みてもだめだった。落胆しつつも、ツタはいつしか納得せざるをえなくなっていた。あの子たちにとって、ツタの実家の久路家など、取るに足りない存在なのだ。生まれてこの方、あの子たちは母方の祖父母に会ったこともなければ、親戚などにも会ったことがない。沖縄のことも、久路家のことも、もっといえばツタのこともろくに知らない。そんな子らにしてみたら、いきなり母方の家を継いでくれと言われたって戸惑うしかないのだろう。最早《もはや》、解決策は一つもなかった。

「きっとわかってくださいますよ」

とキヨ子は言った。「ええ、ええ、わかってくださいますとも。だってツタさんのご先祖様ですよ。あなたが一生懸命尽くしたことは必ずや、わかってらっしゃいます。ここまで頑張ったのですから、もう煩わなくともいいでしょう。一人で悩まなくともいいでしょう。きっと許してくださいますとも」

キヨ子はやさしかった。

ありがたい天女のような声だと、ツタは思った。

「そうでしょうか」

天女さまに赦しを乞うようにツタは訊く。

「そうですよ」

天女さまはやさしい。

いつもキヨ子はやさしかった。

いなくなってよくわかる。

夏の盛りの暑い日にキヨ子はいなくなった。

トートーメーは、押し入れの奥にしまったままだ。

何代にも亘《わた》って大事に受け継がれてきた位牌が押し入れにうっちゃられてこのまま終わっていくのかと思うと忍びないが、いったん諦めてしまったら、意外にも気持ちの整理はわりあい楽についたのだった。

悔いがないといったら嘘になるし、こうなったことへの責任を感じないわけではなかったが、これがふさわしい結末だと、どこかであっけらかんと受け入れている自分があった。

千紗子として生き始めた時から、この結末はおそらく定められていたことだったのだろう。ツタは、それに、長らく気づけなかっただけなのだ。

だって、そうではないか。

本気で子や孫にトートーメーを託すつもりでいたのなら、機会あるごとに、久路家のことや、生まれ育った沖縄のこと、ツタに繋がる先祖のことを、彼らに語り聞かせねばならなかったはずなのだ。あなたもここに連なるのだと折々にしっかりと伝えておかねばならなかったはずなのだ。トートーメーを託すにふさわしい者を育てるとはそういうことではないか。

けれどもツタはそれをしなかった。

出来なかった。

千紗子として生きている以上、多くを語れなかったから。

千紗子として生きることとトートーメーの問題は無関係でなかったのだと、ここに至ってツタはようやく知った。夢中で生きている間はその因果にまるで気づけないというこの世の皮肉も同時に知った。

先祖供養、先祖供養と、日頃、口を酸っぱくして人々に説いていながら、まことにお粗末な有り様だが、きっと真の先祖供養とはまた別の話なのだろうとツタは解釈した。これはツタが先祖供養を軽んじた結果ではない。いわば、人生行路のちょっとした行き違いの結果なのだ。自分自身にそう言い聞かせ、自らの思う先祖供養を今後もつづけていくしかない。

誰にも託せなかったトートーメー――ご先祖様から連なる長い一本の道――が押し入れの暗がりへと消えていく。吸い込まれていく。

あの闇の向こうに――。

あの道はどこへつづいているのだろう。

あの長い道の行き先は——。

ツタはなんとはなしに、夜空を想像した。

押し入れの中に瞬く星を見たように思った。

あの暗がりは、きっと、きらめく星々のあいだを縫って、大いなる宇宙へと通じているにちがいない——。

もしそうであるなら、むしろ、これほどトートトーメーにふさわしい場所もあるまい、とツタは思った。トートトーメーはすべての源へ、〝無〟という安らぎのなかへ、しずかに還《かえ》っていったのだ。

ツタはその闇を凝視する。

遠い昔、子供の頃にも、ツタはこの闇を見たことがあった。このはてしない空間に呑み込まれていく感覚をツタは幾度も味わった。あれは恐かった。恐くもあったが、甘美でもあった。いったいこれはなんなんだろう。ここはどこなのだろうと、震えながら思いをめぐらせたものだった。

すべては闇に還る。

つまりはそういうことなのだろうか。

ならば、あれも、こうして消えていったのかもしれない、とツタはふいに閃く。

あれ——。

ツタが書いた原稿――。

連載中止になった後も諦めずに書き継いだ百枚と少しが、この闇の向こうへ、きっと――。

ついに誰にも読まれることのなかった完成原稿は、ある時期までは、まちがいなく、ツタの手元にあったのだった。紫色の縮緬《ちりめん》の風呂敷に包んで、東京から名古屋へ越してきた際にもツタは行李の底に忍ばせてちゃんと持ってきていた。戦時中、さすがに防空壕《ぼうくうごう》にまでは持って逃げなかったが、この家は、焼夷弾《しょういだん》からも免れ、焼けずに残った。その後の移築でも、荷物はほとんどすべて持ってきていた。だから必ずどこかにあるはずなのだが、いざ探してみるとどうしてもそれを見つけることが出来なかったのだった。

なぜだ?

ツタは首を傾げた。

いったいどこへいってしまったのだ?

古い家だから、押し入れはいくつもあるし、天袋や納戸もあちこちにある。物置や屋根裏もある。どこへ仕舞い込んでしまったのだろうと、記憶を頼りに探してみるも、真剣に在処《ありか》を思い出そうとすればするほど、記憶は曖昧になっていく。そのうちに、縮緬は紫ではなく青緑だったような気がしてくる。混乱したまま探していてもちっとも見つからない。だんだん風呂敷は単色ではなく、もっと複雑な色合いだったかもしれないと思えてくる。色があやふやになると、今度は、ほんとうに風呂敷で包んでいたかどうかもわからなくなった。途方に暮れた。

あの時。

あの沖縄の記者が訪ねてきた時、ツタはそれについて訊かれるものだとばかり思っていた。

あれほど熱心にあの小説のことを知りたがっている人がやって来るのだ。訊かれるのは当然だろう。訊かれたら、ツタは、なくしてしまったと、正直にこたえるつもりでいた。ずいぶんだらしない回答だが致し方ない。それでも記者が納得せず、なんとしても読みたいと重ねて請うたら、もう一度探してみる、と約束して帰すつもりだった。こんなところにまで訪ねてくるのだから、そのくらいの誠意は見せねばなるまい。

ところが記者は、一度たりともそれをツタに訊ねなかったのだった。つづきを書いたかどうかさえ、訊かなかった。物語の全貌など、記者にはどうでもよかったらしい。

そんなものかと思いつつ、不可解な気持ちがしたのも、また事実だった。

記憶の不確かな四十年も前のことを、細々質問するより、そちらにあたるのが本筋ではないのか。まずは全貌を把握するのが先決ではないのか。

とはいえ、肝心要《かなめ》の完成原稿を差し出せないのだから、ツタは黙っているしかない。

そうして、つくづく、あの物語を気にしているのはツタだけなのだな、と嘆息とともに感じ入ったのだった。残念ながら、それが、あの作品の持つ力の、真の限界を知らしめているのだろう。あの記者や、あれを評価する者、幻の女流作家などと調子よく持ち上げる者はまずはその矛盾に気づくべきなのだ。

誰もその先を知りたがらない、物語の欠片《かけら》。とうに見捨てられた欠片の、意図や動機や背景を今更探って、いったいなんの意味がある。かなしい本末転倒だ。

あの物語の全貌を知る者は、どこにもいない。

そのくせ、徒に騒ぎ立てる、その滑稽さに気づく者もない。

むろん、ツタはそのことを指摘しなかった。それがいかに不毛なことか、身に沁みてわかっている。

じつをいえば、ツタ自身、物語の全貌がわからなくなってしまっていたのだった。

あのつづきになにを書いたのか、まったく思い出せない。

それもまた不可解なことだった。

あんなにも懸命に書き綴ったのに、どんなふうに物語が終わっていったのか、思い出そうとしても何ひとつ思い出せない。わたしはあの時、何をあんなに熱心に書いていたのだろう？　物語に追いかけられるようにして書いた。物語を追いかけるようにして書いた。たしかに書いた。最後の一行まで書いた。それなのに、何も憶えていない。きれいさっぱり忘れてしまった。これが老いというものなのだろうか？　わたしは惚《ぼ》けてしまったのだろうか？

愕然としたが、いまさら思い出したいとも思わなかった。知りたいとも思わなかった。なぜだか、そういう気持ちまで、きれいさっぱりなくなっていた。

だから、記者が帰った後もあらためて探さなかった。

もういい。

探したところで、あれはもう、見つからないだろう。

ひょっとしたら充が捨ててしまったのではないか、という疑念が少なからずあるにはあったが、この期に及んで問いつめようとも思わなかった。真相がわかったところで何もいいことはない。余計な揉め事を作りだし、喧嘩の種を増やすだけだ。

あの物語もまた、久路家のトートーメーとともに、あの闇の向こうへと吸い込まれていった――。

そうと決めたら、自分でも驚くほど心穏やかになった。

なんと素晴らしいことだろう。

そうだ、きっとそうだ。

あの闇の向こうへ――。

寂しさはなかった。悔しさもなかった。

むしろ、嬉しかった。

ツタの心は凪《な》いでいた。

あんなにもいつもいつも波立っていた、持て余すほどにやっかいだった、ツタの荒々しい心が、知らぬ間に鎮まっているとツタは知った。

そうして、気づいた。

もしかしたら、わたしという物語もまた、消えていこうとしているのではないか――。

わたしという物語も、わたしの中にあった物語も、ひとしなみ、消えていこうとしている――。

そう感じた時、ツタははっきりと自分の死を予感した。これまで一度も感じたことのなかった強さで、自らの死期を悟った。予感というよりもこれは実感に近かったかもしれない。

ひと月ほど前だったろうか。

それ以降、ひとつひとつのことを、これが最後だと思いながら、ツタは過ごしていった。

ひとりひとりと、これが別れだと思いながら、過ごしていった。

わたしのなかの神さまとも、これが最後だと思いながら過ごした。わたしはたしかにあなたに触れていたと、ツタは思った。あなたに触れたことがわたしはたしかにあったのだ。だが、やはり、ツタにわかるのはそれだけだった。神さまのことは、ほんとうには、よくわからない。神さまどころか、自分が何を望み、何を願っていたのかもよくわからなかった。何かとても安らかで、やさしい世界を夢見ていたのではないかという気はしたが、それはあまりにもぼんやりとしていて、摑みどころがなかった。それでもたしかに胸の奥深くで、そんな世界を望んでいたように思えてならない。おおらかに、わたしがわたしでいられる場所をツタはずっと求めていたように思えてならない。わたしという生き物が、十二分に生きられる場所を、誰もがそうやって生きられる場所を、ツタは求めていたのではなかったか。ただそれだけのことがとても難しい場所に生きていると気づいてなお、ツタはおそらく、それを求めつづけていた。

充がツタの手首を握った。

眠っていたのに、充の手がツタに触れた途端、ツタはうっすら意識を取り戻した。

千紗子、おまえ、ほとんどもう、脈を打ってないぞ、と充が言った。

ツタはうなずいた。それはもうわかっている。

おい、千紗子、や、これはいけない、おい、しっかりしろ、すぐに救急車を呼ぶぞ、と充が言った。

あなた、わたしが死んだら再婚しなさい、とツタは言った。つぶやくような声しか出なかったが、急いで言わなくちゃ、言っておかなくちゃ、と思ったからだ。

えっ、と充が訊き返した。

さいこん、とツタは言った。

さいこん、と充が鸚鵡《おうむ》返しに言った。

さいこんしていい。ツタが言うと、充は黙った。さいこんしなさい。力を振り絞ってツタは言う。さいこんしなさい。さいこんしてちょうだい。息も絶え絶えにツタは言う。ツタの声は、もうほとんど誰にも聞きとれないくらい小さくなっていたけれど、それでもかまわなかった。言うべきことは言っておかねばならない。黙っていた充が突然、わかった、と言った。ツタは黙った。黙ってうなずいた。嘘でも、おれは再婚なんかしないと返さないところがいかにも充だ、充らしい、とツタは心の中で笑っていた。それでいい。充はそうでなくっちゃ。

千紗子、死ぬな、と充が言った。

え、と今度はツタが訊き返した。

思いがけない言葉だった。

充がいま、どんな顔をしているのか見てみたい。でももう、ツタは目を開けることが出来ない。

千紗子、死ぬな、と充が繰り返した。

喧嘩ばかりしていたのに、充の声は必死だった。ただでさえ、声の大きな充が、ツタの耳元で叫んでいる。鼓膜がびりびりする。耳が痛い。

千紗子、千紗子、千紗子、千紗子。

千紗子、千紗子、千紗子、千紗子、千紗子。

充はツタの名を呼びつづけた。

千紗子の物語はこれで幕を閉じるのだな、とツタは思った。充。あなたが千紗子の物語の幕を下ろす役目を担ってくれたのね、とツタは思った。これはツタにとっても意外な結末だった。千紗子の名を充がこれほど必死に、大声で叫んでくれるなんて、予想だにしていなかった。うれしいと、素直にツタは思う。騒々しいにもほどがあるけど、こんな愛嬌《あいきよう》のある、充ならではの素晴らしい幕引きが他にあるだろうか。どこにもいなかった千紗子が、充のなかでちゃんと存在している。そして離れがたく思ってくれている。こんなうれしいことはない。

ありがとうございました、とツタは充に言った。でももう、声にはならなかった。充の耳に届かないのが残念だけど、ツタは心の中でまた言う。ありがとうございました。ただその言葉しか、出てこない。ツタの全体が、その言葉だけで出来ていた。そしてその言葉は、充への思いだけに止《とど》まらなかった。子や孫や、近しい人、遠い人、あらゆる人へと広がっていく。キヨ子や母といった、死んでしまった人にまで広がっていく。ありがとうございました。ツタの心がそれだけに満ちている。そうか、これが感謝か。これがお礼か。ツタが人々にいつも説いていた、その言葉の本当の意味が、いま、初めてわかった気がした。感謝もお礼も湧きでてくるものなのだった。あの泉から――。

救急車のサイレンの音が聞こえていた。

いまわのきわにツタはいる。

この不思議な時間の中にツタはいる。

そうして、ツタは、ツタを思う。

おかしな人生だったな、とツタは思う。

なにがそうさせたのかわからないけれど、ずいぶんおかしな道を辿ってしまった。いまわのきわで、こうして、あらためてこの道を辿っていると、なにやら、まるで物語の奥深くへと入り込んでいく心持ちになるのはなぜだろう。気づけば自然にわたしという物語の迷路へ入っていってしまうのだ。

そのせいだろうか、ツタは、いつか誰かが、これをまた物語にしてしまうんじゃないか、という奇妙な想像をした。

そうだ、きっと、そんな日が来る。

いつか誰かがこれを書くのだろう、とツタは思った。

それは誰だろう、とツタは考えた。なにかしら縁のある者だろうか。そうではないのだろうか。沖縄の人だろうか。ちがうだろうか。

誰だか知らぬが、書くと決めたその人は、いつかのツタのように、万年筆を握りしめ、一心不乱に書くのだろう。

そんなもの、わたしは認めない。

認めるものか、とツタは思う。

だからこそ、わたしはまだ、ここにいるのだろうか、とツタは思う。ここにいつづけるのはそういうわけなのだろうか。

いまわのきわでツタは、ツタになった。

なにもかもなくして、ツタはツタになった。

裸ん坊のツタになった。

なかなか気持ちよい、とツタは思う。

ふわふわと揺蕩《たゆた》うように、ツタはいる。

いまわのきわの、ツタは、ふわりとしずかに笑っている。

解説

勝方＝稲福恵子

『ツタよ、ツタ』(二〇一六)を書き終えた大島真寿美は、渋谷大盛堂《たいせいどう》書店の二階に集まった読者に囲まれて、「物語」のヒミツを語ってくれた。

物語とは、単なるストーリーではなく私たちの「もう一つの世界」であり、書くということは、その別世界とこの世界とをやむにやまれず往還すること。だから実話なのか虚構なのかの区別ではない。むしろその間《あわい》、つまり虚実被膜の、「薄皮に包まれたところに物語がある」と。

そして物語は天啓のように降りてくる。「モデルがあるから絶対に外せない枠組みはあるけれど、一行が次の一行を呼び、『お筆先』のように、手が止まらないうちは大丈夫だな、と思いながら書き進む。だから伏線の張りようがない」と。

そういえば、本屋大賞の『ピエタ』(二〇一一)も、直木賞の『渦 妹背山婦女庭訓《いもせやまおんなていきん》魂結《たまむす》び』(二〇一九)も、ヴェネツィアのヴィヴァルディや竹本座の近松半二《ちかまつはんじ》が実名で登場するが、描かれた世界は「実話」ではなく、史実と空想が天翔《あまか》ける物語である。

『空に牡丹』（二〇一五）の「名にし負う道楽者のご先祖様」の話も、虚と実の間《あわい》に咲く物語である。直木賞候補になった『あなたの本当の人生は』（二〇一四）も、この世界と「もう一つの世界」との往還物語である。往年の流行作家・森和木《もりわき》ホリーが「あなたの本当の人生は？」と繰りかえす問いかけは、問いかけられた者に「もう一つの世界」を創造させ、生き直させる、いわば魔法の言葉である。だれでも「あなたの本当の人生は」と問われたら、「そうであったかもしれない」仮定法過去完了の人生を想像／創造してしまうのだ。

さて、この『ツタよ、ツタ』物語の種となったのは、じつは、沖縄文学で「幻の作家」と呼びならわされている久志芙沙子《くしふさこ》（久志ツル　一九〇三〜一九八六）だった。彼女は、森和木ホリーのように、「書きたい書きたい書きたい」という衝動が抑えきれず「生きることが書くことになってしまった」人である。

琉球・沖縄の長い歴史において、初めて「読む女、書く女」が誕生するのは、明治の近代教育を待たなければならない。有史いらい口承の伝統に生きていた沖縄女性に、儒教的「女子不学」のくびきが解かれ、初めて文字の習得が許されたのである。口承の神歌《オモロ》を綿々と伝承しつづけ、それゆえに声の文化を充溢《じゅういつ》させてきた沖縄女性が、琉球語に代わる日本語と文字を初めて手にしたことになる。口承から書承への時代変遷の中で、久志芙沙子は文筆に憧れた第一世代といえよう。

「幻の作家」と呼ばれるいわれは、一九三二年（昭和七）にさかのぼる。その年の『婦人公論』六月号に、「久志富佐子」のペンネームで小説「滅びゆく琉球女の手記―地球の隅っこに押しやられた民族の歎《なげ》きをきいて頂きたい」が掲載された。しかも『朝日新聞』に掲載された広告には、「滅びゆく琉球女の手記」が白抜き文字の派手なレイアウトになっていて、否応《いやおう》なく目についた。煽情《せんじよう》的なこのタイトルは、じつは『婦人公論』編集部が取り替えたもので、原題は「片隅の悲哀」だった。掲載号が発売されるや、広津《ひろつ》和郎《かずお》の「さまよへる琉球人」筆禍事件（一九二六）の記憶がよみがえった「京浜沖縄県学生会」から、いきなり芙沙子は糾弾された。

主人公の女性の視点を通して描かれていたのは、疲弊した琉球の現状や、琉球の出自を隠して立身出世した叔父、そして故郷に残された老母たちの困窮である。うち棄《す》てられた女たちに「琉球の現実」が象徴されている描き方であるが、その現実をこそ文学に結晶化しようと心を注ぐ芙沙子の視点と、就職や結婚の妨げとなる「恥」であるから蓋《ふた》をすべきであると考える学生らの視点との、衝突であった。

「かう故郷のことを洗ひざらひ書き立てられては、甚《はなは》だ迷惑の至りだから默ってゐろ（中略）謝罪しろ」と迫られて、芙沙子は同誌翌月号に「『滅びゆく琉球女の手記』についての釋明《しやくめい》文」を書いた。

學生代表のお話ではあの文に使用した民族と云ふ語に、ひどく神經を尖らしてゐられる様子で、アイヌや朝鮮人と同一視されては迷惑するとの事でしたが今の時代に、アイヌ人種だの、朝鮮人だの、大和民族だのと、態々《わざわざ》階段を築いて、その何番目かの上位に陣どつて、優越を感じようとする御意見には、如何《どう》しても、私は同感する事が出來ません。（『婦人公論』七月号）

差別の被害を糾弾したつもりの学生たちが、差別の加害者に転じている点を、芙沙子は衝《つ》いたのだ。わずか二ページの、釈明ならざる「釈明文」だが、沖縄文学の泰斗・岡本恵徳《おかもとけいとく》をして「久志芙沙子が、このように明晰《めいせき》に提示した論理の内実に、いま沖縄にすむぼくたちが、なにほどのものをつけ加えたか」（『沖縄文学の地平』岡本恵徳／著）と唸《うな》らせて、彼女の存在を沖縄文学史に燦然《さんぜん》と輝かせることになった。

糾弾さえなかったら、原稿用紙四、五〇枚に書きためられた作品は、『婦人公論』誌上に連載され、初の沖縄女性作家の誕生となるはずだった。しかし編集長は更迭され、連載は打ち切られ、原稿は紛失した。初回掲載のわずか数ページだけで、私たちは幻の作品の残り香をかぐしかない。これが、久志芙沙子の「筆禍事件」であり、「幻の作家」となった経緯である。

しかし筆禍事件から四〇年後の一九七三年、行方知れずのまま闇に消えるかに思われた久志芙沙子が、沖縄文芸誌『月刊　青い海』一一月号に、名古屋で医師夫人として暮らしていることがスクープされた（「幻の女流作家　久志芙沙子が語る『滅びゆく琉球女の手記』筆禍事件のあとさき」）。沖縄の文学界は色めき立った。

同誌に掲載された「四十年目の手記」に、芙沙子はみずから出自を明らかにした。

「祖父（久志助法《じょほう》　唐名・顧国柱《こくちゅう》、一八三五〜一九〇〇）は沖縄の廃藩置県で総理大臣らしき役職から家老に格下げされ、領地を頂くはずのものがふいになってしまったものだそうです。二八歳から六〇過ぎまで、富士見町の尚泰《しょうたい》候《ママ》（一八四三〜一九〇一）のお側でお仕へして、明治天皇にも度々拝謁し、漢詩の会でも何度か入賞したといいます（漢詩は漢学者・森槐南《もりかいなん》に師事）。私の子供の頃は、姓をいえば『ああ、あのスーミーダックィー（総《ママ》明な系統）の久志か』と、相手の眼の色に尊敬の気配の動くのを、ちょっとばかり得意になったりしたものです。事実、あの頃は親戚には秀才が多かった。しかし、祖父の死とともに父の砂糖会社は士族の商法で見事に失敗し、胸を病んだ父を抱えて、私たちは会社の従業員と女中三人に暇をとって貰《もら》い、大きな邸《やしき》から引越すたびに狭くなる惨めな生活が始まりました。ひどい時には、一年に三回も引越したものです。祖父と親交のあった伊藤博文《いとうひろぶみ》の書や、その他有名人の軸や名画が、「売ってやる」と称して知人に持ち逃げされたり、坂を転がり落ちるような運命は止まるところを知りません。でも、私は若さのせいか、表面的には明るい、朗らかな青春を過ごしたようです」

芙沙子は県立高女を卒業して代用教員を務めたあと、一九歳で東亜同文書院卒の俊才と士族同士の結婚をし、上海《シャンハイ》銀行から台湾《たいわん》銀行へ赴任する夫とともに台北《タイペイ》へ移住した。すぐに長男も誕生したが、急性腸カタルで早世した。まもなく、昭和大恐慌の引き金となった台湾銀行危機で、夫は、役職者三名との連帯責任のかたちで解雇された。それを機に、東京練馬《ねりま》に移住していた兄を頼って夫婦は上京し、次男が誕生した。

その後、職を得るために名古屋に移住するが、夫の一存で幼子の育児は故郷の母に託される。芙沙子は、自殺未遂を図ったあげく、文筆で立とうと決意して夫に別れ話を出し、協議離婚の末、新天地を求めて上京する。二階間の下宿人だった年下の医学部受験生との逃避行のような上京だった。

東京での貧乏な同棲生活のなかで、彼は慶應義塾大学医学部に合格し、長男と長女が生まれる。懸賞金ほしさに、『婦人公論』の小説募集にせっせと応募したのはこの頃である。しかし勉学に勤しむ彼が「医師からも見離されたほどの重病で（中略）二人の子供を抱えて、一家心中（中略）に追いつめられて」（前出「四十年目の手記」）、芙沙子は、家主に勧められるまま宗教に帰依し、看病に専心し、ついに彼の学業を全うさせた。

晴れて医者になった彼に連れられて名古屋に戻り、六人の子沢山となった。子供たちにはそれぞれ名古屋大学医学部や岐阜大学医学部、東大法学部や工学部を卒業させ、芙沙子自身は開業医夫人として、また宗教家として、名古屋の地に根を張った。

開業医の夫との入籍は、芙沙子五五歳（一九五八）のとき。服薬自殺の未遂でフラフラしながら、一心不乱に何かを書き綴《つづ》ったり、夫の許可も取らずにふらりと家出を繰り返す彼女の真意を、夫も子供たちも測りかねていた。もちろん「筆禍事件」や「幻の作家」の件は、芙沙子の口から家族に明らかにされたことはない。

今となっては想像するしかないが、「書くこと」は、自殺願望の強い芙沙子にとって人生の無聊《ぶりょう》や厭世《えんせい》観を鎮める唯一の手段だったのかもしれない。彼女にのしかかる女性規範の矛盾が、彼女の内面を四分五裂させるときに、矛盾する内面を別々の人物に仮託することができる物語は、芙沙子には恰好の慰めだったのかもしれない。

名古屋出身の直木賞作家・連城《れんじよう》三紀彦《みきひこ》は、芙沙子一家と懇意にさせてもらっていたが、筆禍事件のことや「幻の作家」のことを知るのは、芙沙子亡き後のことであった。芙沙子七二歳のとき、掖済会病院外科部長だった長男が水難事故で不慮の死を遂げたが、芙沙子はいっさい取り乱さず泰然と事に当っていたという。「人望というのはこの人のためにあった言葉だと思うほど、誰からも尊敬され頼りにされていた女性である」と、連城は随筆『一瞬の虹』に書き残している。

一筋縄の繋《つな》ぐべからざる芙沙子の魂の軌跡が、作家・大島真寿美の知るところとなったのは、愛知沖縄県人会に所属する新聞記者T氏が、執念の調査で、編集者となっていた芙沙子の孫に辿《たど》り着いたことによる。そしてその孫＝編集者が、知らされたばかりの「幻の作家」のことを、名古屋出身の大島真寿美にたまたま話したことによる。すると、「物語は唐突に姿を見せ、見てしまうと語りたくなる」のであった。

「いまわのきわで彼女は思う」「いまわのきわで、彼女を思う」「わたしは何者にもなれる」「わたしはわたしだけれどわたしはツタにかぎらない」「ツタでないわたしもわたしである」「もしかしたら、わたしはツタを超えていけるのではないか。いや、わたしとは、そもそもツタを超えて存在しているのではないか」

久志芙沙子が遺《のこ》した物語の種が、大島真寿美の手に渡ったことで、近代主体の拘束がハラリと解けて、時空を飛翔する根っからの「語り部」が、確かにここに造形された。久志芙沙子に魅せられて沖縄研究に携わってきた私が、じかに芙沙子に訊《き》いてみたかった彼女自身の「内実」に、大島真寿美は作家の勘で迫り、ものの見事に物語っている。

（かつかた＝いなふく・けいこ／早稲田大学名誉教授）

――本書のプロフィール――

本書は、二〇一六年十月に実業之日本社から刊行された単行本を改稿し、小学館で文庫化したものです。

本作は、実在の人物をモチーフにしたフィクションです。（編集部）

小学館文庫

ツタよ、ツタ

著者　大島真寿美《おおしままますみ》

二〇一九年十二月十一日　初版第一刷発行

発行人　飯田昌宏
発行所　株式会社 小学館
〒一〇一-八〇〇一
東京都千代田区一ツ橋二-三-一
電話　編集〇三-三二三〇-五八二七
　　　販売〇三-五二八一-三五五五
印刷所 ——— 大日本印刷株式会社

この文庫の詳しい内容はインターネットで24時間ご覧になれます。
小学館公式ホームページ　http://www.shogakukan.co.jp

ISBN978-4-09-406725-5